ガンパレード・マーチ 東京動乱

逆襲の刻

榊 涼介

イラスト／きむらじゅんこ

白山通り
上野恩賜公園
上野
新目白通り
アメ横
御徒町
外苑東通り
東京ドーム
飯田橋
外堀通り
末広町
秋葉原
神田川
神田川
靖国通り
靖国神社
東京憲兵隊
防衛省
神田
内堀通り
平川門
四谷見附
麹町署
大手門
ホテルニュータニモト
半蔵門
皇居
東京
赤坂見附
桜田門
中央通り
神宮外苑
旧赤坂御所
国会議事堂
警視庁
有楽町
隅田川
赤坂署
銀座
青山通り
新日本テレビ
首相官邸
内閣府（警察庁）
インペリアルホテル東京
第1師団司令部
中央テレビ
アメリカ大使館
六本木通り
テレビ新東京
第3連隊
勝鬨橋
アメリカ大使館庁舎
汐留
築地市場
東京タワー
貨物駅跡地
第1連隊
第1京浜
晴海通り
狸穴
麻布十番
浜松町
竹芝桟橋
海岸通り
日の出埠頭
高速2号線
桜田通り
田町
芝浦埠頭
高速1号線

前史――はじめて読む人に

■第二次大戦の終結と幻獣《げんじゅう》の出現

一九三九年に勃発《ぼっぱつ》した第二次世界大戦は意外な形で終幕を迎えることとなった。一九四五年。月と地球の間、二十四万キロメートルの距離に突如出現した黒い月。そしてそれに続く人類の天敵の出現である。人類の天敵、人はそれを幻獣と呼んだ。

神話の時代の獣たちの名を与えられた、本来、我々の世界にはあり得ない生物である。幻《まぼろし》のように現れ、身に蓄えられた栄養が尽きるまで戦い、死んで幻に還《かえ》る、ただ人を狩る人類の天敵。人はそれが何であるかを理解する前に、そして人間同士の戦いの決着を見る前に、まず自身の生存のために、天敵と戦うことを余儀《よぎ》なくされた。

それから五十年。戦いはまだ続いている。

一九九七年四月。仁川《インチョン》防衛戦。ユーラシア大陸最後の砦《とりで》であった仁川要塞《ようさい》において、人類側は言葉も国籍《こくせき》の違いも乗り越え、決死の抵抗を試みるも要塞は陥落《かんらく》。人類は四千万の死者を残してユーラシアから絶滅した。……人類の生存圏《けん》は、南北アメリカ大陸と日本、アフリカ南部のみとなる。

■幻獣、日本上陸――5121小隊の発足

自然休戦期、とは人類が名付けた幻獣軍の攻勢休止期間をいう。ユーラシアから人類を駆逐《くちく》した幻獣は、自然休戦期開け、九州西部から日本に上陸。ここに人類と幻獣の幾度目かの絶望的な防衛戦争が開始された。

一九九八年。八代《やつしろ》会戦。日本自衛軍は持てる戦力のすべてを動員し、限定的勝利を得るも、戦力の八割を喪失《そうしつ》して無力化。戦略的には惨敗《ざんぱい》という結果に終わる。

事態を憂《うれ》いた日本国政府は、一九九九年にふたつの法案を可決し、起死回生をはからんとした。ひとつは幻獣の本州上陸を阻止《そし》するための拠点《きょてん》、熊本要塞の戦力増強。もうひとつは、十四歳から十七歳までの少年兵……学兵の強制召集《しょうしゅう》である。

そして同年三月。５１２１独立駆逐《くちく》戦車小隊発足。

半島で自らの隊を全滅させた海軍陸戦隊中尉《ちゅうい》・善行忠孝《ぜんぎょうただたか》は、戦争終結のために己のすべてを捧げることを決意。廃棄《はいき》が決定されていた人型戦車・士魂号《しこんごう》の持つ可能性に着目。自ら司令に就任して、学兵から成る試作実験機小隊を率いることとなる。

人型戦車・士魂号。それは全高八メートルに及ぶ二足歩行の巨人である。

新興の名族である芝村《しばむら》一族が持つオーバーテクノロジーの粋《すい》というべき人工筋肉に全身を覆《おお》われ、国際条約で禁止されている生体脳――すなわち人の脳を制御中枢《ちゅうすう》に組み込んだ忌《い》むべき生体兵器である。

あまりのコストの高さと、整備の複雑さ……稼働率《かどうりつ》の低さがネックとなり、軍はそれを持て余していたが、善行は天才的な事務能力を駆使して予算と必要な人員を確保、同小隊の発足にこぎつけた。

……当初は「捨て駒」としか考えられていなかった小隊は意外にも善戦、戦いを重ねるうちに飛躍的な成長を遂《と》げ、速水《はやみ》厚志《あつし》、芝村舞《まい》、壬生屋未央《みぶやみお》らエースパイロットを輩出《はいしゅつ》。生ける伝説として戦場を駆けめぐった。「整備の神様」原素子《はらもとこ》率いる整備班は驚異的な稼働率の高さをもって士魂号を前線に送り出し、将兵の間で5121小隊は、熊本最強の隊として認められるようになっていった。

■破局――熊本要塞の陥落

同年五月六日。幻獣軍大攻勢。それは自然休戦期を四日後に控えた朝のことであった。

幻獣軍は戦線各地にて一斉に攻勢を開始、三カ月に及ぶ戦闘で疲弊《ひへい》していた人類側の戦線を蹂躙《じゅうりん》突破した。この晴天の霹靂《へきれき》ともいうべき奇襲によって、人類側は全線に渡って退却《たいきゃく》、ほどなく大壊走《だいかいそう》に陥《おちい》った。

九州に展開していた学兵十万は、撤退する自衛軍の「捨て駒」として取り残され、各地で孤立し、空しくその屍《しかばね》をさらすこととなった。九州熊本戦に動員された学兵十万――。そのうち生きて本州に戻った者はその半数にも満たなかったと言われる。

九州を喪失《そうしつ》した人類側は、関門海峡をはさんで幻獣とにらみ合いを続けることとなった。折しも自然休戦期に入り、人類側は安堵《あんど》と不安の中、戦力の回復をはかる時間を得ていた。

学兵の膨大《ぼうだい》な犠牲《ぎせい》に愕然《がくぜん》とした政府首脳は、その解散を決意する。とはいえ、5121小隊は「特例」として待機状態に置かれることとなった。

■山口防衛戦——岩国《いわくに》最終防衛ライン

一九九九年八月四日。人類側がそう呼ぶところの自然休戦期を破って、幻獣軍は山口に上陸。またしても不意を打たれた自衛軍は明確な作戦指示も方針も与えられぬまま戦うことになる。下関《しものせき》では民間人を逃がすため、自衛軍は悪鬼《あっき》のように戦うも市は陥落。宇部《うべ》でも戦線を支えきれず、自衛軍は雪崩《なだれ》をうって敗走をはじめた。

幻獣共生派によって暗殺された前方面軍司令官に代わって、新たに西部方面軍の司令官に就任した芝村少将は全軍に岩国最終防衛ラインへの撤退を指示、多くの敗兵を吸収した。

岩国市の中心部は基地司令官代理・荒波《あらなみ》大佐と岩田《いわた》参謀《さんぼう》のコンビによってほぼ要塞化され、縦横にめぐらされた地下通路、それに連結された陣地群は従来の拠点防御主義とは一線を画した新戦術であり、対幻獣戦用に特化されたものだった。

５１２１小隊は、急ぎ東京から駆けつけた元司令の善行大佐により、戦車大隊一、戦車随伴《ずいはん》歩兵中隊一から成る戦闘団に組み込まれ、諸兵科連合戦術を駆使して、絶大な戦果をあげた。善行戦闘団の参戦により、形勢は人類側に傾くかに思われた。

しかし、新基軸の要塞と人型戦車の諸兵科連合への参加という人類側の新発想に対して、幻獣側にも新たな発想と戦略的センスを持つ共生派指導者・カーミラが登場。彼女が指揮した一連の爆破工作により、岩国最終防衛ラインはその四割を破壊され、形勢は逆転。破局は徐々に近づきつつあった。

そこに立ち塞《ふさ》がったのが5121小隊だった。カーミラは負傷し戦線を離脱《りだつ》、さらに速水厚志、芝村舞が搭乗する栄光号《えいこうごう》複座型は二百体に及ぶ空中要塞スキュラを誘引し、岩国基地を守る師団と連携《れんけい》しての遅滞行動を展開、その戦線突破をくい止めることに成功する。

スキュラの支援を得られぬままに、幻獣軍は決死の抵抗を続ける縦深陣地群を突破、広島県境まで迫るが、ここで人類側に攻勢転移の号令が下される。西部方面軍の虎の子というべき第三戦車師団が満を持して攻勢限界に達した敵に襲《おそ》いかかり、勝敗は決した。

犠牲は大きかった。どの兵も勝利を喜ぶより先、守れなかった市民の死を悼《いた》んだ。山口県民百五十万のうち十万の生命が、政府・自治体の無策によって犠牲となった。勝利と言うにはあまりにも苦く、破局と紙一重の勝利であったのである。

■九州奪還——起死回生の逆転

山口戦からわずか一カ月。破局一歩手前の勝利は、政府、軍上層部、そしてマスコミでは「大勝利」として喧伝《けんでん》され、中央では積極的な攻勢をとり、この戦争の主導権を握るべきだとする攻勢論が幅をきかせていた。感情に流されやすく、自分の見たい現実だけを見がちなこの国の国民性を濃厚に受け継いだ指導層は、西部方面軍に対して「九州奪還」の命を下した。

十月六日深夜。完全編成の三個師団及び海兵旅団、独立混成旅団を基幹とする十五万の自衛軍は門司《もじ》に上陸。九州奪還戦の幕は切って落とされた。敵勢力は少数で、はじめは順調な進撃が続いたが、主力二個師団が久留米《くるめ》付近で包囲されるに及んで、幻獣軍の反撃は熾烈《しれつ》さを増していった。山川《やまかわ》派遣軍司令官は更迭《こうてつ》され、代わって荒波少将が派遣軍司令官代理として後に筑《ちく》豊《ほう》要塞線と呼ばれる防衛ラインまで戦線を縮小、自衛軍は守勢持久の戦闘を余儀《よぎ》なくされたのである。とはいえ、無尽蔵とも思える幻獣軍に要塞線各陣地はしだいに疲弊《ひへい》し、壊滅していった。このまま戦争が続けば日本経済は破綻《はたん》し、国は滅びる。事態を憂いた5121小隊の芝村中佐、瀬戸口《せとぐち》大尉は、幻獣側にあってクーデターをもくろむカーミラと同盟を結び、ともに幻獣の王を倒すべしとする作戦を首相府に具申《ぐしん》、ここに「極秘指令百二十一号」が発令された。

戦闘は友軍支配地域を遠く離れた五木山系の野間《のま》集落で行われ、圧倒的な幻獣軍の前に敗色濃厚となった5121小隊司令・芝村舞、そして速水厚志はカーミラとともに最後のギャンブルに打って出る。すなわち降伏を装った騙《だま》し討《う》ちである。

奇跡は起こった。幻獣王は暗殺され、カーミラが新たな王となることによって、破局に瀕《ひん》していた日本は救われた。そして十一月一日、日本国政府とカーミラとの間に「三千年条約」と呼ばれる和平条約が結ばれたのである。

怒濤《どとう》のごとく進撃してくる幻獣軍の前に壊滅寸前となっていた現地自衛軍は、文字通り、倒れ込むように和平を受け入れた。現地の将兵は、誰もが勝利の実感など持てず、むしろ深刻な敗北感を抱いたまま、奇跡的な和平に安堵し、銃を置いた。

■政治の季節

九州戦役は実質的な敗北を勝利と言いくるめるような薄氷《はくひょう》の勝利であったが、日本国政府は国民への政治的配慮から、これを「大勝利」とし、奇跡的な勝利に貢献《こうけん》した5121小隊は伝説の英雄としてプロパガンダに利用された。

十一月中旬。5121小隊は善行大佐率いる海兵旅団とともに横須賀《よこすか》基地へと移動した。しかし、政府のプロパガンダを信じ込んだ首都圏のマスコミ、政治家、そして軍は5121小隊に象徴《しょうちょう》される九州派遣軍に「さらなる勝利」を求めて止まなかった。傷ついた心身を休める間もなく、隊員たちは景気のよい主戦論に踊らされた人々と向き合わなければならなかったのだ。

そして政治の季節がはじまる。

九州の半分を敵に与えたまま和平条約を結んだ大原首相、及び派遣軍に対する風当たりはしだいに強くなっていった。

「大勝利と言うならば、なぜ、幻獣を海に追い落とし国土を完全回復しなかったのか？」

こうした考えを持つ者は急速に勢力を増大し、軍内でも幻獣との戦闘経験のない若手将校を中心に、和平派を弱腰の「売国奴《ばいこくど》」呼ばわりし、政府批判をする者も加速度的に増えていった。

さらに――。ユーラシア戦の特需で肥大化した軍需産業は、政治家、軍人と結んで、さらなる戦争を求めずにはいられぬ軍産複合体を形成しつつあり、主戦派に資金を提供し、その大きなバックボーンとなっていた。

冷静に現実を見ている和平派はマイノリティに転落し、首都・東京における主戦派の暴発は時間の問題となっていた――。

第一章　前夜

○十二月十九日　午後四時　新宿西口

鈍色《にびいろ》の雲が暗く頭上にあった。

新宿駅西口の駅前広場には巨大なクリスマスツリーが飾られ、街を歩く人々の表情はどこかクリスマスの予感に浮き立っているように見えた。地下街から流れてくるのか、陽気なクリスマスソングが切れ切れに聞こえてくる。

第5121独立駆逐《くちく》戦車小隊の森精華《もりせいか》は、赤いダッフルコートの襟《えり》をかき合わせ、不安げに空を見上げた。今年の冬は記録的な寒波が予想されるそうだ。この分だと雪のクリスマスになるかも、と思いながらちらちらと隣《となり》の少年に視線を移した。

5121小隊二番機パイロットの滝川陽平《たきがわようへい》は、ほくほく顔で紙袋を抱えている。中身は当然、ロボットのフィギュアだ。新宿で待ち合わせをして、上野の国立科学博物館でデートした後、今度は滝川の趣味《しゅみ》でアメ横とアキハバラのフィギュア・ショップを見て回った。とあるレアものショップで、三十五分の一スケールのイタリアンイエローの士魂号《しこんごう》軽装甲を発見した時は、思わず顔を見合わせたものだ。「欲しい、これ欲しいっ……！」人目もはばからず絶叫する滝川に、店主はあきれ、森は顔を赤らめ「……彼なんです」と身分証を示したものだ。ふたりのサインと寄せ書きと引き替えに、大幅にディスカウントしてもらって手に入れた。

「へへっ、箱を開けるまでが楽しいんだな、これが――」

制服の上に男子用に支給されたネイビーブルーのダッフルコートを着込んだ滝川は、能天気に言い放った。

「あまりいいできとは言えないけど……。戦闘映像を繰り返し見て、根性で仕上げたって感じ」

森はしかたなく話題につき合ってやった。

「うんうん、ジャイアントアサルトなんてどっかの代用品を細工した感じだし、コックピットまわりのディティールも甘いよな。だいたい取っ手なしにどうやって乗るんだよ。俺たち、梯《はし》子《ご》でも持ち歩いているってか？　へへっ」

そう言いながらも滝川は嬉《うれ》しそうだ。確かに塗装は実機よりはるかに派手で光沢感がある。

「……国家機密ですから。ねえ、そんなことより、食事どうする？」

ふたりは新宿の雑踏を歩いていた。ファーストフードなんて言ったら怒るわよ。森は顔を赤らめ、お子様な彼氏を見た。先輩《せんぱい》の原《はら》に連れられて、森はグルメツアーには慣れている。

案の定、滝川は牛丼屋に目を走らせ、次いでハンバーガーショップを見た。森は内心でため息をついた。けれど、ちょっぴり楽しいため息だった。

「そのコート、階級章付いているしねー。大尉《たいい》さんが牛丼屋？」

森にしては珍《めずら》しく、冷やかすように言った。

森と滝川は、ともに学兵の階級で言えば上級万翼長《ばんよくちょう》。自衛軍の大尉に相当し、現在は首相直属の特殊部隊員として、自衛軍であるようなないような複雑怪奇な待遇《たいぐう》である。それでも階級相当の給料は出たから、森は学術書を買いあさり、滝川はフィギュアのオトナ買いができるわけだった。ちなみに司令の芝村舞《しばむらまい》中佐《ちゅうさ》はぬいぐるみのコレクションを増やした。

「ん、えぇと……なんか苦手なんだよな外で飯食うの」

今度は滝川が顔を赤らめた。無理もない。熊本《くまもと》戦時代は、学兵御用達《ごようたし》の食堂で店主のボランティアでカロリーを確保し、後は自炊《じすい》で弁当か、売店でサンドイッチか焼きそばパンだった。本土に撤退《てったい》してからは良い思いをしたこともあるが、すべて接待か招待だ。滝川君、広島ではお好み焼き専門だったしな。しょうがないわね……。

「西口を少し歩いたところに京急ホテルがあるんだけど……」

「えっ、ホテル……?」

滝川はたじろいで大声をあげた。通行人が怪訝《けげん》な顔でふたりを見た。

「んもー、違うわよっ！　ホテルの地下にパスタを食べさせる店があるの。単品で頼めばそんなに高くないから」

その気ならフルコースで大枚をはたくこともできるが、そこの海鮮系の具材を使ったパスタが森は気に入っていた。現在、教官として出向している調布の戦車整備学校分校は、新宿まですぐだ。事務の面倒を見ている加藤《かとう》や教官補佐の新井木《あらいぎ》と一緒に何度か食べ歩きをした。

案の定、滝川は、はいはいと手を挙げた。

「そこ！　そこでいいぜ。俺、ミートボールがたくさん入ったやつ食べたいっ！」

「はいはい。ボロネーズね。暗くなる前に急ぎましょ」

そう言いながら森は携帯《けいたい》電話を取り出していた。まったく、食べ物の好みまでお子様なんだから……。

そんな森を滝川は不思議そうな顔で見ていた。


リストランテに迎えられたふたりは、マネージャーじきじきに案内されて、静かな壁際の席に通された。森のことを覚えていたようだ。

　席に収まったふたりはいつになく緊張して、テーブルの白布の上に視線を落としていた。くうう、だめだこういう雰《ふん》囲《い》気《き》って。滝川はミネラルウォータをごくごくと飲み干した。あ、そう言えば……。滝川は海兵旅団の東《ひがし》三《さん》条《じょう》大尉から教わったことを思い出した。ええと……対面に座ると緊張するけど、斜《なな》めに座ればけっこう楽になるよ、だっけ？　試してみっか。滝川は立ち上がると、視線を落としたままもじもじする森の斜め隣に座った。え？　という顔で森が顔を上げた。滝川は必死で言い訳を探した。

「あー、なんだかテーブルが広いから対面に座ると面接されてるっていうかさ。緊張しちゃうんだよな。俺、こういうとこ慣れてねえから」

森の顔が、かあっと赤らんだ。それでも肩の力は抜けてきたようだ。

「面接っていえば昨日、面接したんですよね。担当にされちゃって……」

へ、面接？　なんの話だ？　滝川は自分の話題になって、リラックスした森を見つめた。

「第二期の人型戦車整備兵の募集やったみたいなんですけど、希望者が殺到して。倍率十倍ですよ、十倍……！」

森は頬《ほお》を紅潮《こうちょう》させて興奮気味《ぎみ》に語った。

「すげーな。そんなに人気、あるんだ？　人型戦車の整備って」

「活躍しましたから。それに人型戦車の整備自体は難しいんですけど、生体兵器の技術者って、潰《つぶ》しが効かないようで実は効くんです。軍を辞めても、バイオ系の企業とかで引っ張りだこだし。バイオ製品のブランドなんですよ、人型戦車って」

「んで、どうだった？　面接だけで選ぶのか？」

あまりに素朴な滝川の質問に、森は余裕の笑みを浮かべた。

「まさか。成績は書類選考しますよ。だから、どうして人型戦車の整備をしたいんですかなんてわたしは質問したんだけど、狩谷《かりや》君なんていきなり数式を口にして、この数式の意味するところは？　なんて。ばっさばっさでした」

だよなあ。森じゃ志望者落とせねえよな。にしても陰険眼鏡《いんけんめがね》、きっと楽しかったろうな。

「へっへっへ、あいつらしいよな。んで、とっとと決まったわけか」

「狩谷君、ホント楽しそうで。一週間、面接続いたんだけど、終わった後、マーカーであっさりこれとこれ、なんて。けど、少し不満そうだったわね。遠坂《とおさか》みたいな天才がいたらな、なんて。彼、けっこう遠坂君のこと評価していたのね」

「んー、そういや遠坂が怒られるの見たことなかったな。けどよ、森は狩谷の選考に文句とかなかったのか？」

ちょうど運ばれてきたパスタを頬張りながらふたりはしばらく黙々と食事を続けた。サービスのサラダには魚介類が散りばめてあった。

森は細切りの海苔《のり》が山盛りになった和風のパスタを器用な手付きで食べていた。海苔のついた唇《くちびる》をナプキンでぬぐうと、森は話を続けた。

「……少しだけ。中村《なかむら》君や岩田《いわた》君が好きそうな子がいなかったから。成績が同じだったら、面白そうな子を割り込ませちゃいました」

へえ、森、やるじゃん！　滝川は森の変化に目を見張った。森も本当は狩谷と同じくまじめなやつだ。それって……ええと、狩谷や自分とは別の見方で見てみたわけだ。

けど中村たちが好きそうな生徒ってなんとなくわかる。時間が余ったら悪ふざけ、が整備班の基本だったもんな。あれでパイロットはずいぶん助けられたんだ——。

「中村と岩田は……だよなあ」

滝川はそう言って、勝手に納得した。

「あのふたりは現場で教官です。何するかわかりませんから、隔離《かくり》。……また二〇ミリ機関砲撃っちゃったんですよ、岩田君。中村君は中村君で、人工筋肉の疲労度をはかる色の話ばっかりしていたし。後で狩谷君、額に青筋たてていました」

「えへへ。……うん、このボロネーズ・ミートボール添え、うめーな。トマトソースがほっこりしたミートボールに程良く溶け込んで」

話が難しくなって、滝川は話題を変えようとした。狩谷が主張するマニュアル化だけじゃパイロットの場合、戦闘はできないからだ。かといってマニュアルを知らなければ、単なるド素人だ。自分も速水《はやみ》や芝村《しばむら》、壬生屋《みぶや》のような天才を追いかけなければ死んでいた。天才の追いかけ方にはふたつある。真似《まね》をしようとする方法と、真似はあきらめて自分のスタイルを徹底することだ。ボキャブラリーが不自由な滝川にはこうと言葉にはできなかったが、こういう話はけっこー難しい。そういや島《しま》や村井《むらい》たち、うまくなったよな――。

気が付くと森の大きな目が自分をのぞきこんでいた。

「ねえ、滝川君。わたしたち、これからどうなるの？　首相直属の特殊部隊だなんて。なんだか話がどんどん難しくなっていくみたいで。滝川君、首相官邸の警備にまわされちゃうし」

淡《あわ》い鳶色《とびいろ》の瞳《ひとみ》が不安げに揺れている。森の心配の種は尽きないようだった。実は森の先輩でもある整備班長の原素子《もとこ》の言動が近頃、少しおかしくなっている。一応、分校の校長ということになっているが、視察と称してドレスアップして都内にショッピングに出歩いている。それと三日前に急に司令の芝村舞《まい》から言い渡された首相官邸《かんてい》の護衛任務だ。今日は「敵」に目だった動きなし、ということで休暇《きゅうか》を許された。

滝川は「うーん」とうなった。

「特殊部隊ってのは大げさだぜ。なんとか師団とかそんなところに組み込まれても、相手のえらい人たち、5121のことわからねーだろ？　だから前は西部方面軍の直属みたいな感じになってたじゃん。芝村中将《ちゅうじょう》が大原《おおはら》首相に変わっただけだと思うぜ。俺が首相官邸にいるのもそんなことじゃないかな」

滝川は、司令の芝村舞に説明されたことを繰り返した。西部方面はカーミラとの三千年条約によって平和になった。だから居場所を中央に移しただけだ、と。

わかったようなわからないような説明だったが、要は俺たちが必要とされる地域、必要としている部隊に出向いて戦う用心棒のようなものだろう。正義の味方、と首相のおばさんは言ってくれたけど、その通りじゃん。

「……護衛の任務って大変？」

森に心配顔で尋《たず》ねられて、滝川は照れくさげに顔を赤らめた。森っていつでもどこでも心配の種、探してるんだ。母ちゃんみてえだな。

「一日八時から午後の五時まで正門の横に突っ立っているだけさ。なんかウワサになっちゃったらしくて、昨日は修学旅行の連中にデジカメでぱちぱちやられた。へへっ、触ろうとして近づいたやつはさすがに警官に注意されていたけどな。飯はこんなのありってくらいうまいけど、隊の連中と会えないのがちとな」

お巡《まわ》りさんや、SPのお兄さんお姉さんはやさしくしてくれるけど、たまに首相から「青少年、しっかり」なんて声をかけられるけど、仲間と会えねえのは寂《さび》しいもんだよな。交代制にすると芝村は約束してくれたけど。滝川は、にかっと森に笑いかけた。

「俺なら大丈夫だって。イジメにも遭《あ》ってないし」

冗談に紛《まぎ》らわせて森の心配病を除こうとした。しかし、森はあらたまった様子で滝川を見つめてきた。

「だけど、戦争、もう終わったんじゃないの？　前に速水君や瀬戸口《せとぐち》さんから聞いた事件は別にしても。そんなに戦争したい人、多いのかしら。そんなに首相は危険なのかしら？」

しばらく前、お忍びで東京に潜入したカーミラを狙った主戦派のことを言っている。和平条約を妨害する者は国家反逆罪に問われる。それだけ当局は厳しい姿勢を取っていた。

滝川はしんとした表情で森の言葉を受け止めた。戦争なんて二度とごめんだ、という願望がその言葉にはある。その願望は大切なものだ。しかし――。

「戦争って経験してみないとわかんないんだよな、なかなか。……人が死ぬんだぜ？　安全なところにいるやつほどかっこいいこと言うもんだよな」

「うん……」

森は憂鬱《ゆううつ》な表情でうなずいた。

「熊本、山口、それからまた九州――ずっと戦争続きでさ、鬼のように戦って、それでもカーミラと和平を結ぶのがやっとだったんだぜ。俺も難しいことわからねえけど、最後は幻獣《げんじゅう》の王様を速水たちが不意打ちして大逆転サヨナラホームランの勝ちだったんだ。なのに幻獣を日本からたたき出す絶好のチャンスだ、なんて言う馬鹿《ばか》もいてさ」

滝川はとあるテレビ局に取材された時のことを思い出していた。百二十一号作戦は芝村支隊による奇襲《きしゅう》攻撃で起死回生の勝利を収めた、という風にストーリーは書き換えられ、滝川も他のパイロットとともに取材には慎重《しんちょう》に応じた。

ほとんどは芝村と、隊のスポークスマンのような役目の瀬戸口が答えていたが、レポーターがふと洩《も》らした言葉が滝川の癇《かん》にさわった。「なぜ、逃げる幻獣を追撃しなかったんですか？国民の中にはもっと徹底して敵をたたくべきだったという声もありますが」。滝川は知らずレポーターの胸ぐらを摑《つか》んでいた。「戦争に行ったことあるのかよ、この野郎……！　みんなボロボロで、そんな余裕はなかったんだよ！」。

滝川の腕《うで》を引き剝《は》がして芝村がレポーターに向き直った。

「我らは敗色濃厚で疲れ果てていた。それゆえ奇襲に頼るしかなかったのではないか？」と芝村は冷静に言った。

「しかし……」と反論しようとする声を遮《さえぎ》って「本来なら負けていた戦争だったのだ。これ以上の戦争などとんでもないことだ」と芝村は相手を冷ややかに見つめた。

「カーミラが王になって、和平を結んでくれたんですよ。勘違いしてはいけません。あの幻獣王がいなければ俺たちは九州から追い落とされていました」と瀬戸口もにこやかに言った。

思ったような結論が引き出せなかった取材は、後日、巧妙に編集され、放映されたが、幸いなことにテレビ新東京が特集番組を組んでくれ、九州奪還戦の危うさを検証してくれた。座談会に出席した５１２１小隊の面々は、存分に思いのたけを打ち明けた。レポーターの桜沢《さくらざわ》レイも、九州奪還戦の悲惨《ひさん》さを、自分が映したビデオ映像をもとに語った。ビデオ映像には生体式機関砲弾でずたずたになった戦死体や、強酸を浴びて燃える兵が克明に映し出されていた。

　それでも——それだけ訴《うった》えても、勝利に湧く、あるいは勝利に湧きたい世論は収まらなかった。悲惨《ひさん》な試練の果ての勝利という図式は甘美な幻想を呼び起こしやすい。西日本ではさすがに和平派が多数だったが、ここ首都圏の世論調査では七対三の割合で主戦派が勝っていた。

　各都道府県の教育委員会では、再び学兵の募集が行われ、編集された映像を見た学生たちは進学、就職の際の優遇措置《ゆうぐうそち》とあいまって志願する者が後を絶たなかった。文部省の意向で、パイロットたちは各地の講演に駆り出されていた。

「滝川君……？」

　森の声が聞こえた。森の心配そうな顔がアップで近づいていた。わっ……！　滝川は椅子《いす》ごと後ずさった。

「滝川君、すごくこわい顔をしていた」

　森に指摘されて滝川は気まずげに鼻の頭を掻《か》いた。

「……講演もずいぶんやったんだけどよ、何を言ってもだめなんだよ。あの戦争、ホントにやばかったんですからなんて言っても。けん……あー、なんだっけ」

「謙遜《けんそん》」

「それ。そんな風に受け止められちまって、頭に来たから一度、桜沢さんが映したビデオを見せてやったんだ。その時だけは悲鳴が上がったけど、しまいはやっぱり、この戦争勝てますよね？　なんてな。とっくに和平結んでるっての。これ以上、戦争したら負けますなんて言えねえしな。……くそ、大盛りにしとくんだった！」

滝川はそう言うと、スパゲッティの巨大なかたまりを口に押し込んだ。

「聞いたような声だと思ったら……」

声をかけられて、滝川は旺盛《おうせい》に咀嚼《そしゃく》をしながら顔を上げた。アフロ頭の長身の男が、少し離れた席から声をかけてきた。ライダージャケットにスリムなジーンズというラフな格好だ。席にはふたりの女性が座っていた。

「植村《うえむら》大尉……に、あれあれあれ？　懐《なつ》かしいじゃねえか、島村《しまむら》！」

どういう組み合わせだ、という目で滝川は三人を見た。知らない女の人も交じっているし。

「ああ、島村千翼長とは知り合いだったか？」

植村は意外な、というように言った。

「そりゃもう！　熊本以来、ずっとですよ。撤退戦の時も一緒だったし。まだ千翼長とかやってんのか？　大学とか行ってるんだと思ったぜ」

滝川が尋ねると、島村は恥ずかしげに顔を赤らめた。

「わたし、来年三年だから。それまでは西部方面軍司令部に世話になって、オペレータをやっているんです。あの……ヒト・フタ・ヒトの資材の手配もしたんですよ？　こちらがわたしの先輩の前園《まえぞの》少尉です」

島村に紹介されて、小柄だが気の強そうな女性が滝川を見た。

「あ、ども……5121の滝川っす。隣にいるのは整備班副班長の森」

滝川は少し気圧《けお》されたように自己紹介をした。

「田之浦《たのうら》港湾司令部……西部方面軍司令部の前園です。話が聞こえてきたけど、テレビに出たり講演に行ったり、首相の護衛をやったり、大変みたいね」

前園と名乗った女性は少々皮肉交じりに言った。島村が驚いて前園を見た。え？　なんでこの人怒ってんの？　滝川は目を瞬《また》いた。

「ははは。ファンタジーにはドラゴン退治をする英雄が必要だろう。彼や他のパイロットはむしろ被害者だぞ、前園少尉」

植村が諭《さと》すように言うと、前園は黙り込んだ。

「俺もテレビインタビューを見たが、レポーターが勇ましいことを言わせたがっていたな。やはり桜沢レイのように、戦争の真っ直中に放り込まれないとだめなんだろう」

「物語が必要なんですよね。こちらは大迷惑です」

植村の言葉を受けるように、森が口を開いた。森は前園に視線を合わせていた。

「滝川君、話をするなんて苦手なのに無理に引っ張り出されて。それでもたった一度しかキレませんでした。我慢しているんです！」

前園は森の強い視線を受けて、ふいと目をそらした。

「植村大尉だって活躍したじゃないですか？　なのに5121小隊だけ……」

笑い声が聞こえた。植村が朗らかに笑っている。

「脚光を浴びているか？　前園少尉、彼らは報われているように見えるかな？　人型戦車は象《しよう》徴《ちよう》になりやすいんだ。むしろ5121は俺の面倒を代わりに引き受けているんだよ。それによく訴《うつた》えてくれている。これ以上の戦争はごめんだ、と。日本が潰《つぶ》れる、と。ドラゴン退治の英雄が言うのだから説得力がある」

「それが……あんまりないんすよ」

滝川がぼやくように言うと、前園もようやく納得したようにため息をついた。

「戦争の悲惨を訴えれば訴えるほど、勝ったという事実が輝くのよね。今は何を言っても無駄かもしれないわね」

「まあ、飽《あ》きっぽい世論が忘れてくれるのを待つしかないだろう」

植村はそう結ぶと、邪魔でなければこちらに合流しないかと言ってきた。滝川と森は顔を見合わせてうなずき合った。

植村の中隊は二十一旅団の中隊をもうひとつ付けられて福岡から東京の練馬《ねりま》駐屯地に移動になったのだという。大尉から少佐となり、変則的に二個中隊を束ねる植村支隊の隊長となった。

「旅団を細切れにしていいんすか？」

滝川が尋ねると、植村も顎《あご》を撫《な》でて考え込んだ。

「和平ラインの警備は幻獣との戦闘経験がある隊でないと任せられない。あの戦争を戦った者なら和平を守らなければ破滅だ、ということを知っているからな。二十一旅団は野戦憲兵と協力して番犬役だ。あとは熊本連隊が協力してくれている」

「なんか大変ですね。植村大尉、じゃなかった少佐はどうして東京に……？」

滝川が何気なく尋ねると、植村は唇に指をあてた。

「東京にも番犬は必要だ。それはカーミラが襲撃《しゅうげき》された件でわかっているだろう。君もまさにその任務だし、海兵旅団が古巣の横須賀《よこすか》に戻ったのもそのためだよ」

それを聞いて滝川と森の表情が引き締まった。滝川は言葉を探したが、困惑を顔に表すしかなかった。

「善行さんもそちらさんの司令も知っていると思うがね。ここしばらく大原内閣の支持率がじわじわと落ちているんだ。近いうちに何かが起きるかもしれない。……ああ、ストップ。口には出すな、ここでは。芝村系列のホテルだからセキュリティは万全だと思うが。俺は君を首相府まで送ろう。前園少尉と島村千翼長は森大尉を送ってやってくれ」

「はっ」植村の言葉に、前園は律儀《りちぎ》に返事をした。

「……そんなに」

森は青ざめてつぶやいた。

「何が起こるかわからないの。たぶん気が付いていないだろうけど、整備学校も憲兵隊が警戒しているはずよ」

前園はこともなげに言った。

「なるべくデートは控えた方がいいな。ほら……あそこのふたり。スーツ姿がやけに不細工じゃないか。君らを護衛している憲兵だよ。島村千翼長、これを」

植村はコースターの裏側にペンで何やら書き付けると、島村に持たせてやった。島村はうなずくとふたりの男に近づき、コースターをテーブルの上に置いた。

「森大尉を見守るそうです」

「何よ、わたしじゃ頼りないっていうわけ？」

島村の報告に、前園が不満げに口をとがらせた。

「調布《ちょうふ》まで国鉄だからな。そちらの方が危険と判断したんだろう。さて、俺は君と高機動車でドライブだ。君らの姿を見た時に練馬に電話を入れた。じきに到着するだろう」

……なんだかやけに大げさだ。滝川は森と視線を合わせた。森は憂鬱そうに首を振っただけだった。

○十二月十九日　午後四時　中央テレビ・スタジオ

「だから何度も言っているであろう。そもそもが泥縄《どろなわ》式の無謀《むぼう》な作戦だったのだ」

スタジオでは芝村舞が苦々しげに吐き捨てた。隣には瀬戸口、厚志が控えている。

戦火をくぐり抜けた三人の雰囲気に気圧《けお》されながらも、評論家と称する連中が「中途半端な戦果だった」と持論を展開していた。

彼らが景気のいいことを言えるのは、政府と自衛軍が作った物語を真に受けてのことだ。

要塞《ようさい》線で巧みに敵の戦力を削り、戦況の膠着《こうちゃく》に焦《あせ》って前線付近に出てきた敵の王を、芝村支隊が奇襲したという都合のよい桶狭間《おけはざま》ストーリーだ。誰も百二十一号作戦の真実を知らない。カーミラの立場は、さしずめ主戦派と権力争いをしていた和平派の代表というところか。若い世代には人気があるが、未だに特殊な存在として認知されているに過ぎない。歌手デビューの話も治安当局が悲鳴をあげて沙汰《さた》やみとなった。

「総退却に移った敵を追撃し、徹底してたたいてから和平でもよかったのではないですか？」

評論家のひとりが話題を変えるように言った。終戦処理は謎《なぞ》が多く、必ず話題になっていた。またその話題か、とウンザリ顔の舞に代わって瀬戸口が口を開いた。

「あれは和平派のカーミラの命令だったんですよ。彼らは負けたのではなく、ただ王の命令に従っただけなんです。追撃なんてしたら即反転されて、こちらは全滅していたかもしれないんですよ？」

何度も何度も同じ話題が繰り返されるな、と厚志は内心で首を傾《かし》げていた。

勝利した戦争が視聴率を稼ぐことができるのはわかるけど、それにしても連日、なんらかの戦意高揚《こうよう》番組が放送されている。「スポンサーは武器商人さ」と瀬戸口さんは言っていたけど。考えてみれば、人は五十年の間、敗北感を抱いて負け続けの戦争から目を背けていたんだよな――。二度の勝利で態度がころっと変わるのも無理はないか？　山口、九州、どちらも勝利と言うには首を傾げる内容だったけど。

あんなのは……偶然に偶然が重なっただけだ！

マスコミの多くは明らかに国民を煽《あお》っている。目の前にいる人たち、何者なんだ？

「しかし、死傷者八千七百名ですよ？　許容《きょよう》できる数字です。要塞線は概《おおむ》ね維持《いじ》されていたと考えるべきではありませんか？」

ウソの発表してるし……。死傷者は三万は下らないはずだ。偽《いつわ》りの政府発表の縛《しば》りが、51 21小隊の足を引っ張っていた。

「数字ではないのだ、戦争は。その八千七百名とやらが、日本最精鋭の兵であったとしたら、そんなしたり顔で語ることはできないだろう」

舞も内心では悔《くや》しいはずだ。戦争の実相を語ることができない。

「失われた八千七百名は幻獣戦のプロフェッショナルで、十倍、百倍の新兵に相当するんですよ。今はどこもベテランの将校、下士官がいなくなって困っている状況です」

瀬戸口が口添えすると、別の評論家が「それはないでしょう」と笑った。

「初めに死ぬのは新人です。最後まで生き残るからベテランなのではないですか。ちょうどあなたがたのようにね」

「普通はそうだが、主力となった部隊はすべて山口戦を戦った精鋭だった。九州奪還戦は学兵から成る山岳師団と混成旅団を除けば、選《え》りすぐりの編成だったのだぞ。彼らの犠牲《ぎせい》あってこそ、我らが奇襲を準備する余裕ができた」

舞は口をすべらせて、しまったという顔になった。

「そこなんですよ、そこ！　なぜ、芝村司令は奇襲攻撃の真相を明らかにしないんですか？」

司会のアナウンサーが声を張り上げた。舞は苦々しげに唇を噛んだ。

「ははは。これはそれこそ国家機密、軍事機密なんですよ。我々には語る権利はありません」

瀬戸口が朗《ほが》らかに笑って言った。舞がそっと肘《ひじ》でつついてきた。たわけ、何を黙っていると目で威嚇《いかく》していた。ええと、僕の役目は……。

「あの……皆さん、人型戦車のこと、どれだけ知ってますか？　どういう風に戦って、敵を撃破するかわかってますか？」

一応、厚志は天才パイロットと紹介されていた。話題を急に変えられ、逆に問いかけられた司会者、評論家は言葉を失った。成功を確信した厚志はさらに続けた。

「人型戦車は二足歩行だから的が大きいし、火力だって七四式戦車より劣るんです。皆さん、本当に人型戦車で戦うことがどういうことか、わかっているんですか？」

うん、後は専門的な話で煙《けむ》に巻けばいいのかな。厚志は天才パイロットらしく、にこやかに笑ってみせた。

「……人と同じ動きができるわけだから、狙撃でしょう。しかも地形踏破性も高いしね」

評論家のひとりが自信なさげに言った。舞の目が機嫌良く笑っている。もっとやれ、と目で語っている。

「あはは。それだけじゃ失格です！　まず、人型戦車のことを勉強してからこういう番組やりましょうよ。岩国ではけっこう演習やってたけど、皆さん、見ていないんですか？」

「それは……他の自衛軍の状況を把握《はあく》するのに忙しかった」

評論家の口調がしどろもどろになってきた。

「なんなら今度、三番機に乗りませんか？　もちろん掌《てのひら》に摑まってもらいますけど。大丈夫ですよ、落としはしません」

くっくっく。舞が笑いを嚙み殺している。

「壬生屋の一番機でもよかろう。あれは飛んだり跳ねたり忙しいぞ。そなたら、横須賀に来れば貴重な体験ができると思うがな」

舞が機嫌を直したところでＣＦが流れた。ディレクターが討論終了のサインを出した。厚志らは礼儀《れいぎ》として敬礼をしてから、ＡＤに案内されるままにスタジオを離れた。

「軍事評論家なんて本当にいるんだね」

三人を待ち構えていたマスコミを振り払って、出入り口付近に横付けになった防弾仕様の高機動車に乗り込んだ後、厚志は口を開いた。

「地下で暮らしていたのさ。冬だというのに威勢よく鳴いているがな」

瀬戸口が軽口をたたくと、厚志は思わずにやりと笑った。

「軍需産業の太鼓《たいこ》持ち、というやつだ。前に九〇式戦車がどれだけ優秀か力説していたぞ。人型のセールスマンには役不足だがな」

舞も皮肉な笑みを浮かべて言った。

「時に、善行さん、今日は首相官邸だったな。なるほど、こちらもパフォーマンスを見せないと、というわけだな。どうやら東京憲兵隊の要請によって５１２１小隊を首相府の警備に、と考えているようだ。首相は物好きだし、善行さんもハッタリ屋だからな」

運転席に座った瀬戸口が真顔になって言うと、舞は腕組みして口を開いた。

「ふむ。滝川だけじゃ足らんのか？　となれば首相府は5121の駐屯《ちゅうとん》地になるぞ。それも妙な話だ」

舞の言葉に瀬戸口は「まあな」と首を傾げた。

「相当な大所帯になるが、官邸の敷地は広いから困らないだろう」

「けど、人型戦車が首相府の衛兵になれば観光名所になるんじゃない？　修学旅行のバスが押しかけたりしてさ」

厚志は滝川のド派手なイタリアン・イエローの機体を思い浮かべた。全高八メートルの人型戦車は確かに迫力があるだろう。

「何が起こるかわからない。問題は、それがいつか、ということさ」

不意に瀬戸口が口を開いた。そうだな……。あのカーミラの事件から一カ月近くが経つ。憂国《ゆうこく》武士団とやらはその後なりを潜めている。代わりにマスコミの論調が、日を追って戦意高揚に傾きつつある。これが薄気味悪かった。

どこの誰にそんな時間と情報ソースがあったのか『九州奪還戦の真実』なる本も先日出版された。5121小隊の面々はその本を一読して眉《まゆ》をひそめた。内容は、要するに慎重派が電撃戦を主張する山川中将らの足を引っ張り、補給を滞らせたあげく戦機を逸《いっ》した、というものだった。前提としては軍内部でも散々語られてきた「幻獣は山口で戦力を使い果たした」というものて、お気楽な推測に推測を積み重ねて書かれてあった。

「……首相は危険なんだろうか？」

厚志は思わず口にしていた。

「首相だけではなく、和平派、首都圏そのものが危険にさらされている。東京憲兵隊の副島《そえじま》大尉から聞いたんだが、情報の流れが鈍りつつあるみたいだ」

瀬戸口の口調にはにこやかさがなかった。むしろ考え込むような表情になっている。

「流れ……とはどういうことだ？」舞がいぶかしむように尋ねた。

「主戦派を監視している者たちから上がってくる情報が少なくなっているようだ。相手も情報戦を仕掛けているのか？　どの機関も和平派主戦派が入り組んでいるからな」

和平派を称する監視員が、二重スパイであるということも考えられる。そして、首相側は仕掛けられる側だ。主戦派と目される指揮官の人事も、正当な理由なくしては行えない。あくまでも和平派は受け身の立場だ。

「まあ、俺たちは一介の試作実験機小隊に過ぎないからな。しかし、カーミラとの和平条約はすでに法的に成立している。これをくつがえすというのは、どんなきれいごとを並べたって違法行為……国家反逆罪になるわけさ。それだけを覚えておけばいいだろう」

瀬戸口の言葉に、ふたり沈黙をもって賛意を表した。

○十二月十九日　午後四時三十分　館山《たてやま》海軍士官学校食堂

「早くて今月末。まず第一師団の半数は動くと見ていいね。あの師団は昔は大したものだったんだけど、今はプライドだけ高くて実戦経験もロクにない。主戦派の巣に打ってつけなんだ」

　東京の地図を広げて、茜大介《あかねだいすけ》は館山の士官学校の食堂で得々と解説していた。隣にはルームメイトの山川《やまかわ》、そして湯川《ゆかわ》ら奪還戦に参加した面々の顔も見える。ご丁寧《ていねい》にもチェスの駒《こま》を用意して、黒のキングを首相官邸に置いた。

「まず、大原首相を拘束《こうそく》。首相官邸を押さえてから、和平派の大臣を拘束する。同時に別働隊は防衛省、主要な自衛軍基地、テレビ、ラジオ局、そして新聞社を占拠《せんきょ》して情報を封鎖《ふうさ》する」

練馬と習志野にナイトを置き、マスコミ各機関にはポーンを次々と置いてみせる。

「情報封鎖して、状況をひとまず霧の中にするってわけ。何が善で何が悪か、霧の中にしばらく身を置くとしだいに感覚がマヒしてくるもんさ」

　うんうん、と茜は得意げに自ら納得した。

「しかし、首相側だって黙ってはいないだろう。首都に駐屯する一部反乱軍によるクーデターと考えて東京に向かうはずだ」

　山川は主要な国道、高速通り沿いに白の駒を配置して、包囲網を完成した。

「市街戦覚悟ならね。クーデター側の強みは、自動的に都民を人質にとっていることさ。慎重で良識的な指揮官ほど動きは鈍くなり、相手に時間を稼《かせ》がせてしまう。その間に新しい政府ができあがっているってわけ。当然、防衛省の大臣も代わっている」

茜はこともなげに言った。山川は穏やかな表情で考えていたが「問題は……」と口を開いた。

「市街戦と時間のふたつ、だな」

「ふ。わかりきったことを。まず僕が白をやるとしたら、相手も同じ問題を抱えていることを指摘するね。東京を火の海にするつもりかって。末端の部隊はわけもわからず動員されているだろうから動揺が起こる。次に時間。僕だったら多少の犠牲が出ても、断固として首相を救出する。犠牲が出るのは黒が悪いんだから」

そう言うと茜は、首相官邸の黒のキングを白のナイトで倒した。

「黒も白も悪いだろう。自衛軍そのものが国民の敵になるぞ」

山川は言ってから、しまったという顔で苦笑した。それは後で云々《うんぬん》することだ。確かに一直線に首相府へ向かうのは正しい判断かもしれない。

「……けどよ、新しい政府って誰がやるんだ？　そもそも誰がクーデターを指導するんだ？」

それまで黙って聞いていた湯川が首を傾げて尋ねた。

「会津《あいづ》、薩摩《さつま》閥《ばつ》の将軍クラスだろう。君の父上なんかは筆頭候補だよ」

茜はぬけぬけと言って、山川を見た。

「それはない。中将閣下《かっか》はそこまで愚《おろ》かじゃないさ。確かに政治は好きだけど、シビリアン・コントロールの意味はよく理解している。だから第三師団の師団長から予算委員会の議長に収まった。あれは、政治家への転身の下ごしらえだね」

父とは呼ばずに敢《あ》えて中将閣下、と山川は言った。茜はそんな山川を黙って見つめていたが、

「君は動揺すると話が長くなるね」と皮肉に笑った。

「動揺なんて……」山川は苦笑して手を振った。

「会って話すべきだね。すぐに。君にだってできることはあるよ」

茜は遮るように断じた。

「しかし……僕はただの士官候補生だぜ」

「という言い訳を用意しているわけか。行方不明にでもならない限り、山川中将のところへはまちがいなく打診がいっているよ。今は市ヶ谷勤めだろう?」

茜と山川はしばらくの間にらみ合った。山川の表情がしだいに険しいものになってきた。

「……君の言うとおりだ」

山川はこわばった表情のまま、言った。


「なんだか大それた話、しているね。茜大先生、顔だからなー」

元紅陵《こうりょう》女子α小隊の佐藤《さとう》は、微笑《ほほえ》ましげにああだこうだと議論している学生たちを見つめた。同じテーブルには神崎《かんざき》、橘《たちばな》、そして鈴木《すずき》が座っている。とりあえず仮入校を許された四人は学生たちの好奇の目にさらされた。高校を飛び級で卒業した歴戦の学兵——。歴戦というのは士官学校の名物男・茜が口にしたことだ。

確かに熊本戦以来、戦い抜いてきた四人は、普通の候補生の中に交じるとまったく雰囲気が

違った。たまに話しかけてくる者もあったが、多くの学生は敬して遠ざける様子見を決め込んでいた。そんなわけでせっかく男どもの巣に復帰した鈴木も女子三人と一緒にいる。

「けどよ、クーデターなんて本当に起こるのか？　しまいにはガソリン缶まで武器にして戦った戦争だぜ。この学校の卒業生も、たくさん死んでいるし」

鈴木はカツカレーを頬張りながら、ぼやくように言った。

「こら、しゃべるか食べるかどちらかにする。神崎、オキアミ君をきちんと躾《しつ》けないとだめじゃん」

水を向けられた神崎は「何よォ」と弱々しく抗議した。橘はマイペースに掻《か》き揚《あ》げ蕎麦《そば》をすすっている。ここでは自己主張はしばらく控えようと決めたようだ。

佐藤らは歴戦の戦車兵ということで、授業中、学生たちが注視する中、教官にいろいろと質問を受けた。佐藤と橘は徹底した隠蔽《いんぺい》、待ち伏せ戦術を説明し、これには教官も学生も困惑の表情を浮かべたものだ。

はじめは時速二十キロのモコスでしたから、戦車戦なんて無理で待ち伏せ専門。狩るのは夕暮れ近く、孤立した敵を一匹ずつなんて感じでした、という佐藤の話は学生たちには想像の外だったようだ。特に山口戦終盤の第三戦車師団の快進撃を情報として多く持っている者は首を傾げるばかりだった。「機動戦をするから戦車なんじゃないか？」と尋ねた学生に対して「あ、それやるとベテランでもいつか死にます」と佐藤はこともなげに答えてしまった。海兵旅団の戦車隊はどうだったとの質問には「ほとんど全滅でした。生き残ることより敵を倒すことを優先に考えていたみたいですね」とあけすけに語った。

　その口調があまりに自然だったもので、戦車兵志望の学生たちは世にもしぶい表情を浮かべたものだった。ともあれ、四人の第一印象は必ずしもよいものではなかった。

　そこで彼女らの弁護をしてやろうとしゃしゃり出てきたのが茜というわけだった。茜は彼女らを悪魔のようにずる賢く、生き残るためには手段を選ばないベテランさ、と学生に向け、皮肉たっぷりに言った。むろん皮肉は学生に向けられたものだ。そしてどこから調達したか、道路上で玉突き事故を起こしたあげく炎上している戦車縦隊の拡大写真を示して「これが海兵の実力というわけ。ぶざまだろ？」と学生たちの敵意をさらに煽《あお》った。

　弁護になってないし……。これには佐藤らも閉口して、以後口を慎《つつし》むことにしたわけだった。

「なあ、佐藤たちはどう考える？」

　茜に声をかけられ、佐藤はヒッと首をすくめた。山川が苦笑してこちらを見ている。

「考えるも何も……ウチら学生だから。命令されれば従うだけよ」

　無難な答えを口にした。橘が顔を上げて、だめだめというように首を振った。無難な答えは怪人茜の好物だ。案の定、茜は「ふ」と鼻で笑った。

「歴戦の戦車兵がそんなことじゃ困るな。ここは和平派で固められているから、事件が起こったら君ら先頭に立って東京に進撃するんだぜ」

「だから……それを前提にして佐藤は言っているんです。けど、肝心の戦車が練習用のものしかないじゃないですか？」

橘が落ち着いた口調で茜に向き直った。全員の目が橘に注がれた。美少女と言ってよい橘を狙《ねら》っている学生は多かった。どころか、三人はただでさえ女子が少ない学校に舞い降りた天使のようなもので、他の兵科の男子はことごとく教室にのぞきに来ている。

「ふ。そこは校長を説得して習志野の戦車をまわしてもらうさ。四人ともこっちに来なよ。反乱軍がルートを封鎖するとしたらどこだと思う?」

四人は顔を見合わせ、互いに押しつけ合った。神崎の哀願《あいがん》のまなざしを受けた鈴木があっさりと負け、地図をちらと見て「こことここ」と無愛想に指で示した。「エクセレント」茜は皮肉に笑った。

「けど、友軍同士で戦闘はできないよね。封鎖地点でストップ」

佐藤はさすがにたまりかねて言った。

「そこで僕の出番というわけ。ただ命令に従っているだけの反乱軍を説得するさ」

茜は自信たっぷりに請け合った。

「けどよ、クーデターは可能性に過ぎないだろう? 起こす側は失敗したら国家反逆罪だっけ。リスク多いと思うけどな」

鈴木が議論の前提をくつがえすようなことを言った。これには佐藤も同感。頭の中で考えた理想を実現するには、賭《か》けるものが多すぎる。

「ああ、君らは良くも悪くも現場の兵だね。戦争が続いてくれないと困る勢力もいるんだよ。樺山《かばやま》コンツェルンって知ってる?」

茜はやりとりを楽しむように尋ねてきた。なんだっけ？　聞いたことがあるけど。

「確か新聞社の会長じゃなかったっけ」

「失格。それは樺山亮平《りょうへい》の肩書きのひとつだよ。本業は戦車から小銃まで作っている武器商人だよ。これと軍が結びついたのが軍産複合体。他にも大中小、たくさんの武器商人がこの国にはいるんだ。戦争が終わったら一番困るのは彼らさ。他にも民生品を軍に納めている企業もあるしね。戦争が完封シャットアウトされたら困るんだ」

佐藤は目を見開いた。初めて聞く話だ。三人を振り返ると、それぞれが複雑な表情を浮かべている。世間知らず、という言葉が頭に浮かんだ。戦争と戦場しか知らない。新聞なんて、テレビニュースなんて戦場にはなかった。

「まあ、そういうことはすぐに頭に入ってくるから。普通にやっていればいいさ」

山川が佐藤の気持ちを察して、穏やかに微笑んだ。茜と同じく、四人のことを何かと気にかけてくれている。とはいえ茜と違ってありがたいのは、ごく普通の先輩として接してくれることだった。鈴木はなぜかバスケ部に入部することになった。

「……戦争を望んでいる人たちがいるなんて。終わらせるために頑張《がんば》ってきたのに」

佐藤はつぶやくように言った。

館山に来る前に、元教官の那智《なち》とその婚約者に東京を案内してもらったが、道行く人の誰もが穏やかな顔をしていた。自分たちと同じ年頃の学生の表情も明るく、こういう人たちのために戦っていたんだな、となんとなく実感できた。

「それが僕らの仕事だからね。自分の利益のために、戦争の継続を望むなんて本末転倒だろ？　けれど、これまでのボロ儲《もう》けが忘れられないんだな、そういう連中」

山川はそう言うと肩をすくめた。

「なんか目からウロコっす……」

佐藤は学生たちの議論が微笑ましいどころか、真剣なものであることを悟った。さすがに士官学校だな。実戦経験だけじゃ通用しない。勉強、ついていけるかな……？

「これは常識として知っておいた方がいいね。ユーラシアの国々に武器や物資を売って、大きくなったところがほとんどさ。けどね、軍需産業は工場のラインを民生用に転換するのがなかなか難しいんだ。七四式戦車のラインをトラクターには変えられないだろう？　熊本戦のように一進一退が彼らの理想なんだけど、首相が和平を結んで武器・弾薬の消耗《しょうもう》は激減するだろうからね。そうなると首つりモンさ」

山川は丁寧《ていねい》に説明してくれた。

「はあ、そういうもんですか」佐藤はただうなずくことしかできなかった。

「ちなみに僕の祖父と親父は樺山、四菱《よつびし》からワイロを受け取っている。それが当然の権利だと思っているようだね」

あっさりと言われて、佐藤は「ワ、ワイロ……？」と聞き返した。

「ははは。そのために出世したんだからなんの文句があるってわけさ。ちなみに館山卒の将校はワイロには最も無縁だね。軍の端も端。軍艦《ぐんかん》にも乗れない海兵だから」

どっと笑い声があがった。学生たちが冷やかすように佐藤らを見ている。

「ふ。山川は戦争に行ってから変わったね。前は親の話をすると押し黙ったもんだけど。5121病に頭をやられているな」

茜がにやりと笑って言った。

「現場をじかに見せられちゃな。候補生小隊はみんな変わっているぜ」

湯川がそう言うと茜の頭を軽く小突いた。

「くそ、何を……！　この脳筋め」

茜は憤然《ふんぜん》として、柔道部《じゅうどうぶ》の湯川をにらみつけた。

「感謝のしるしさ。最前線に身を置いて、全員無事で帰ってこられた。5121小隊や植村中隊がいなければと思うと、な。ぞっとする。おまえ、5121の参謀《さんぼう》兼奴隷《どれい》だったんだろ？」

「兼奴隷はよけいだがな。二個師団を救出するための善行さんの計画もわかっていたし、人型戦車のオペレータもやった。ただ、アレに関しては政府の作った物語を信じてもらう」

アレ、と聞いて佐藤は後ろを振り返った。橘らは真剣な表情になっている。今でもその場所がどこなのか正確なことは教えてもらっていない。ただ、必死に戦って、戦ったあげく完璧《かんぺき》に絶望的な状況に陥《おちい》った。その状況を打ち破った奇跡のチカラ――。

「あの……何かが起こったら先輩たちは動くんですか？」

橘が遠慮がちに尋ねた。とたんに茜と山川を除く全員の目尻が下がった。

「できることをやるさ」湯川が代表して答えた。

「わたしも……わたしたちも同じ思いですから」

橘が静かに言うと「か、可愛い……」どこからかため息交じりのつぶやきが聞こえた。

第二章　陰謀

●十二月十九日　午後四時三十分　インペリアルホテル東京

「末次大尉《すえつぐたいい》、これはどういうことかね？」

とある武器メーカーから提供されているシティホテルの一室で、歩兵第三師団参謀《さんぼう》長・泉《いずみ》野《の》大佐《たいさ》は不快をあからさまに表情に表して、末次の後ろに従っている人物を見つめた。

百五十センチあるかないかの小柄な男だった。まるで西洋の修道僧《しゅうどうそう》が着るようなフード付きのローブに身を包んで、顔は不気味に黒光りする人間の頭部を模《も》したマスクですっぽり覆《おお》っている。なんの冗談《じょうだん》、なんの仮装だ？　グロテスクな鉄仮面に泉野は嫌悪感を抑えることができなかった。

「あの大国がどうやら動きだしているようです。彼はその工作員と考えてよろしいかと」

末次はにやりと笑って泉野の怒りの視線を受け止めた。泉野は気難《むずか》しげに腕《うで》を組んだ。こんな得体の知れぬ男が工作員だと？　かの国が動くとすれば大使館経由ではないか？　少なくともこんな子供だましの仮装はしないはずだ。

「幻獣《げんじゅう》との戦いで顔に強酸を浴びましてね。このような姿で失礼」

男の声は低く淡々《たんたん》としていた。流暢《りゅうちょう》な日本語をしゃべる。しかし……泉野は男の言葉を待った。

「日本が幻獣を引き受けてくれた代償《だいしょう》として、莫大《ばくだい》な経済援助を行ってきた国家がこの地球上にあることをお忘れなく。そもそもその国が存在しなければ、日本は八代《やつしろ》会戦の段階で滅《ほろ》んでいたはずです。紙くず同様の国債を引き受けたんですから」

人類の生存圏《けん》がわずかになっても、あの国の大国意識は変わっていない。泉野はまたかというように内心で舌打ちをした。

「大げさな。我が自衛軍は歴史上、初めて幻獣に勝利したのだぞ」

「それも我が国あってこその話ではありませんか。鉄、レアメタル、燃料を危険を冒《おか》して援助してきたのはどの国でしょうか？　あなたがたには和平を結ぶ権利など存在しません。そんなことをすれば、我が国民に日本中が幻獣共生派に寝返ったとのプロパガンダ・プログラムが準備されています。我が国は民主主義国家ですからね。たとえ大統領といえども国民の声には逆らえないのですよ」

仮面の男は淡々とした口調で語った。そのひと言ひと言には重みがあった。国土の半分を占領されてもなお自給自足の繁栄《はんえい》を続けている唯一《ゆいいつ》の国家。日本の優に十倍を超える護衛船団を有し、そのお陰で日本経済は持ちこたえている。

むろん、かの国には幻獣は上陸していない。国家が割れたのは幻獣共生派との内戦によってだ。あちらでは人間同士が内戦をし、時に貿易まで行っているという。元々、日本と違って、悠々《ゆうゆう》と自給自足できる国なのだ。

泉野は交換留学生として、かの国を訪れたことがある。人間の世界がそこにあった。国全体が首都圏のように平和で繁栄を謳歌《おうか》していた。共生派との戦争は中西部の砂漠地帯や山岳地帯に限定されていた。その国が日本の今後を注視している。

「理屈はわかるが、君はそもそも何者なのだ？　大使館員ではないようだが」

くっくっく。仮面の男は喉《のど》を鳴らして笑った。

「非合法の存在であるあなたがたに接触するのは、同じく非合法の身でしょう。アルファベット三文字の機関の工作員と考えても、それはそちらの勝手です。僕の名はアリウスと」

アリウスと名乗った男は、懐から数ページの書類を取り出した。ご丁寧《ていねい》なことに日本語のワープロで打たれている。

「これは……？」

「機関の分析官が考えた試案です。大佐殿にもむろん腹案があると思いますが、参考までに。我が国の目線が理解できますよ」

渡された書類のページをめくるうちに泉野の顔色が変わった。

「最終案オレンジ。……核攻撃だと？　馬鹿な！」

「これが大国の目線です。現在、幻獣共生派と和平条約を結んだ以上、タカ派の中には日本を核攻撃すべきという極論まで出ている始末です。……我々は同盟国を失いたくはない」

「そんな情報は伝わっておらん！　大使館レベルでも確認している」

泉野はそのために着々と人脈を築いてきた。「可能ならさらなる一撃を」との言葉は、かの国の大使・一等書記官から出たものだった。それでも日本を南アフリカ以上の同盟国として重視している姿勢に変わりはなかった。憂慮《ゆうりょ》。懸念《けねん》。そんな表現がふさわしかった。核攻撃などとんでもない大ボラだ、と泉野は思った。

そんな泉野の思考を察したか、アリウスは軽くため息をついた。

「あなたは、あの国の表面しか知らないのですよ。どの国にも狂信者はいるものです。幻獣を悪魔の軍勢として、聖書の黙示録《もくしろく》の世界観と結びつけたり、ね。この国には強力な宗教が存在しないゆえ、大佐殿には我が国の水面下にある熱烈な神秘思想がわからないのでしょう」

アリウスは相手の反応を楽しむように泉野を見た。赤茶けた瞳《ひとみ》には嘲《あざけ》りがあった。確かに、幻獣が登場してからカルト的な新興宗教は増えている。

「最後に神の軍勢と悪魔の軍勢が激突して、最終的に神の側が勝つ、というのですが、そのためには数々の苦難と試練を乗り越えねばならない、とまあこんな感じですね。Fと名が付く機関はほとんど異端審問官《いたんしんもんかん》の世界ですよ。魔女狩り、ですね。彼らは嬉々《きき》として共生派を狩って、こちらで言うラボに引き渡します——」

「黙《だま》れ」

泉野はアリウスの言葉を遮《さえぎ》ると、末次に向き直った。

末次元憲兵《けんぺい》大尉。九州奪還《だっかん》戦時、情報センターの機関員ひとりを含む学兵百二十名を死に追いやったとして告発され、降格の上、左遷《させん》されるところを泉野が拾い上げた。使える男だった。

憂国武士団《ゆうこく》なるシロモノをでっち上げ、首都圏の各部隊に浸透《しんとう》工作を行っている。

「この男と知り合った経緯を説明してもらおう」

末次は不敵に笑った。その顔は軍人というよりは、やはり嗅《か》ぎまわり屋の憲兵だ。

「接触してきたのですよ。君の活動を見守ってきたが、無駄《むだ》が多すぎる、とね。射殺することも考えましたが、このリストを……」

末次はアタッシェケースから十ページほどのプリントアウトされたリストを取り出した。

「第一師団の東京憲兵隊に協力している将校のリストです。どうやら情報関係では首相派に大きく遅れをとっているようです」

「どうしてこの男が……？」

泉野は憮然《ぶぜん》としてページをめくりながら尋《たず》ねた。

「簡単なことです。我が国の工作員が首都の守りを担当する師団に浸透していないと？　大佐殿は素直な性格ですね」

「ウラは取りました。第一連隊の香川《かがわ》大佐と作戦参謀が東京憲兵隊と接触している写真とテープです。どうやら師団長のすげかえを提案しているようですね。部下が上司の首を云々《うんぬん》するなど、世も末ですな」

次々と資料を示されて、泉野は不快げに顔をしかめた。

「なぜ、すぐにわたしのところへ情報を上げないのだ？　含むところでもあるのか？」

「これでも急いだつもりなのですが。大佐殿は完璧《かんぺき》を求めると考えまして、ウラを取るまで少々時間をいただきました」

確かに一片のリストだけでは信ずるに足りない。徹底して疑うことは参謀の基本だ。泉野は元々病的なまでの完璧主義者だった。

「これより狸穴《まみあな》に行く。……君には遠慮してもらおう」

泉野はアリウスにそっけなく言った。それにしても不快な臭気《しゅうき》を身にまとった男だ、と泉野はあらためて思った。

「ご自由に。それでは」

アリウスはあっさりと言うと、きびすを返して歩き出した。右足を引きずり、肩がななめに落ちている。戦争体験者か？　それにしては小柄だ。末次はこんな胡散臭《うさんくさ》い男とつるんでいる。そろそろ新しい猟犬《りょうけん》を探さねば、とふと考えた。

「ああ、ひとつだけ」

アリウスは背を向けたまま口を開いた。

「大佐の周辺にはこの種の仕事に向いた人物はいないでしょう。キャプテン末次は大佐にとって気に障《さわ》る存在かもしれませんが、それは大佐が軍人だからです。ウラの世界に生きる憲兵とは当然そりは合いません」

「なんだと……」

「どうか仲良く。光があれば影もあります。あなたがたはよいコンビですよ」

泉野が絶句すると、アリウスは含み笑いを洩《も》らしながら部屋を出ていった。後に残された末次は痩《や》せた肩《かた》をすくめてみせた。

「それで……わたしはクビですか？」

「まさか。落ち度のない者を遠ざけることはできん。それにしても……不愉快な男だ」

泉野はごく自然な口調で言った。

「わかりますよ。しかし情報は信用に足ります。第一連隊のトップを押さえれば決起は相当に楽になります。それで西中将《にしちゅうじょう》の件ですが、どうなりました？」

「山川《やまかわ》中将に予算委員会を押し出されて、東部方面軍に移ることになった。わたしは牧島《まきしま》大佐の紹介で知己を得たのだが、御大は相当に気落ちしている」

「そうですか……」

末次はそう言いながらも首を傾《かし》げた。栄転ではないにせよ、順当な人事ではないか？　という顔になっている。東部方面軍管区、ことに青森はエネルギー産業が集中している北海道と首都圏を結ぶ要だ。

「異動のことではない。結局のところ鹿児島《かごしま》を奪還《だっかん》できなかった。どころか、和平条約によって永久に鹿児島は幻獣領であり続ける。心の支えを失うようなものだろう。ことに中将は薩摩《さつま》閥《ばつ》の頭株だしな」

「それだけの理由でこちら側の旗頭になっていただけるものですか？」

末次の疑問に、泉野は会心の笑みを浮かべた。政治はこちらの領分だ、という得意げな顔つきになった。

「軍人の心は軍人にしかわからん。奪還戦は甲編成の師団があと一個あれば勝てた戦いだった。鹿児島にまで手が届いたのだ。わたしはそのように中将に申し上げた」

「本気で勝てたと思っているのですか？」

これは末次の守備範囲外の話題だった。

「勝てた。弱兵の海兵旅団などに貴重な資源を使うから危機に陥ったのだ。たとえば甲編成の第二師団もしくは第十四師団が出ていれば戦況は変わっていたろう。新政権が発足しだい、わたしは四個師団による九州打通作戦を提案するつもりだ。これから最後の詰めをする。我々は救国評議会と名乗ることにする。その議長に西中将に就任してもらう」

泉野の言葉に、「しかしなぜ」と末次は問いかけた。

「山川中将には打診しなかったのですか？」

泉野は忌々《いまいま》しげな顔になった。今さら、という表情を浮かべた。

「むろん、何度もした。しかし我が中将閣下は官房長官の秘蔵っ子だからな。ひと筋縄《なわ》ではいかん。こちらの思うようには動いてくれないのだ」

そう言うとスーツ姿の泉野はコートを着込んで「行くぞ」と言った。

○十二月十九日　午後四時三十分　首相官邸《かんてい》

「コーヒーが楽しみでしてね。ここの」

　海兵第一旅団の善行大佐《ぜんぎょうたいさ》は微笑《ほほえ》むと、コーヒーの香りを楽しむように口に含んだ。大原《おおはら》首相は執務机《しつむづくえ》に座って、そんな善行を笑って見ていた。

「番犬、と言ったら失礼だわね。支持率低迷の気の毒な首相に味方してくれる騎士《ナイト》たちの、備えに抜かりはないかしら？」

　善行は首相を支える芝村《しばむら》閥の代表でもあった。主戦派の動きに関する情報は東京憲兵隊の秋《あき》本《もと》総監に任せるとして、有事の際は善行が中心となって動く手はずとなっていた。

「横須賀《よこすか》にわたしの海兵旅団と5121小隊。練馬《ねりま》に二十一旅団の二個中隊。佐倉《さくら》には第三戦車師団から矢吹《やぶき》大隊を引き抜いてあります。例の第一師団が頭痛のタネですが……」

　善行は言葉を切ると、こめかみに手をあてた。

「秋月《あきづき》中将はやる気満々ですね。なんらかの手を打つ必要があります」

　赤坂を本拠とする第一師団は、首相府から目と鼻の先にある。幻獣の出現により日米の間になし崩しの和平が結ばれたため、旧軍解体は徹底されていなかった。本来ならば首都の近郊にでも移せばよかったのだが、関東に幻獣が上陸した五十年前の惨事《さんじ》を知る政府要人は、東京の守りとして都心部に第一師団を置くことを本能的に望んだ。

　その第一師団を預かる師団長が主戦派の急先鋒《せんぽう》であったから、話は難しくなる。自分の庭で狼《おおかみ》を飼うようなものだ。

「芝村・荒波《あらなみ》ラインは西部方面軍から動かせないし……。西郷《さいごう》長官から適当な人材を紹介してもらう手もあるけど」

「おそらくその師団長は何事が起こっても、見て見ぬふりをするでしょうね。秋月中将を転出させるにしても適当なポストは……」

善行は考え込んだ。情報によれば、秋月は必ずしも部下に慕《した》われているというわけではないらしい。となれば、水鉄砲をまず取り上げることか？

「陸上幕僚監部長《ばくりょうかん》はどうでしょう？　少なくとも直接的な暴力手段は失われます。わたしが申し上げるのも僭越《せんえつ》ですが。雑談ということでご勘弁願います」

「うん。それなら栄転ね。師団の後任は、百十六師団の桐野《きりの》中将でどうかしら？　福岡の百十六師団には軍政畑の人をあてた方がいいわね。今は北九州は復興の時期だから」

なるほど、桐野中将ならば適任だ。鹿児島の出身ではあるが、少なくともクーデターを画策《かくさく》するような野心家ではない。そしてその古武士のような清廉《せいれん》で公平な人格は広く知られている。

「……さっそく、西部方面軍に打診してみましょう。人事に反対する向きもあると思いますが、そこは芝村も支えるでしょう」

そう言うと、善行は冷めたコーヒーを口に含んだ。頃合いを見計らうように、ノックする音がして、使用人がコーヒーのお代わりをテーブルの上に置いた。

「ごめんなさいね。波瀾万丈《はらんばんじょう》の冒険家さんに政治をやらせちゃって」

首相は憂鬱《ゆううつ》に微笑《ほほえ》んだ。善行は「いえ」と短く応えた。

「ところで滝川《たきがわ》君はどうですか？　彼は純朴《じゅんぼく》な少年ですので、あまりおからかいにならぬよう願います」

「ほほほ。あの黄色い戦車に乗っている子ね？　あれ、おしゃれで気に入っているのよ。大丈夫よ、彼ならSPのお兄さん、お姉さんがやさしく接してくれています」

首相の笑い声をしおに善行は立ち上がった。

●十二月十九日　午後五時十五分　麻布狸穴・西中将邸

西中将の書斎に通されたふたりは、茶菓《ちゃか》を出された後、しばらく待たされることになった。古書特有のにおいが部屋には立ちこめていた。泉野が何気《なにげ》なく本棚《ほんだな》を眺《なが》めると、日本農政史の全集が目に留まった。軍事関係のタイトルはごく少なく、農業関係、ことに開拓、干拓の書物が多かった。上杉鷹山《うえすぎようざん》に関する書物もあった。

軍事資料で溢《あふ》れかえった自分の部屋とはずいぶん違う、と泉野は西の人柄を思い浮かべた。

元々西は鹿児島の農家の生まれで幼年学校から陸軍大学を経て、薩摩閥の庇護《ひご》の下、順調に出世を重ねた人物だった。血の気の多い薩摩人は、一見して愚鈍《ぐどん》に見える穏やかな人物を推《お》しいただく傾向が強い。そうでなければ喧嘩沙汰《けんかざた》が絶えないからだ、と士官学校時代の同期の薩摩出身の友人が苦笑して説明してくれたことがある。要するに百十六師団の桐野中将のような熱血タイプが多いのだ。かつては会津《あいづ》と陸海軍の主導権を争ったものだが、幻獣の九州上陸後、急速に影響力を失っていった。会津の方針としては新興の芝村閥に対抗するため、薩摩閥に極力手を差し伸べるようにしていた。泉野は派閥間の調整役を受け持ったこともある。

泉野自身も農家の出身だったから、ひとしきり本のタイトルに見入っていた。農政関係の話がきっかけで西のところへの出入りを許された。

「おお、待たせてすまん。植木屋との打ち合わせが長引いてな。庭の手入れに関してはくどいのが俺の欠点だ」

ドアが開けられ、西中将が入ってきた。桐野と年は違わないはずだが、髭《ひげ》は蓄《たくわ》えず温厚な丸顔が印象的な人物だった。泉野と末次は席を立つと敬礼をした。西も敬礼を返すと、ソファに座り込んだ。

「松は手入れが難しいですから。閣下《かっか》のお宅は肥料はどうしておられますか？　土が痩《や》せると虫がつきやすいです」

泉野が口を開くと「そこなんだ」と西は大きくうなずいた。

「化学肥料は使いたくないからな。植木屋に自然の堆肥《たいひ》を作らせている」

「なるほど。あの見事な枝ぶりはそこから来るんですね。こだわりがなければあのような見事な庭はできません」

「君は草木の手入れはしないのかね？」

「残念ながら、官舎住まいでして。たまに故郷《こきょう》の稲穂《いなほ》を思い出すくらいです」

末次の視線を感じた。軽い驚きを感じているようだ。先ほどまでのアリウスとの会話とは次元の異なるノンビリとした世間話である。

「あの風景は心に残る。都会人には理解できないだろう」

「ええ。九州にも再び稲穂を実らせたいものです」

そう言うと泉野は茶をすすった。西の目が光った。立ち上がるとデスクの上から一枚の地図を応接テーブルに置いた。九州奪還戦初期の作戦地図に詳細《しょうさい》な書き込みがしてあった。

西は老眼鏡《ろうがんきょう》をかけると作戦地図に見入った。

「君はあの攻勢は本当に成功していた、と信じているのかね？」

その声は静かで穏やかだった。中将自身も相当な検討を重ねたようだ。

「もちろんです。佐賀・久留米《くるめ》間を……」

泉野は指でその一帯をなぞってみせた。海兵第一旅団と二十一旅団の担当地域だった。

「少なくとも海兵の代わりに第二師団もしくは第十四師団が受け持っていれば側面は盤石《ばんじゃく》のはずでした。二十一旅団には問題はありませんが、海兵が弱すぎました。甲編成の一個師団。これをなんとしてもかき集め、配備していたら腕《うで》が伸びたはずです。熊本《くまもと》、そして鹿児島に届いたでしょう。この責任は、貴重な装備・資源をかっさらっていった海軍にあります」

きびきびと説明する泉野を西は一瞥《いちべつ》した。「腕、か」。西は右腕を持ち上げ、フックのかたちを作った。

「確かに俺も検討してみた。結節点は百十六師団、側面は甲編制の師団なら可能性はあった。これは陸海軍のバランスを取ろうとした俺の責任でもある」

西の口調に悔《くや》しげな色が交じった。泉野は「いえ」と手を振った。

「総力を挙げずに奪還を命令した政府の責任です。今なら以前の結節点であった福岡からの侵攻が可能ですよ。四個師団。四個師団あれば幻獣を海に追い落とすことができます。そしてわたしの分析では、幻獣側も資源が尽きかけています。戦ってみた限りでは弱くなっているというのが第三師団の多くの兵の感想です。中途半端《はんぱ》に作戦を命令して、半端なかたちで和平条約を結んだ政府の弱腰は断固として指弾されるべきです。不安定な休戦状態ではなく、絶対的な平和を取り戻すためにも、一時的な強権が必要と小官は愚考《ぐこう》します」

泉野は畳《たた》みかけるように、しかし、言葉の効果を計算してゆっくりと語った。西の視線は地図上をさまよっていた。

「……閣下には救国評議会議長として、軍をまとめていただきたいのです」

「なんだね、その茶番は」

西は眉《まゆ》をひそめた。

「九州が奪還されるまで、首相の代わりに最上位の戦争執行機関として防衛省の上に立ち、軍事一切を統括します。組閣人事はわたしの側でも一応リストを作ってありますが、樺山《かばやま》系の議員ならば確実でしょう」

樺山とは武器メーカーを中核とした巨大コンツェルンである。新聞、テレビも所有し、マスコミにも大きな影響力を持っている。歴史あるプロ球団も持っており、総帥の樺山亮平は野球好きとしても知られていた。そのわがままな言動はよく知られている。

「……樺山か」

西は考え込んだ。西と樺山との関係は良好とは言えない。予算委員会へのごり押しが強く、さすがに西も「警告」を発したことがある。他のメーカーの縄張《なわば》りを荒らすな、と。軍人と武器メーカーのつながりはどうしようもないことだった。西自身、川鉄《かわてつ》、四菱《よつびし》との関係は未だに続いている。ただし、西のバランス感覚は、極端な商戦を嫌ったのだ。

「気持ちはわかりますが、氏は日本軍需産業会の会長ですからね。多くのタカ派政治家を飼っています。氏の長男も衆議院にいますから」

西は「ううむ」とうなって腕組みをした。

「茶番劇だな。まったく……いつの時代の話かね？　銃を突きつけて新政府を作らせるなど、とんでもないことだ」

「首都圏のマスコミはそうは見ないでしょう」

末次が初めて口を開いた。西は温厚な顔に似合わず、鋭い目で末次を見た。

「あの和平推進《すいしん》派のテレビ新東京の世論調査ですら、大原内閣《おおはらないかく》の支持率は三十パーセントを切っています。他局は中立もしくは主戦派の勢いが増しています。物語は彼らが勝手に作り上げますよ。テーマは、幻獣共生派にまんまとだまされた大原首相の失脚です。幻獣の王とされるカーミラへの支持も年齢層ごとに違います。二十代で八十、三十代で五十と半々ですが、六十代以上に至っては九十パーセントが嫌っています。総じて世論は主戦派の味方ですね。失礼ながら閣下はテレビ、週刊誌等はお読みになりませんか？」

「口を慎《つつし》め！　末次大尉」

泉野は鋭く末次を制した。西は気難しげな表情を浮かべている。

「……軍事は政治の下位にある。シビリアン・コントロールの原則は守らねばならん」

「ですからすみやかな新内閣の組閣《そかく》を……」

口を開きかけた泉野を西は「待て待て」と封じた。

「まず、会津閥だな。個人的には好かんが、西郷官房長官が腰を上げれば、有象無象《うぞうむぞう》の政治屋をまとめることができるだろう。でなければ右往左往内閣になるぞ。樺山の息子など、未だに父親から与えられたアメをしゃぶるだけの存在だ」

西郷の名を出されて泉野は唇《くちびる》を噛《か》んだ。灰色のコウモリ。主戦派の顔も和平派の顔も作ることができる。今は大原首相に同調しているふりをしている。

「しかし、官房長官は腰が定まっておりません」

「西郷でなければだめだ。この決起は失敗するだろう。しょせん救国評議会などは絵に描いた餅《もち》だ。重みのある本格的な内閣を組閣しなければ国民は戸惑《とまど》うだけだ」

さすがに中将と肩書きがつくだけのことはある、と泉野は内心で思った。評議会は確かに絵に描いた餅だが、西中将が議長を務めれば存在感を増すだろう。……西を動かすには西郷か。時間は限られている。

「ご明察です。必ず西郷官房長官を説得してみせましょう」

泉野の頭の中はめまぐるしく動いていた。あらゆるルート、人脈、利権をたどって、ごく短時間のうちに西郷官房長官にたどりつかねばならない。ここからが正念場だ、と泉野は怜悧《れいり》な表情で自信たっぷりに請《う》け合《あ》った。

●十二月十九日　午後六時三十分　目白・西郷邸

目白の東京宅で西郷官房長官は選挙区に戻る準備をしているところだった。とはいえ、一切は秘書たちに任せて、自分は庭の鯉《こい》にエサをやりながら待つだけだった。

すでに主戦派が動き出しているとの情報は聞いている。どの情報機関にも必ず会津閥はいるもので、今は頭の中でそこから上がってきた情報を整理していた。

「西か。よいところに目をつけたが、しょせん力量不足だな」

群《むら》がる鯉を眺《なが》めながら西郷は低い声でつぶやいた。

必ずしも観賞用の鯉ではなかった。たまに血をすすり、料理人に命じて食卓に乗せることもある。これが西郷の密かな楽しみだった。

軍が決起して、首都圏を中心に無期限の軍政を敷くつもりか、さもなければ有力な政治家を抱き込むか？　西郷は与党の有力な政治家ひとりひとりの動きを予想していた。和平派はまず協力を拒むだろう。主戦派は軍需産業と結びついた古ダヌキが多いが、ことによったら……。樺山の番頭と言われる村山《むらやま》か？　だめだ。あれはしゃべり好きな単なるオウムだ。あまりに戦争継続を叫ぶものだから、まわりからは認知症と嘲《あざけ》られている。伊原《いはら》。ふむ、伊原か。国土完全回復を旗印《はたじるし》に派閥をまとめているようだが、若手議員に担がれた御輿《みこし》に過ぎぬ。待てよ。御輿でよいのだ。

しかし同じ御輿なら、徳川侯爵《とくがわこうしゃく》の方が軍には都合がよいだろう。温厚な人柄で敵を作らない才能があるが、どうか？　松平《まつだいら》、近衛《このえ》……ふん、名門のオットリした連中を担ぐのは手だな。しかし、肝心の決起軍の陣容はどうか？　第一師団長の秋月は確実にクロだ。

昨日も訪ねてきたが、早々に追い返した。選挙区に戻ることにしたのは、秋月の険しい顔を見たからだ。山川との綱《つな》引きに敗《やぶ》れて派遣《はけん》軍司令官の座を得られなかったことがそんなに悔しかったのか？　山川とは甲乙《こうおつ》つけがたい会津閥のホープだったが、今となっては我が女婿《じょせい》の柔《じゅう》軟《なん》さを選んでよかった。

しかし軍政はいかん。軍政は。シビリアンが主導権を握らねば――。

「ならば、ご自分が主役になられてはいかがです？」

声をかけられて西郷の思考は中断された。庭の藪陰《やぶかげ》から奇妙な男が姿を現した。子供か？背丈は小学校高学年というところだ。修道僧が着るようなローブに身を包んで、グロテスクな面をつけている。庭に迷い込んだ？　まさかな。庭にもSPが待機している。

「君は秘書のお子さんかな？　父さんのところに戻りなさい」

先ほどの言葉は空耳と考えることにして、西郷は努めて穏やかに言った。

「SPには僕に従うように命じておきました。そのまま待機せよ、とね。官房長官、逃げてはいけませんね。あなたしかいませんよ、御輿ではなく、本格的な主戦派内閣を作ることができるのは。僕はあなたを説得するために来たのです」

低い男の声が、西郷の頭の中でエコーのように響いた。なんの悪戯《いたずら》だ、これは……？　西郷はこめかみを押さえた。吐き気がして、男に背を向け母屋へ戻ろうとした。

「逃がしませんよ」

「……なんだと。誰か！」

助けてくれ！　と叫ぶと同時に足をもつれさせ、尻餅《しりもち》をついた。まるで子供に戻ったように純粋な恐怖を感じた。

「来るな！　近寄るな！」

西郷は男に向かってエサを投げ、叫んだ。不安と怯《おび》えが表情に表れた。舌なめずりするような笑い声が聞こえた。

「まあ、説得とは言ってもそう長い時間を取らせませんから」

そう言うと男は面を取った。とたんに赤く煮えたぎるような色をした瞳に引きつけられた。強烈な念波に、西郷の精神は一瞬《いっしゅん》にして崩壊し、絡《から》め取られた。

「じきに村山大臣の紹介で、泉野という大佐が訪ねてきます。あなたが新政権を引っ張っていかなければ」

「……そうだな。新政権はわたしが組閣する。わたししかいないだろう」

そう言い放った瞬間、男の姿は視界から消えていた。

何を迷っていたのだ？　西郷は夢から覚めたような思いにとらわれた。大原を追い落とす絶好のチャンスではないか？　世論の波に乗って、主戦派内閣を誕生させる。時は今。今こそ与党最大派閥が動く時だ。決起軍には相応の褒賞《ほうしょう》を与えればよい。この国の最高権力はあくまでもシビリアンのものだ。何よりも軍政では国民の支持を得られないだろう。西郷のまなざしに旺盛《おうせい》な野心の光が点った。

「西郷先生、村山法相の紹介状を持って泉野と名乗る大佐が訪ねてきましたが。応接室に通しておきました」

第一秘書に声をかけられ、西郷は不敵な笑みを浮かべた。泉野大佐か。会津閥のエリートで策略好きな大佐殿だ。来るべくして来たな――。

「すぐに会おう。君も同席してくれたまえ」


古いが重厚な造りの応接室に通され、泉野は一瞬部屋を眺め渡した。

この部屋を訪れるのは初めてだった。山川中将などは尉官《いかん》の頃から出入りしていたようだが、どうやら俺は官房長官のお眼鏡《めがね》にはかなわなかったらしい。なぜだ？　名家の出ではないからか？　確かに実家が名家でないだけに、社交界にも呼ばれず、泉野は人脈作りには苦労した。村山法相にも散々ごまをすったものだ。爺《じい》さん、いよいよ決起か？　などと大声を張り上げて。困ったものだ。

それにしても部屋を見れば性格がわかるというが、西中将の質素な書斎とは大違いだ。東京の別宅でこれか。金満の二文字が好きなのだろう。

「どう切り出しますかね？」

「時期とタイミングの問題から攻めてみるつもりだ。世論などすぐに熱から冷める。今、主戦派として首相にならねば、この国はじわじわと大原の色で染め上げられますよ、とな」

泉野は少し考えてから言った。実のところ、自信がなかった。場合によっては大原派に売られるかもしれない。その場合の手順は末次と打ち合わせてあった。

「軽いですよ、それでは」末次は苦笑して言った。

「ジャブからはじめる。それから……ああ見えても大原首相は、果断な性格ゆえ、先制攻撃を仕掛けかねん、ともな。収賄《しゅうわい》の罪で起訴《きそ》するなど簡単なことさ。そうなれば先生の政治家生命も終わりですよ、という展開も考えている」

「なるほど。先制攻撃論ですか。それなら……」

末次が言いかけたところ、あわただしくスリッパの音がして、中年の男が入ってきた。ふたりはソファから腰をあげ、たたずんだ。

「第一秘書の小川《おがわ》です。先生がお会いになるそうです」

すぐに軽い足音がして、スーツ姿の小柄な老人が姿を現した。痩《や》せて貧弱な体の割には頭が大きく、異相と言えば異相だった。畏《かしこ》まって敬礼するふたりに、西郷はしわが多い顔をくしゃくしゃにして笑いかけた。

「第三師団参謀長の泉野であります。こちらは……」

「まあまあ、そう畏まらんで。座りたまえ」

西郷がどっかと専用の椅子《いす》に座ると、泉野も末次をうながして座った。秘書の小川は傍《かたわ》らにたたずんだままだ。

「それで、なんの用向きかな？ またぞろ戦争がやりたくなったとでも？」

西郷に、からかわれるように言われて、泉野は慎重《しんちょう》に頭の中で話を組み立てた。若造扱いされないようにとの気負いもあった。

「まず現在の状況について、お聞きください。今、現在、世論は主戦論に傾き、大原内閣の支持率もじりじりと落ちているのが現状です。半端《はんぱ》に戦争をはじめて、半端に和平でお茶を濁した、と考える国民が多数派を占めています。和平派にとっては逆風の時期と言えるでしょう。しかし、先生もご存じのように、世論は熱しやすく冷めやすい。現在の時期を逃しますと、和平派はあの手この手で盛り返すでしょう。我々は……」

泉野の言葉を、西郷は手を挙げて遮った。

「組閣の件なら任せたまえ。君らには存分に働いてもらう」

「は……？」

泉野と第一秘書が同時に声をあげた。

「決起するのだろう？ 君らの心情はよォォくわかっとる。全面的に支持するぞ。ただし、軍政と戒厳令《かいげんれい》の期間はミニマムに。この国の最高権力はあくまでもシビリアンが握らねばならん」

「先生、それは……」小川が狼狽《ろうばい》して口を開いた。

「すぐに閣僚候補のリストを作成してくれ、小川。故郷に戻るのはこの仕事が一段落ついてからだ」

西郷は無邪気とも見える満面の笑顔で小川に言った。

「危険過ぎます！　ここは中立を保った方がよろしいかと！」

小川の顔は恐怖に引きつった。

「政治家という仕事にはな、ここが正念場、というタイミングがあるものだ。国を売った和平派を軍によって排除した後、すみやかに文民統制を回復する。それがわたしの仕事だ。時に泉野大佐、決起はいつを予定しているかね？」

西郷の勢いに押されて、泉野は口ごもった。

「は……、その、正月明けを」

「遅い遅い！　それでは大原派の想定範囲内だ。すぐに、だ。明日、未明。まずは首相府の制圧が最優先される。むろん、制圧すべき拠点及び拘束《こうそく》すべき人物は特定しているだろうな？」

西郷に念を押されて、泉野の頭脳はめまぐるしく動いた。

なるほど、官房長官は勝負に出たわけだ。我々は凶器役というわけだな。そして凶器を使用した後には、すみやかな文民統制の回復がはかられる。けっこう。しかし問題はその後の決起軍の処遇《しょぐう》だ。

「むろんです。我々とて、文民統制の回復には賛成であります。西中将が救国評議会の名のもとに一時的に戒厳令を敷きますが、組閣が成った時点で評議会は解散、戒厳令も解除します。

あとは我々の……」

「ああ、わかっとるわかっとる！　西中将は防衛省長官に就任。泉野大佐はどのポストが希望かね？　君をこき使おうというのだ、遠慮なく言いたまえ」

西郷の表情は野心に満ちあふれていた。素の表情がそこにはあった。泉野は駆け引きはなしと腹をくくった。

「恩賞《おんしょう》として中将にしていただけませんか？　しかる後に中央方面軍司令官に。首都の守りはわたしが責任を持ちます」

泉野の要求を聞いて、西郷は高笑いを響かせた。

「欲がないなあ、君は。わかった。決起軍幹部はすべて二階級特進としよう。君の、中央方面軍に必要な部隊を考えておきたまえ。しかし西部方面軍はどうするのだ？」

「山川閣下がいるではありませんか。甲編制四個師団で今度こそ敵を日本から駆逐《くちく》します」

これを聞いて西郷は、にやりと笑った。

「少しは政治もわかるようだな。芝村閥は手強いが、大丈夫かね？」

「あくまでも文民統制の下での軍ですから。組閣し、法制さえ整えれば、いくらでもシナリオは描けるでしょう。芝村とて反乱軍の汚名は着たくないでしょう」

あまりの話の急展開に、泉野は頭脳をフル回転させていた。

やはり当たって見るものだな。野心満々の西郷の言葉に、泉野は思わず「御意《ぎょい》」と頭を下げていた。

●十二月十九日　午後八時三十分　赤坂・第一師団司令部

「明日、未明？　どういうことだ？　わたしが昨日説得した時には暖簾《のれん》に腕押しで、なんの確約も与えてくれなかったぞ」

　第一師団長の秋月俊輔《しゅんすけ》中将は、泉野の報告に半ば憤《いきどお》り、半ば驚《おどろ》いていた。泉野は畏まった表情を繕《つくろ》いながら、秋月の品定めをしていた。雰囲気は自分が仕えた山川中将に似ているが、さらに怜悧《れいり》で鋭い感じだ。この人の下で参謀長を務めるのは大変だろう、と泉野は考えた。

「まず、西郷邸への訪問客は敵の情報機関にチェックされていると考えてよいでしょう。閣下の立場は重すぎます。なんらかの漏洩《ろうえい》があった場合、取り返しがつかないと判断されたのではないでしょうか？　わたしのような佐官クラスを通じた方がよい、と考えたのでしょう。電話、そして携帯《けいたい》も盗聴されている。わたしはまあ、伝書バトの役目ですね」

　なだめる言葉がすらすらと口をついて出た。

　西中将、秋月中将――いずれも陸軍の重鎮《じゅうちん》だ。彼らの前では自分はその他大勢だ。これも出自のためか、成績は優秀だったが地方の師団を転々としたせいで、中央の情報機関にも知名度は低いようだ。以前の自分だったら実力に応じた待遇を得られないことに鬱屈《うっくつ》したろうが、今はかえって感謝したいくらいだ。

テーブルの上には東京の地図と、部隊名を記した兵棋、そして命令系統を示した組織図などが置かれてあった。拘束すべき人物は前々から、泉野が末次と協議して決めていた。この種の細かな仕事では、ふたりは不思議に馬があった。

作戦に必要な部隊長の拘束に失敗した場合には、その家族を——決起軍の名誉に反するが、これは一部過激派の暴走とすればよい。

「まず第一連隊長の拘束を。そして菊地原《きくちはら》大佐の五十七連隊のすみやかな展開を。麻布《あざぶ》の第二連隊は引き抜きの連続で実質一個大隊しかありませんがこちらも拘束、大隊長以下は決起に賛成してくれております。救国評議会は師団司令部内に現在機材を運び込んでいます。オペレーション・ルームはあと二時間で完成します。急な話ですが準備は前々から整っていますから」

「うむ。わたしの立場は決起軍総司令官ということでよいのだな。さっそく西中将と協議に入る。作戦は明日〇五〇〇。各部隊への指示を頼む」

秋月は無表情に言い放った。部下を駒と考える。性格的に自分と似通っているが、経歴が華やかな分、秋月には甘さがある。人に担がれることに馴《な》れ、人に奉仕されることに馴れている。出世競争に最後の最後で敗れるタイプだ、と泉野は分析した。

「さっそく西閣下との権限のすり合わせをお願いします。軍政と軍事の線引きを……」

言ってから、しまったと思った。案の定、秋月は不機嫌にこちらを振り返った。

「わたしを誰だと思っている？　君の元上司とは竜虎《りゅうこ》と言われた間柄だぞ。軍事面に関しては任せたまえ」

「は……失礼しました」

泉野は頭を下げて謝《あやま》った。秋月の思惑《おもわく》はよくわかっている。決起が成功したら功績《こうせき》を西とふたりで分け合おうというのだろう。

●十二月十九日　午後八時三十分　目白

「時は今。……ふむ、文部大臣を野党から出すか？　今の時代、要職だぞ」

小川はかねてより西郷内閣の閣僚《かくりよう》名簿《めいぼ》を考えていたようだった。第一秘書に最も必要な資質はバランス感覚だ。たとえ敵でも恨《うら》みを買わないように調整に奔走《ほんそう》する。そのため、小川は対立勢力にもポストを用意していた。

「文部大臣は樺山議員にしてくれ。その旨《むね》を御大に打診。御大は息子の入閣に喜ぶことだろうよ。喜んだあまり、血管が切れてぽっくり逝《い》ってくれれば最高なんだが」

西郷の言葉を注意深く聞いて、小川は「は」と頭を下げた。

「先生。時は今、は少々不吉かと。時、めぐり来る……わたしならそう表現します」

それでも言いたいことは言う性格のようだった。「なるほど」と西郷はうなずいた。

「打診後、すぐにわたしは御大と会う。予算委員会の議長はわたしの婿殿《むこどの》だ。新型戦車の大量発注等、おいしい話をしてご機嫌をとらんとな」

「その種の話ならわたしでも務まりますが」

小川は暗に派手に動くな、と諫《いさ》めている。「ふん」西郷はその諫言《かんげん》が気に入った。

「普段ならそうするが、非常時ゆえ、こちらの誠意を見せねばならんのだ。時に小川、おまえは恩賞として何が欲しい？」

恩賞という言葉に小川は戸惑いの表情を浮かべた。違和感があった。西郷は言葉を選ぶ政治家だ。むき出しの表現を嫌う。

「これまで通り、でけっこうでございます。あと二、三年、後継者が育ったら知事選にでも出してもらいましょう」

「はっはっは。どこがいい？　東北、北陸なら切り取り放題だぞ」

西郷の口振りに小川は密かに首を傾げた。いつもの二枚腰がなくなっている。気分の赴《おもむ》くまま言いたい放題だ。それだけ首相の座が欲しかったのか？　そうではないだろう。ごり押しに押せばいつでも現首相を追い落とすことはできるはずだ。

西郷先生の真意はなんだ？　軍の実権を完全掌握《しょうあく》することか？　芝村派の排除は確かに痛快事に違いない。しかし、芝村という敵は単なる敵ではない。敵であると同時に重要な取引相手でもある。排除は賢明とは言えない。小川は迷ったあげく尋ねることにした。

「西郷先生、本当によろしいのですね？　ひとつだけうかがいたいことがあります。決起軍を支持する真意はなんです？」

「挙国一致の体制を作り上げることだ。首相職はやがて廃止され、わたしは国家主席になる。

議員など飾りものに過ぎなくなる。おまえもそれを見越して将来を考えておけ」

国家主席……？　聞き慣れぬ言葉に小川は愕然《がくぜん》として西郷を見た。独裁者か？　どこの誰がそんなことを吹き込んだのだ？　まさかご自分の考えとも思えない。先生は敵とゲームを楽しんで、利益を積み重ねる政治家だ。攻撃の緩急をわきまえた一流の策略家だ。

「……わたしは先生についていくだけですが、敵を追いつめると敵も必死になって反撃してきますよ？　その点はお忘れなく」

「覚悟の上だ。時、めぐり来る、か。気の利いた表現だな」

西郷はそう言うと、満足げに高笑いをあげた。


「先生、木暮《こぐれ》氏が面会を求めていますが」

木暮、と聞いて西郷の目は細まった。東京憲兵隊《けんぺいたい》・初芝《はつしば》少佐のコードネームだった。いざという時のために西郷は大原・芝村閥とも気脈を通じてあった。武装蜂起《ほうき》には絶対反対の立場を初芝を通じて相手に伝えてあったのだ。……仮面の男と出会うまでは。

「すぐに会おう。小川、おまえは御大との会合のセッティングを」

小川は応接室を出ようとしてふと足を止めた。

「今からでも間に合いますよ。木暮氏にすべてをお話しになれば」

「くどいぞ。すでに決めたことだ」

西郷の叱責《しっせき》に小川は黙《だま》って頭を下げ、部屋を出ていった。入れ違いに三十代のスーツ姿の男が姿を現した。

「相変わらず忙しそうですな。小川さんはどちらへ？」

初芝は勧められるままにソファに腰を下ろすと、西郷に笑いかけた。

「御大のところへ。たまには機嫌をとらねばな。発注は漸次《ざんじ》減らしていく。現行の装備で十分だよ。そう思わんかね？」

「わたしは畑違いですが、和平が成った以上、しかたがないことですね。戦闘車両の四割は樺山重工とのことですが、相手にとっては痛手でしょうな」

初芝は慎重に言った。御大……すなわち樺山コンツェルンの主な商品は陸戦兵器、戦闘車両だった。陸戦が絶えた今、樺山が積極的に売り込みをはかっている九〇式戦車などはごく少数の発注にとどまるだろう。

「この日があることを見越して、生産ラインを転換していなかったのが悪いのだ。日本軍需産業会の分断を今は考えている。芝村が結んだ和平だ。川鉄《かわてつ》には受注減を呑《の》んでもらう。ロボット……あー、人型戦車は増やす方針だがな。四菱《よつびし》も光輝号《こうきごう》か、あれ以外は減らす。石川島《いしかわじま》、横須賀造船には護衛艦増のアメをやる方針だ。どうだ、連中、それぞれの思惑で動き出すぞ。もっともこれは牧島《まきしま》大佐の受け売りだがな」

初芝は注意深く話に耳を傾けていたが、やがて納得したようにうなずいた。

「失礼ですが、先生の政治資金はどうなります？　樺山重工と喧嘩《けんか》になってはまずいのでは？」

裏金ルートのことなど憲兵隊上層部では意に介していない。政治家は少なからぬ政治資金を必要としているのが現状だった。現に大原首相も遠坂系など独自のルートを持っている。

ずけずけと言う初芝に、西郷は苦笑を浮かべた。

「別にかまわんさ、付け届けがなくなったとしても。小なりといえどわたしも会津の田舎《いなか》財閥の会長だぞ。そんなことより資源だ、資源！　シーレーンをより強力なものにするためにこそ軍事予算を割《さ》くべきと考える」

シベリアへのシーレーンは、決して円滑に守られているとは言えない。鉄鉱石、レアメタルを積んだ大型輸送船が一隻でも沈めば、日本経済は深刻な影響を被る。護衛艦隊は文字通り身を投げ出し、満身創痍《そうい》になりながらシーレーンを死守していた。

「首相とはその点についてお話しされたのでしょうか？」

初芝が尋ねると、西郷は高笑いをあげた。

「新聞記者みたいなことを聞くな、君は。電話で話したよ。わたしも一応主戦派の端くれゆえ、仲が悪いフリをせねばならん。……百二十一号のことは未だに恨んでいるがね。あれは本当に神風だったのか？」

逆に問い返されて、初芝は「さて」ととぼけた。

「あれは首相と芝村閥の考えた奇襲作戦ですから。わたしが思うに、人型戦車の諸元《しょげん》は偽《いつわ》りではないかと。もっと強力なはずです。幻獣の王を倒したのですから。作戦内容について憲兵隊が尋ねるのは筋違いですし」

「首相にお尋ねしても、とぼけられるだけだしな。君らも首相にばかりついておらんで、少しは西郷の味方になって欲しいものだ」

西郷は東京憲兵隊が完全に大原派であることを皮肉った。これにより、首相の身辺は二重にも三重にも守られ、そして他の情報機関も首相派になびいている。

「ですからこのように……御用聞きに」

初芝は怜悧な表情を崩して笑った。

……この政治家はゲームが好きだ。この分なら来るべき決起軍とは無関係を表明するだろう。首相・芝村閥と主戦派連合の間での闘争を高みから見物する気だ。そして漁夫《ぎょふ》の利を得る。会津閥の重鎮《じゅうちん》とは煮ても焼いても食えないな、と初芝は内心で苦笑した。

この西郷官房長官の一世一代の名演技が、後に東京を大混乱に陥《おとしい》れることになる。

●十二月十九日　午後十時　麻布・狸穴

麻布・狸穴の西邸を訪れたのは、夜も更けた時刻だった。控えめな玄関灯がぽつんと灯されている西邸のまわりには首相派、主戦派の有象無象がびっしりと張り付き、監視の目を光らせていることだろう。そう考えて秋月は軍服姿のまま、呼び鈴を押していた。同行する秘書……

事務参謀は手にスコッチの瓶《びん》を提《さ》げていた。

すぐに返事があって、名乗ると夫人の困惑した声が聞こえた。

「たまには久闊《きゅうかつ》を叙《じょ》したいと思いまして。ご壮健《そうけん》で何よりです」

西の書斎でふたりきりになると、秋月は会津風に形式張った挨拶《あいさつ》をした。西は一瞬しぶい表情を浮かべたが、

「秋月さんも元気そうで何よりだ」と応じた。

西と秋月は陸軍の幕僚監部《ばくりょうかんぶ》で一緒だったことがある。その時は秋月は西の配下だった。剃刀《かみそり》のような怜悧さでユーラシア戦を統括する参謀として、戦争を指導した。ユーラシアの戦争を来たるべき本土決戦のための演習と考えているふしもあり、その指示は冷徹を極めた。現地派遣の兵は捨て石。戦力を温存するその姿勢で他の参謀と摩擦《まさつ》を起こすことも多く、西は度々《たびたび》調整に当たった。

その後、第一師団長に転任したが、これは左遷《させん》ではない。むしろ栄転に近かった。東京の警視庁と同じく、第一師団は近衛師団が廃止されて以来「首都の守り手」であり、地方師団とは別格の扱いを受けていたからだ。

現在も師団本部は旧軍に準じて、皇居、首相官邸の近く、赤坂にあり、第一連隊の駐屯地《ちゅうとんち》に隣接《りんせつ》していた。ちなみに皇居には地方に疎開《そかい》し、空爆《くうばく》の被害を免《まぬか》れた皇族、徳川氏の邸宅などが建ち並んでいる。こうした名族を保護するのも一師団の役目だった。

「ずいぶん不用心だな。この時期にわたしのところへ来るとは」

西はしぶい表情で秋月を見た。

「今さらこそこそしてもしかたがありませんよ。西郷官房長官が組閣を受諾《じゅだく》されました。作戦決行は明日〇五〇〇。すでに評議会のオペレーション・ルームが用意されています」

　秋月は澄ました顔で淡々と言った。西の顔が驚きのあまり紅潮《こうちょう》した。

「なんだと？　あの古ダヌキがやけに簡単に受けるじゃないか。おかしいとは思わんかね？」

　西は穏和な顔に困惑の色を浮かべた。

「大原・芝村閥を一挙に排除すべく決断されたのでしょう。わたしも何度かお会いして、その度にはぐらかされたものですが、今から思えばその頃から奇襲効果を考えていたのでしょう。相手は明日とは予期していないはずです。現に、わたしと閣下が夜更けにこのようにノンビリと歓談している。相手は今のところは水面下の交渉としか見ないはずです」

「はず、はやめたまえ」

　西は不機嫌に言った。

「失礼。交渉の段階でなければ、こうして無防備には訪れません。今頃は、両中将が互いの思惑を探っているようだ、と監視者は報告しています。これは断言しますよ」

　言い終えると秋月中将は茶をすすった。

「明日……か。しかし官房長官も思い切ったものだな。西郷内閣という条件を出した以上、わたしも評議会議長の役目を受けなくてはならんが、長官には泉野大佐が交渉したのかね？　あれは頭はよくまわるが、空まわりするぞ。もし、やつが仕組んだ田舎芝居だったら……」

西の懸念《けねん》を秋月は冷静な表情で吟味《ぎんみ》した。

泉野大佐か。企画力、そして行動力に優れているが、上に立つ器ではない。参謀としては優秀だ。細か過ぎるきらいはあるが、制圧目標、拘束すべき人物など自分の目から見ても完璧《かんぺき》な作戦案を立案してきた。憂国《ゆうこく》武士団なるいかがわしい組織とつながっているようだが、かえって好都合だ。汚れ仕事を任せ、責任をとらせるには打ってつけだろう。

仮に泉野の西郷受諾が嘘《うそ》であったとしても、嘘などいくらでも真実にできる。現に散々な負け戦だった山川が英雄として祭りあげられているではないか。そう考えると秋月の肩からすっと力が抜けた。

「それでもかまわないではありませんか」

「血迷ったことを……！」

西の表情に怒りの色が走った。しかし秋月は平然と西を見返した。

「明日〇五〇〇、一斉に軍が動きます。西郷邸にも兵をまわし、師団司令部にお連れします。たとえ政治家の虚言《きよげん》であったとしても、こちらは政治家ではない。軍人です。約束は守ってもらいましょう。その場合は閣下は長官の説得を。そして戒厳令の布告と、市民の鎮撫《ちんぶ》をお願いします。まず組閣まで二、三日。その間、わたしは決起を既成事実化すべく各拠点、重要人物を拘束します。軍事的に見ればこの決起は晴天の霹靂《へきれき》とも言うべき奇襲です。大原・芝村閥は何が起こったかもわからず、なしくずしに崩れていきますよ」

「……しかし、アメリカはどうする？」

なるほど。この後に及んで——。会津系の軍人の間では西閣下を評して「泰然自若《たいぜんじじゃく》として腰が抜けている」と陰口がたたかれたものだが、最後の最後まで優柔不断は抜けないらしい。秋月は腹の中で西中将を張り子の虎と考えた。

「手段はともかく、すみやかな民政移管を約束すれば歓迎します。差し当たっては西郷首相候補から事情を説明してもらいます。閣下。これから日本を背負う大仕事をするのです。泰然自若として揺るがぬようにお願いします」

そう言うと秋月は礼節を重んじる会津人らしく、丁重《ていちょう》に頭を下げた。

第三章　蜂起

●十二月二十日　午前五時　赤坂・第一連隊

鉛色《なまりいろ》の雲が重たげに立ち込めていた。

天気予報ではシベリアからの寒気団が東日本全域に張り出して、昼過ぎからは雪が降るだろうとのことだった。

六本木東通りに面した広大な敷地内に駐屯《ちゅうとん》する第一連隊の第二歩兵大隊長野津少佐《のづしょうさ》は第三大隊のうち二個中隊を加え、戦闘団を編成し、兵、車両の集結を終えていた。空はまだ未明の暗さを宿していた。冷気がひしひしと押し寄せてきて、しんとした練兵場に兵の吐く白い息がサーチライトの光に照らされていた。

時報が○五○○時を告げた。「状況、開始」野津が低い声で告げると、戦闘車両、装甲兵員輸送車が一斉にエンジン音を響かせた。それとは別に小隊規模の兵が要塞《ようさい》を思わせる兵舎へと走っていった。

「これより第一、第二中隊は首相府を制圧、確保する。第三中隊は所定の指示に従って道路を封鎖《ふうさ》。第三大隊はテレビ・ラジオ・新聞社の制圧を行う。師団戦車隊、砲兵他は追って諸君らに合流する予定である。以上、健闘《けんとう》を祈る」

すでに命令は伝えてある。野津がそう念を押すと、車両は待ちかねたように続々と正門、そして裏門からそれぞれの目的地へと向かっていった。

とうとうこの日が来たか、と野津は戦闘指揮車の車上にあって、兵たちに敬礼を送った。

建物内で立て続けに銃声が起こった。ほどなく第三大隊長が血相を変えて、部下とともに練兵場を走ってきた。ウォードレス姿の兵が大隊長を取り囲んだ。

「何をやっているのだ、野津少佐……！　俺の隊の兵をどうするつもりだ？」

俺の隊か……。兵は私物ではない。我が隊と言い直すべきだろう。

野津は冷然《れいぜん》と第三大隊長を見た。あわてて制服を着たのか、ネクタイがずれている。野津は詰め寄る大隊長を車上から見下ろした。第三大隊のスタッフのひとりが拳銃《けんじゅう》に手をかけようとして同僚《どうりょう》に制止された。

「ただ今より第一師団は首都を制圧する。これは師団長命令だ」

野津の言葉に、第三大隊長の顔が憤怒《ふんぬ》に染まった。状況をようやく察したのだ。

「馬鹿《ばか》なことを！　これは反乱だぞ！」

「君にも打診したが、応じなかった。代わりに君のところの中隊長は覚悟《かくご》を決めてくれたよ。君は隊の掌握《しょうあく》に問題があるな」

野津が静かに言うと、大隊長は屈辱《くつじょく》のあまり銃に手をかけた。

「だめです、少佐殿。相手は完全武装しています」

大隊付参謀《さんぼう》が止めに入った。「武装解除を。君らを一時的に拘束《こうそく》する」野津が合図をすると大隊司令部付小隊の兵が五名ほどのスタッフに銃口を向けた。アスファルトの地面にホルスターごと拳銃が投げ捨てられた。

「国家反逆罪だということがわからんのか？　こんなことをして家族にも……」

なおも大隊長は野津に問いかけた。これ以上しゃべらせれば兵が動揺する。問答無用だ。

「その口を塞《ふさ》いでもらおう。少尉、スタッフを営倉に連れて行け」

司令部付小隊の兵が銃を向けると、五人は抵抗をあきらめ、建物内へと連行されていった。

「坂巻中尉《さかまきちゅうい》、先ほどの銃声は……？」

野津が自分の隊付参謀に問いかけると「連隊長が抵抗された模様です。兵が撃たれましたが幸いなことに軽傷で済んだそうです」と中尉は言った。

「連隊長は師団司令部へお連れしろ。師団長自らが状況を説明される。第一大隊長も同じく。今頃は各駐屯地に散っている隊に命令が下されているはずだ」

坂巻中尉は敬礼をすると、兵を連れて建物内に走った。

その後ろ姿を目で追った後、野津はふと空を見上げてある種の感慨《かんがい》を覚えた。こんな重く、暗い風景は故郷《こきょう》にはなかった。燦々《さんさん》と陽に照らされた緑に祝福された地。そういえば家の庭には見上げるような棕櫚《しゅろ》の木があったな。故郷・鹿児島《かごしま》の風景がちらと脳裏《のうり》をかすめていった。

本来は鹿児島連隊への配属を希望していたが成績優秀につき、第一師団への配属を命じられた。そのため、八代《やつしろ》会戦に参加することもなく、後で親しくしていた同郷出身者のほとんどが戦死したことを知った。

敵と一戦も交えず、おめおめと生き残ってしまった自分が恥ずかしかった。

何度も九州で戦っている部隊への転属を願い出たが、彼の属する派閥《はばつ》と中央方面軍は野津を手放そうとはしなかった。そのうち下関《しものせき》に敵が上陸し、次いで人類側が反撃に転じた。念願かなって野津も戦闘団を結成し、後詰めとして下関に待機し、九州上陸を待ったが、激戦が伝えられる中、一部部隊による奇襲《きしゅう》の成功によってあっけなく戦争は終わった。

あの時の拍子《ひょうし》抜けするような思いは今も忘れられない。二百三十万の民間人犠牲者《ぎせいしゃ》のうち、野津の親族も多く含まれていた。敵に一矢も報いることなく、復仇《ふっきゅう》の機会を与えられることもなく、日本国首相は九州南部を割譲《かつじょう》して、平和を買った。

故郷は永遠に失われた。野津の目には、奇襲成功に乗じてさらに敵を追撃すべきと映った。背を向け敗走する幻獣《げんじゅう》を映像で見て、なぜ追撃をしないのか歯噛《はが》みしたことを覚えている。

敵は壊滅《かいめつ》寸前だったのだ。そうでなければ……そうでなければ、まともに軍の序列にも加えられてもいない無名の部隊の奇襲攻撃が成功するわけはなかろう。

強引で中途半端《はんぱ》な和平、と野津は考えた。本土で待機していた多くの自衛軍の兵も同じ思いであったはずだ。政府は、首相は、日本の領土をなんと考えているのか？　東京に戻った野津は、「国土完全回復を前提とした戦略・戦術案を師団長に提出し、連隊内で「国土回復」のための研究会を主催しているうちに秋月《あきづき》師団長の「勉強会」に呼ばれた。

礼儀《れいぎ》にうるさく、形式を重んじ、鹿児島人の野津から見れば気取ったところもある師団長だったが、派閥を超え、じきじきに彼に接してくれた。

「決起軍の中核を担《にな》うのは野津少佐、君の戦闘団だ」

と師団長はじきじきに自分を指名してくれた。師団長の期待に応えるためにもなんとしても政府中枢《ちゅうすう》を押さえねばならなかった。

「首相官邸《かんてい》を制圧。警備の人型戦車が発砲できずにいたところを邸内に押し込んで、首相の確保に成功しました」

第一中隊長が冷静な口調で報告した。赤坂から首相官邸までは二キロに満たない距離だ。第一中隊はほぼ無人の通りを抜けて首相府への侵攻を果たすことができたのだろう。人型戦車の件だけが心配だったが、友軍に発砲する覚悟などないと野津は読んでいた。しょせんパイロットの子供たちには国家百年の計のことは理解できないだろう。

近くにある警視庁の面々は出遅れた。人数を動員するだろうが、戦闘車両で固められた首相府には手も足も出ないだろう。

「ご苦労だった。人型戦車はどうなった……？」

「……それが、まだ。けっこう手こずっています。しかし、首相の身柄はこちらが確保していますので、じきにあきらめるでしょう」

中隊長の判断に、野津は「うむ」とうなずいた。

「戦闘団司令部を首相府に置く。坂巻中尉には追随《ついずい》するように、と」

野津が合図すると、戦闘指揮車はエンジン音をあげて青山通りへと進んでいった。

○十二月二十日　午前五時十五分　首相官邸庭

警戒警報のベルが耳にこだました。来た——。

滝川《たきがわ》は睡眠《すいみん》不足の眼《め》をこすりながらも跳《は》ね起きて、本能的にウォードレスに着替えていた。ごうごう、とおびただしいエンジン音がこだまして正門の辺りから怒声が聞こえてきた。頑《がん》丈《じょう》な鉄の門に何かが激突する音がした。

その音を聞きながら、滝川は官邸裏庭に置いてある二番機へと走っていた。あれは……六二式歩兵戦闘車だ。破壊された正門から装甲兵員輸送車が侵入し、後部扉が開け放たれ、ウォードレスを着た歩兵が警官に銃を突きつけた。

走れ！　滝川はハッチを開け、コックピットに滑《すべ》り込んだ。つかの間のグリフ。二番機と意識を共有した滝川の目に、二十両を数える軍用車両と分隊ごとに固まって周辺を警戒する兵の姿が映った。二番機は拡声器をオン、ジャイアントアサルトを構えると、建物に侵入する兵に向かって「止まれ！」と叫んでいた。

しかし兵たちは、ちらと二番機を見ただけで平然と建物の中に消えて行った。

戦闘車両の銃身が一斉にこちらを向いた。二十五ミリに……最新式の兵員輸送車は三十五ミリ機関砲を装備している。くそ、ヒト相手なんてはじめてだ。けど、にらみ合っていてもしょうがねえ。

二番機はフェイントをかけるように裏庭の敵の死角に逃げ込むと、すぐに反対側から出て手近の兵員輸送車をジャイアントアサルトの銃床で突いた。兵員輸送車は横転し、操縦手、機銃手があわてて飛び出してきた。そのまま横転した輸送車を盾《たて》代わりに二両目に激突させる。機銃手があわてて三十五ミリ機関砲をこちらに向けるが、次の瞬間には二番機の指先が銃手を高々と持ち上げていた。

「てめーら、なんなんだよ……？」

じたばたと足掻《あが》く機銃手が耳を押さえた。しかし答えはなく、返ってきたのは報復の銃火だった。鈍い音がして盾代わりの兵員輸送車が機関砲弾に貫かれ、炎上した。

「ば、ばっきゃろ！　味方を撃ってどうすんだ？」

二番機は兵を捨てると、間一髪《かんいっぱつ》機関砲弾を避けて再び死角、建物陰へと隠れた。追撃してきた兵員輸送車の下に指をかけて横転させた。後続する車両と激突して、兵たちはわらわらと逃げ散った。車両はぐずぐずと炎を発して、爆発、炎上した。これで四両。けど、ちっくしょう、このまんまじゃ殺《や》られる。幻獣相手の戦闘とは違って、自衛軍の戦闘車両はすぐに要領を呑《の》み込んで、的の大きな二番機に正確な砲火を浴びせてくるだろう。零式《ゼロしき》ミサイルもこわいしな……。

「我々は救国評議会の下に参集した決起軍である。すでに大原《おおはら》首相の身柄は拘束した。人型戦車のパイロットはすみやかに投降せよ」

なんだよ、しゃべれるじゃん。けど、冗談じゃねえ。なーにが投降だよ。滝川は目を光らせ、建物を見た。こいつをぶっ壊して兵隊を追い散らすか？　それで首相を助けられれば……と壁に向かって拳を振り上げた途端、無線から声が流れてきた。

「無理よ。相手は零式ミサイルを持って二番機に迫っている。ここは逃げなさい、滝川大尉」

大原のおばさんの声だった。声が切迫している。

「兵を引いて。人型戦車を無傷で撤収させること！　人型戦車のパイロットは友軍を撃つことをしなかった。あなたがたも最低限のルールを守りなさい」

首相の声が毅然《きぜん》としたものに変わった。どうやら無線器の傍《かたわ》らに誰かがいるらしい。すぐに男の声が聞こえてきた。

「我々は首相の言葉に従う。滝川……大尉だったな。一時休戦だ。我々は発砲しない。その間に君は撤収してくれ」

「……首相をどうしようってんだ？」

滝川は絞《しぼ》り出すように問いを発した。燃え上がる輸送車の陰に零式ミサイルを構えた兵が見え隠れしている。二番機がレーダードームを向けると、すばやく植え込みの陰に隠れた。一瞬《いっしゅん》、ジャイアントアサルトを乱射して沈黙させることを考えた。しかし……人間が血しぶきをあげながら肉の断片となる光景を想像した。身震いするほどおぞましいことだった。

「首相の安全は保証する」男は静かに言った。

「……本当だな？　さっきから零式ミサイルを持ったやつらがこそこそしてるけどよ、マジ、やばいぜ？　おめーら、ジャイアントアサルトに撃たれたこと、ねーだろ？」

自分にこんな冷たく険しい声が出せるのかと、滝川は自分で自分に驚《おどろ》いていた。

「あっという間に肉と血のかたまりになるんだ。こんな戦争ごっこしか知らねえおめーらには、わからないだろうけどよ」

悔《くや》しかった。これじゃただのお飾りロボットだ。

「十分にわかっている。しかし、こちらにも零式の他に機関砲がある。今、この瞬間にも増援が駆けつけている。一機で暴れてもいつかは大破するぞ」

男の声は冷静さを崩していなかった。客観的な優劣を淡々と述べている。くそ、俺の方が餓《が》鬼《き》ってことかよ……！　滝川は振り上げた二番機の拳《こぶし》を静かに下ろした。

「……すみません、大原首相。俺、何もできなかったです」

滝川が肩を落として謝《あやま》ると、笑い声が聞こえた。

「めそめそしないの。男の子でしょ！　よく聞いて。今、あなたが戦うということは、同じ人間を殺すということ。わたしはね、滝川君の手を血で汚したくないの。だから悔しいけど、悔しいのはわかるけど、撤収《てっしゅう》して。わたしなら大丈夫だから」

「はい……」

視界が涙でゆがんだ。

「さあ、正義の味方は一時退却！　けどね、正義は必ず勝つ！　でしょ？」

大原首相の励《はげ》ます声が聞こえた。

「……そうっすね」滝川は嗚咽《おえつ》を堪《こら》え、やっと言った。

「無理はしないで。原隊に戻るのよ？」

「……そうします。けど、けど、絶対百倍返しにしてやります」

そう言い捨てると、二番機は猛然《もうぜん》とダッシュして首相官邸の塀《へい》を跳び越えた。そしてそのまま進路を品川方面へととった。堪えていた嗚咽が洩れた。日比谷通りを疾走《しっそう》しながら、滝川は横須賀《よこすか》の原隊に無線を送った。が、聞こえてくるのはホワイトノイズだけだった。ジャミングか？　それとも……考えてみれば、5121小隊は今、半休暇状態にある。こんな時間に起きているやつはいねえ。

携帯……そうだ、携帯！　と考えてポシェットを探って青くなった。昨日の夜、森と話し込んでテーブルの上に置きっぱなしだった。

ちっくしょう、俺ってやつは……！　後悔する間もなく、日比谷通りから第一京浜に出ると、検問所を設営している兵と出くわした。兵たちはビル陰から突如として出現した巨人を見て驚《きょう》愕《がく》の表情を浮かべたが、構わず突っ切ると聞き慣れた飛来音が耳にこだました。横っ飛びにジャンプして避《よ》けると、零式ミサイルがビルに激突して爆発《ばくはつ》した。「ばっきゃろう」滝川は忌々《いまいま》しげに毒づいた。東京の真ん中で何が零式ミサイルだよ。

どうすっか？　滝川は少しの間考えて、アクセルをぐんと踏み込んだ。あんなん街中でぶっ放されたらたまったもんじゃねえ。戦術画面をちらと見た。港……倉庫……とにかく一刻も早く市街地を離れることだ。

二番機は東京港の方角に向けて駆けた。第一京浜ってのは兵隊がいるだろうから、ええと……滝川は戦術画面を拡大した。友軍もしくは反乱軍の青い光点が細かく散らばっている。東品川から、おっ！　これだ。平和島から高速一号線を突っ走る。とにかく横浜まで行けば、反乱軍もそこまで手はまわらねえだろ。横浜占領してもしょーがねえもんな。滝川はぶつぶつとつぶやきながらアクセルをいっそうくそ、百倍返しだかんな、百倍返し。滝川はぶつぶつとつぶやきながらアクセルをいっそう踏み込んだ。

○十二月二十日　午前五時四十五分　首相官邸

武装解除されたSPが引き立てられていく足音を聞きながら、スーツ姿に着替えた大原首相は官邸の執務室《しつむしつ》で唇《くちびる》を嚙んでいた。

敵を甘く見すぎていた。東京憲兵隊《けんぺいたい》、内閣《ないかく》調査室など各機関の分析によれば決起は一月半ば以降。主戦派の寄り合い所帯が調整を済ませるには最低それくらいはかかるとのことだった。

その間に首相府に5121小隊をはじめ、防衛部隊を呼び寄せて、官邸を鉄壁の構えにする予定だった。それがむざむざと寝起きの姿を敵にさらすとは——。

敵の動きを、几帳面《きちょうめん》に見積もり過ぎた結果か？　敵にもこちらと同じような計画性と周到さがあると誤解したのが悪かったのか？　たぶん自分の疑問は当たっているだろう。

ドアをノックする音がして「失礼します」と声がかかった。

「どうぞ」

入室を許可すると、三十代の浅黒い顔をした少佐が入ってきた。ウォードレスを着ている。この強化装甲服を相手が着ていることが幸いだったと首相は思った。憲兵隊、SPは首相を逃がすべく発砲したが、わずかに侵入した兵を傷つけたに留まった。死者が出なかったことがせめてもの救いだった。

少佐は生真面目に踵《かかと》を揃《そろ》え敬礼をした。

「第一連隊・第二大隊長、野津であります。まずは首相のご様子をと思いまして、挨拶《あいさつ》にうかがいました」

大原は少佐の様子を見て、軽くうなずいた。こうして代表して挨拶に来る以上、反乱軍の中では有為《ゆうい》の人材なのだろう。軍人らしい硬質な雰囲気を漂《ただよ》わせている。

「ようこそ官邸へ。朝のコーヒーを、と言いたいところだけど。手配してくださらない？ 料理長は無事かしら？」

大原が言葉をかけると、野津は背後の兵に合図をし、兵は敬礼して去った。

デスクの椅子《いす》に深々と体を沈めて、首相は野津にもソファを勧めた。「嗜《たしな》むのなら煙草《たばこ》もどうぞ」首相は言いながら相手を観察した。

まともな軍人だと思った。煙草には手もつけず、ソファに畏《かしこ》まって座っている。遠くから拡声器の声が聞こえてきた。警視庁か、それとも秋ちゃんのところかしら？ 東京憲兵隊であったら重火器・装甲車両を持っているから、双方に暴発の危険がある。

「あれは、憲兵隊？」

「警視庁であります。機動隊と鎮圧《ちんあつ》用車両を動員してきました」

野津は意味するところを悟ったらしく、律儀《りちぎ》に機動隊と言った。

「憲兵隊が来たら互いに発砲は控えるようわたしが言っていた、と」

「はっ」

兵に連れられた料理長がコーヒーとトーストを運んできた。首相はコーヒーの香りをかぐと
「生き返るような思いだわ」と言った。

料理長はコーヒー豆は焙煎《ばいせん》とか小手先の技術より、新鮮さにあると常日頃主張していた。そして水さえ新鮮でおいしければ、と。

「首相……」五十年配の料理長は、感極まったように声を絞り出した。滅多《めった》によけいな口はきかないが、一度、若い料理人を叱っているところを見たことがある。情に厚い性格の持ち主のようだった。

「朝からオロオロしないの。首相官邸の料理長らしく背筋を伸ばして」

首相が言葉をかけてやると、料理長は畏まってお辞儀《じぎ》をした。

「邸内の方たちにも飲み物を振る舞ってあげて。それくらいは許可できるでしょ？」

首相は落ち着いた様子で少佐に向き直った。

「過分なご配慮であります。ありがたくいただきます」

野津と名乗った少佐は、畏まった表情を崩さず頭を下げた。

「さて、それでは肝心の質問を少々。どうしてこういうことになったのかしら？　ここは首相官邸で、あなたがたをこのような時間に招いた覚えはないわ。あなたご自身の口から説明してくださらない？」

首相はデスクの向こうから身を乗り出すと、腕組みして野津を見つめた。今さら起こってしまったことを後悔してもしかたがない。今は状況を把握《はあく》し、整理すべき時だ。そして、心に余裕を取り戻すべき時だ。

野津はしばらく考えていたが、やがて困惑の表情を浮かべて言った。

「じきに秋月師団長と西閣下《にしかっか》が到着します。説明は両閣下がなさいます」

「あなたには自分の意見というものがないの？　秋月師団長と西中将《ちゅうじょう》では互いに思惑《おもわく》は違うわよ。彼らのレンズを通して見える現実とあなたの現実は違うの。そうじゃなくって？」

「はあ……」

困惑する野津を大原は注意深く観察した。気の毒な将棋《しょうぎ》の駒《こま》。主戦論を唱《とな》えることで本当の利益を得る者は別にいる。

「正義……かしら？」

聞き慣れぬ言葉を突きつけられて野津は口ごもった。首相から視線を逸《そ》らした。

「……その、首相に直言するのは……恐れ多いですが、正義は我々の側にあると確信しています。二百三十万の命を奪った敵に領土を与え、和平を結ぶなどとんでもないことです。これまでにも敵は和平……休戦期間に戦力を回復していたと思われます。和平は……敵を利することになるかと」

野津の言葉に大原は耳を傾けていたが、料理長にコーヒーのお代わりを要求すると、「この国はね」ににこやかな笑顔を浮かべて切り出した。

「九州奪還戦の時点で、国が破綻《はたん》しかかっていたの。あとひと月、戦争が続いていたら完全に破綻していたわ。国が破綻するということがどういうことか、わかる?」

「戦争に勝たねば破綻します」

野津は大原が持つ独特な威厳《いげん》に押されてやっと言った。大原はうっすらと笑った。

「今、現在、普通に生活している日本人の生活基盤そのものが崩れるの。想像してご覧なさいな。物流はマヒするわね。補修部品がなくなった列車は事故を頻発《ひんぱつ》し、燃料がなくなったトラックは動かず、資源・部品が来なくなった工場は操業を停止する。倒産が相次いで、食料は不足する。あるいは都市部には供給がストップする。当然、必要な物資が送られなくなった軍は軍の体裁《ていさい》を整えることができないわね。弾がない小銃、燃料がない戦車……そうね、竹槍《たけやり》だったらタダで作れるから最後にはそうなるわ。おそらく軍需産業があなたがたをバックアップしているんでしょうけど、彼らは自分の首を絞《し》めている。エンジンやキャタピラが送られてこない戦車工場なんてざらに出るでしょう。そして——幻獣は本州に上陸する。あなたがたは竹槍と日本刀で突撃。どう、楽しいストーリーでしょ?」

茶飲み話でもするような口調で、首相は淡々と、そして議論を楽しむように語った。

「しかしその前に勝利を収めれば……」野津は反論した。

「あれだけの軍を派遣して敗北一歩手前になったのよ？　公式発表は国民感情を考慮したものなの。実際は第三師団は三十四パーセント、百十六師団三十一パーセント、海兵、二十一旅団に至っては四十パーセント近くの損害を受けていた。だから、ほんのわずかな奇跡に賭《か》けて、わたしは暗殺部隊を送り出したのよ。……あなた、公式発表を信じちゃったのね？　同期に現地軍の人はいなかったの？」

公式発表ではいずれの部隊も二十パーセント弱となっている。拠点を死守することによって時間を稼ぎ、奇襲作戦を成功に導いたことになっていた。

「まさか……そんな状況で戦えるわけは」

「補充兵を湯水のように送り出してね。部隊を問わず配属して、彼らに盾になってもらった。真っ先に死ぬのは補充兵だったわ。司令部にまで敵は押し寄せてきたのよ」

語るうちに大原は余裕を取り戻していた。正義なんて大げさなものは見たことも聞いたことも食べたこともないが、この国の人々の生命を守ることがそれに近いと思った。

「……わたしは当時、下関で待機していました」

野津はなんの脈絡《みゃくらく》もなく言った。

「そう。もし、前線に派遣《はけん》されていたら考えも変わったでしょうね」

「イジメないでくださいよ、ウチの部下を。首相閣下」

執務室のドアが開き、秋月中将と西中将が参謀に先導されて入ってきた。野津は起ち上がるとふたりに敬礼を送った。

秋月は自信たっぷりに大原と向き合った。西は居心地が悪そうに横を向いていた。

「佐倉《さくら》からは五十七連隊、甲府《こうふ》からは四十九連隊が現在、東京へ向け進撃中です。東京の主要な拠点・機能はすべて制圧が完了しました」

秋月の言葉はとどめを刺したつもりのものであったろう。しかし大原は、にこやかな表情を崩さず「それはご苦労様」と言っただけだった。

「正確には五十七連隊の有志一同、四十九連隊の有志一同、ね。わたしは自衛軍の将兵のシビリアン・コントロールの精神を信じているわ。志願して軍に入った人たちだもの。自分の頭で考えることができる。そして最高指揮官はわたしね。首相の命令なくして動くことはできないと、すべてとは言えないけど、多くの兵は考えるはずね」

「残念ながら、今は国家非常事態なのです」

秋月は表情を殺して言った。それを聞いて大原は声をあげて笑った。絵に描いたような陸大出の秀才だ。すぐにレッテルが口をついて出る。

「わたしが宣言すれば国家非常事態になるわね。首相の宣言なくして軍を動かすことになんの正当性も根拠もないわ。……西中将、あなたともあろう人がどうして」

秋月の宣言を一蹴《いっしゅう》して、大原は西の視線をとらえた。

「……本土の割譲は許せぬ、というのがわたしの信念です。幻獣にむざむざと策源地を与え、和平が続くという保証など、どこにあるのですか？」

　西の論理はもっともなものだと大原は思った。しかし、何かが違う……。大原は子役の時代から芸能人として大人たちを観察し、政治家に転じてからはさらに伏魔殿《ふくまでん》のような政治家……妖怪《ようかい》たちの中で揉《も》まれてきた。大原は注意深く西の表情を観察した。

「感傷や感情に流されると自分の見たい現実しか見えなくなるわよ、西中将。もしかしてあの戦争、本当に勝てたと思っているんじゃないでしょうね」

　大原が念を押すと、西の表情が曇《くも》った。

「失礼ですが、首相には軍事はお分かりにならない。軍事的に考えれば、十分に勝算はあった戦《いくさ》です。派遣軍の編制そのものが中途半端であり、和平そのものが中途半端でした。少なくとも本土からの完全撤退を和平の条件とすべきでした」

　西は語るうちに確信を深めていったようだ。先ほどまでの浮かぬ表情が消えていた。

　大原は西を哀れむような目で見た。……派遣軍は破滅寸前だったのよ。理想を持ち、新たな秩序を求める相手に和平を結んでもらったのがわからないのかしら？　カーミラが考える共存の理想が気の毒だった。

　あの娘は何ひとつとして報われていない。それでも人類を理解しようとし、先だってはシーレーン防衛への協力まで表明してくれた。それを口にできないことがもどかしかった。

　しかし……大原は確信していた。このままでは終わらないだろう。たとえ主戦派がどんな策略を弄《ろう》しようとも、最後に勝つのはわたしとあの子たち、そして和平共存を理想とする者であるはずだ。

「さて、皆さん、朝早くからご苦労様。料理長にブレックファーストを作らせるけど？」

大原はにこやかに笑みを浮かべて提案した。

○十二月二十日　午前六時三十分　大井《おおい》ＪＣＴ付近

反乱軍の青い光点を避けて移動しているうちに時間を食ってしまった。迂回《うかい》するように八潮《やしお》の海浜公園から橋を渡って、ようやく倉庫群、巨大なビルが立ち並ぶ一郭の向こうに、折から降り出した霧雨《きりさめ》に霞《かす》んでぼんやりと高速の高架が見えた。

にしても、このトラックの多さはなんだ？　確かに人が住んでいる気配はなかったが、まともに道路は利用できなかった。やむを得ず公園を突っ切ったり、交通量の少ない道を選んだり。走り抜けるイタリアン・イエローの人型戦車を信号待ちのトラックの運転手はウィンドウから身を乗り出し、ぽかんとした顔で見送った。

中央卸売市場と流通センターって……画面で名称を表示して滝川は忌々しげに舌打ちした。だからこんな朝早くにトラックだらけだったんだな。くそ、東京は何がなんだかわからねえ。

ＪＣＴらしき地点に向かってトラックの間を縫《ぬ》うように走っていた時、散々聞き慣れた例の音がした。なんだよ、ここには自衛軍はいないはずだぜ？　避《さ》ける間もなく、爆発音がして、機体は斜めに大きく傾いだ。後続するトラックのブレーキ音。二番機は残る片足でとっさに流通センターの広大な敷地内に跳んだ――。

しばらく意識が途切れていたらしい。気がつくと、どこかの建物内のベッドで寝かされていた。

「ここは……？」消毒液のにおいがした。どうやら医務室のようだ。

「流通センター内の医務室。心配することはない。君は軽い脳震盪《のうしんとう》を起こしたんだよ」

声がして若い医師が顔をのぞき込んできた。ウォードレスは脱がされている。滝川はがばと身を起こすと、わっと悲鳴が上がって若い医師が顎《あご》を撫《な》でた。

「あ、どうも……すんません。あの人型戦車は？　つうか、なんで自衛軍……反乱軍は俺のこと捕まえないんですか？」

滝川の頑丈な頭蓋骨《ずがいこつ》に顎を強打された医師は、なおも顎をさすりながら、

「自衛軍じゃないんだよ。路上であんなものをぶっ放されてトラックの運転手はかんかんでね、撃ったやつを捕まえてみたら学兵だった。十人くらいいたかな。散々に罵《ののし》られたあげく、詫《わ》びを入れてきた。武器を取り上げて、警備員室で休んでもらっている」

若い医師は忌々しげに「まったく……何が学兵だ」と小さな声で吐き捨てた。

「学……兵？　んなもん、東京にいるんすか？」

「ああ、十日ほど前、都教育委員会が自衛軍の補助という名目で学兵制度を発表した。もっと

もホンモノの学兵とは違って看護兵の代わりや雑用をこなす程度だがね」

それを聞いて滝川の表情が悲しげに曇《くも》った。

「学兵にホンモノもニセモノもないっすよ。熊本じゃ、銃の撃ち方教わって、すぐに前線だったんですよ？　教育委員会って頭に虫がわいてるんじゃねえか？」

医師は静かにうなずいた。

「僕もそう思うよ。零式を撃った学兵は、リーダーに散々罵られて、そして彼らは運転手に散々に罵られたわけだ。君の戦車はトラック運転手の協力を得て、倉庫に隠してある」

こう言われて滝川は考え込んだ。反乱軍のことを教えるべきか？　けれど……危険が存在する以上、民間人に教えるのは義務だろう。

「反乱が起こって首相官邸が占領されたんです。俺、横須賀の原隊に戻ってすぐに鎮圧《ちんあつ》に出動しようと思っていたんすけど……くそ」

医師の表情に驚きの色が浮かんだ。

「反乱って……幻獣共生派かね？」

「大原首相に反対する、戦争したがり屋のアホどもが反乱を起こしたんです。あ、そうだ。テレビとかありますか？」

医師が場所を示すと、滝川は十四インチのテレビのリモコンを押した。なんの変哲もない朝のニュース、天気予報、子供向けバラエティ……どれもいつもの通りだった。

「反乱のことなんてどこにも報道されていないよ？」

医師がため息交じりに言うと、滝川はじっと画面に目を凝《こ》らしたまま「けど、変ですよ」とぼそりと言った。

「動物のドキュメンタリーばっかりだ。なんとか山のフクロウがどうしたこうした、今朝はたくましく生きる北キツネを紹介します？　こんなのいつでも流せる差し替えフィルムですよ」

反乱が起これば テレビ局は占拠されるだろう、と前に舞から聞いたことがある。送信が遮断《しゃだん》されて砂嵐の画面になるか、さもなくば当たり障りのないフィルムをしばらく流しているか、どちらかだろう、と。

「……わかった。しばらくテレビを点《つ》けていよう。君はこれからどうするんだ？」

「隊に戻らないと。ちっくしょう……もう九時過ぎかよ。ミサイルぶっ放したやつをぶん殴《なぐ》ってやりてえ！」

滝川が悔しげに叫ぶと、ノックする音が聞こえ、同じ年頃の少年がおそるおそる顔を出した。東京都の紋章が入った学兵の制服を着ている。滝川より大柄で、賢そうな顔をしていた。滝川は学兵をにらみつけた。

「てめーかよ？　俺の愛機を傷つけたのは？」

滝川の怒声に、学兵は怯《ひる》んだ表情を浮かべた。

「違います違います。僕は都立八潮《やしお》南高校の学兵なんですけど、クラスのバカヤロが自衛軍からもらったとかで。気前がいいよな、なんて思っていたんですけど……あの、すみません。このバカヤロを二発殴っておきました」

そう言うと大柄な少年はひとりの学兵の襟首《えりくび》を摑《つか》んで医務室に入ってきた。その学兵は唇を切って、目の下に青タンを作っていた。すぐにそうと見えるリーダーに比べると細くて、弱々しい感じだ。滝川は握りしめた拳をしぶしぶと解いた。

「おい、おまえ。どこのアホな自衛軍が、訓練もロクにしてねえ学兵に零式ミサイルなんてくれたんだ？　殴らねえから話してみろ」

　青タンの学兵は観念したように話し出した。

「……昨日の午後なんすけど、訓練さぼって学校の近くのコンビニ前にいたら、トラックが止まって自衛軍の人が降りてきたんです。それでミサイルを渡されて。明日、横浜方面に向かう敵は反乱軍だ。構わず撃てって」

「その後、学校に軍曹《ぐんそう》だか少尉だかが来て、命令書みたいなものを示して、学兵はクラスごとに徹夜の警戒《けいかい》をしろなんて。僕たちの持ち場があそこだったんです」

なんなんだよ、これ……。なんつーアバウトさ！　滝川はがくりと頭を垂れた。トホホ、こんなやつらに機体を壊されたのかよ、俺。

「す、すみません。反省してます。あの……滝川大尉ですよね？　俺、もとい僕は５１２１小隊の味方ですから。なんでも命令してください」

　リーダー格の少年は、自分の顔を知っているようだ。

「おめーらなあ……。命令書みたいなもの？　徹夜の警戒？　そんなもんでホイホイ零式ミサイルぶっ放すわけかよ？　知らないおじさんについていっちゃだめってレベルだぜ？」

滝川は心底あきれてふたりの顔を見比べた。ドアの向こうから学兵の顔が鈴なりになって見えた。なんて平和ボケした面構えだ……。熊本の学兵は最低のやつらでも、もっとこすっからしく、ふてぶてしい顔をしていた。

「あのなあ、学兵に命令を出せるのは文部省の役人だけだろ？　自衛軍が直接学校に来て、あしろこうしろなんてありえねえっての！　馬鹿野郎！」

滝川が医務室中に響く剣幕《けんまく》で怒鳴《どな》りつけると、学兵たちはヒッと首をすくめた。そのまま不機嫌に滝川はウォードレスを着込んだ。

「あの……これからどうすればいいんですか？　滝川大尉」

滝川は不安げなリーダーの顔をにらみつけた。

「おめーらは反乱軍に利用されたってわけ。俺は反乱軍を鎮圧するため、これから横須賀の原隊に戻る。おめーらにできることは何もねーよ。ここでおとなしくしていろ。でないと、今は東京は反乱軍が強いから、利用されて傷つくか死ぬか、とにかく一生後悔するぞ。おめーの役目はひとつだけだ。仲間を守ること。以上っ……！」

そう言うと、滝川は医師に向き直った。

「この馬鹿ども、匿《かくま》えますよね？」

「ははは。ここをどこだと思ってるんだい？　流通センターだよ？　作業着に着替えてアルバイトでもしていればいいだろう。ああ、センター長に連絡するから」

医師が内線をかけると、すぐにスーツ姿の中年の紳士《しんし》が現れた。表情から察して、相当に情報を得ているようだ。

「５１２１独立駆逐戦車小隊の滝川です。いろいろとすみません」

滝川が挨拶をすると、センター長は黙って頭を下げた。

「大変なことになっているようですな」

「はい。首相は反乱軍に捕まってます。俺、横須賀の原隊に戻ろうと高速一号線に乗ろうとしていたんすけど。この馬鹿ども……あー、もういいや！」

滝川はそう言うと首を振った。そして気を取り直したように、

「助けてもらえませんか？　機体は小破程度なんですけど、脚《あし》をやられちまって」と言った。

センター長は少し考えて、

「危険はないですか？」と尋ねてきた。

そうだな……。危険がゼロでない限り、民間人を巻き込むわけにはいかねえ。

「保証できないです。すんません、俺って餓鬼だからつまんねーこと言って……」

「全面的に協力します」

センター長の言葉に、滝川は「は？」と尋ね返していた。

「わたしどもの仕事は全国に物資を流通させることです。……あなたはえらいですな。若いのにご自分の役割を知ってらっしゃる。その重圧に耐えてらっしゃる。滝川大尉、わたしはあなたの戦争への憤《いきどお》りをテレビで見ていました」

センター長は静かに、淡々と語った。レポーターの胸ぐら掴んだやつ？　滝川は照れくさげ

に顔を赤らめた。

「すぐにトレーラーを用意させます。なあに、流通センターがあなたに味方するんです。大船に乗ったつもりで気を楽に」

「け、けど……」センター長の気前の良さに滝川は絶句した。

「戦争を散々体験してきた者こそが、心から戦争を否定することができる。どうか、一刻も早く、不法な反乱を鎮圧して欲しいのです。内戦は流通の敵なのですよ」

「は、はあ……」

意味がわからず、滝川は相づちを打った。

「検問所がひとつあるだけで渋滞が起こります。渋滞しているうちにアイスクリームは溶けてしまいます」

「あ……そう言われれば、なんとなくわかります。えと、ご協力、よろしくお願いします」

オトナの本当の本音はよくわからなかったが、滝川は踵を揃え、滅多《めった》に接したことのない民間人の大人に心からの敬礼を送った。

○十二月二十日　午前十時　高田馬場・某大学

大学の授業ってこんなものなのか、とカーミラは階段教室の上から教壇《きょうだん》のマイクに向かってぼそぼそとしゃべる教授を眺《なが》めていた。懲《こ》りもしない潜入だった。今度は万全を期して、アメリカのパスポートやら保険証やら、実在の人物のものを使っている。

「……でありますから、従来の資本主義のありかたを大きく見直すべきとする社会資本主義的な思想と、資本主義を状況に応じて適宜《てきぎ》手を加え、市場経済を維持《いじ》すべきとする考え方ですね、大きく分けてふたつの潮流がありまして……」。資本主義の話そのものは面白かったが、学生が集中していない。ちらちらとこちらをうかがっている。

どうやら外国人が珍しいようだ。しかも隣《となり》には護衛役のハンスが座って、神妙な顔で講義を聴いている。せっかく瞳《ひとみ》がブルーに見えるカラーコンタクトをして、革ジャン、革のパンツというラフな格好をしているのに。しかもキャップまでかぶっている。ハンス君が悪いんだわ、とカーミラは隣のハンスに視線を移した。ハンスはフォーマルなスーツ姿で、学生の間では浮きまくっている。

「ねえ、ハンス君。少しは学生のファッションに合わせたら?」

カーミラが話しかけると、ハンスは一拍遅れて反応した。どうやら講義に夢中だったようだ。

「……すみません。お嬢様のような格好はどうも落ち着かなくて。けれど、お嬢様も学生と同じとは……」

まるでどこかの芸能人のように見える。しかしカーミラは意に介さず、

「講義、面白いんだ?」と尋ねた。

「その……資本主義という考え方が面白いです。無数の人々の思惑によって、お金を儲《もう》けたり

損したり、で合ってますよね？」

そういえば元の世界は王政だったから、思惑によって動く経済などたかが知れていた。わたしの家の領地ではワインと蒸留酒の工場があったっけ。そこで働くのは農奴《のうど》だった。

「確か我が家はお金はたくさんあったわよね？」

主人の素朴《そぼく》な質問に、ハンスは穏やかに微笑んだ。

「ええ、最高の品質のものを全国に出荷していましたよ。僕は父の後を継いで、工場の差配をしていましたから。お嬢様も……様とご一緒に帳面をご覧になっていたはずですが」

兄の名を出されて、カーミラの表情が一瞬曇った。

「……そんなこともあったわね」

「実のところ売り上げは大幅に伸びていたんです。あんな時代でしたから、アルコールに逃げる人が多かったんでしょうね」

「この世界でも酒造業は安定しているわね。この間、日本の株式欄《らん》の見方を勉強したわ」

カーミラが得意げに言うと、ハンスは肩をすくめた。

「とりあえず日本国に我々を国家として認定してもらえば、投資もできますよ」

「それそれ……！　投資しましょ！　面白そうだわ」

カーミラの声に教授がいぶかしげに顔を上げた。ハンスは起ち上がると「申し訳アリマセン」と謝った。

「見たところこの大学の方ではないようですが？」

教授に言われてハンスは困ったように微笑んだ。

「手続きはしてあります。わたし、アメリカから来た留学生です。彼はわたしの家の家令で、護衛です。聴講許可はもらってあります」

カーミラも起ち上がると、にっこりと笑って流暢《りゅうちょう》な日本語で自己紹介した。

「家令……？」教授は目を瞬《またた》いた。

「どうか気になさらず。それにしてもアメリカと比べると、日本の資本主義は細やかですわね」

カーミラは思いつくままに言った。アメリカの情報は日頃から耳にしている。

「細やか……とは微妙なニュアンスですな。確かに我が国は市場の規模が小さく、自己完結することができませんから」

教授は興味をそそられたように言った。

「ええ、そういうことです。あちらでは共生派と戦争をしながら同時にウラでは貿易もしていますから。……これ、ホントはイケナイことなんですけど」

「お嬢様」

ハンスが小声で声をかけた。目立ち過ぎですよ。カーミラはぺろと舌を出した。

「わたしの家はとあるコンツェルンなので、自然に耳に入ってくるウワサです。どうぞ、授業をお続けになって」

しかしざわめきは広がっていた。共生派と貿易だってよ。聞いたこともねえ。学生たちのつぶやきが耳に入ってきた。そのはずだ。アメリカの情報は徹底した検閲《けんえつ》を受けている。学生にとっては、わずか三国に減った人類圏《けん》の一員で、海の向こうで繁栄《はんえい》している大国だった。今の時代、行き来できるのはごく限られた人間だけだ。

「悪い癖《くせ》ですよ。目立ち過ぎです。この間のこと、忘れたんですか？」

着席するとハンスが苦い顔でたしなめた。

「だって目立つの、好きなんだもん」

カーミラは澄ました顔で言った。

その時、教室のドアが開けられ、事務員があたふたと教授のもとに駆け寄った。ひそひそと耳打ちしている。初老の教授の目が驚愕《きょうがく》に見開かれた。

しばらく教壇に視線を落として考え込んでいたが、顔を上げた。厳《きび》しい顔つきになっている。

「皆さん、落ち着いて聞いてください。一部の兵が首相府を占拠《せんきょ》しました。同時に救国評議会と名乗るグループがテレビ・ラジオを通じて戒厳令《かいげんれい》を布告しました」

眠ったような教室にどよめきが起こった。

「一部の兵だってよ」

「救国評議会なんて知るかよ」苦々しげな言葉が飛び交う。

「やっぱりな、やると思ったんだ」事件に満足したような声も聞こえてきた。

「これを称してクーデターと呼びます。非合法な反乱であり、民主主義の否定です。君たちはすぐに帰宅してください。詳《くわ》しい状況はおってわかるでしょう」

そう言うと教授は講義ノートを鞄《かばん》にしまった。

「街の要所要所には兵がいるでしょう。荷物検査をされたり、職質を受けるかもしれませんが反抗したり不審な行動を取らないように、くれぐれも気をつけて。彼らは警察ではなく、軍です。……授業を終わります」

教授は学生たちを眺め渡した。ざわめきは止まなかったが、ひとりふたりと席を立ち、教室を出て行った。やがて、がらんとした教室に教授とカーミラ、ハンスだけが取り残された。

「あなたたちも早く」

教授が声をかけてきた。

「ご心配なく。パスポートは持ってきていますから。それに車ですし」

カーミラはなんとなく教授と話したくなった。どのように考えているのか？

「主戦派が反乱を起こしたんですね？」

こう尋ねると、教授は気難しげに「ええ」と答えた。

「まったく馬鹿なことを……。これでクーデター政権が誕生し、和平条約を破棄《はき》しようものなら経済は崩壊します」

「戦争することで得をするのは軍人？」

カーミラの素朴な質問に、教授は弱々しげに笑った。

「まさか。自衛軍は旧軍とは違いますよ。わたしの叔父《おじ》にも軍人がいますが、ほとんどが平和を望む者です。しかし……軍産複合体がここまで愚《おろ》かだとは」

最後の言葉はつぶやきに近かった。「military industrial complex?」わざと英語でカーミラは言った。

「一部の腐敗した高級軍人と、単純素朴な考えしか持ち合わせていない軍人を踊らせているのです。その背後には軍産複合体……武器商人がいます。アメリカが内戦を継続しているのも同じことでしょう」

「ええ。けど、日本の場合だと、相手は幻獣になるから滅びますわよ。幻獣の大軍が押し寄せてきて、人間は山に逃げるしかなくなります」

カーミラの言葉に、教授は、おやという顔になった。「まさか……」と首を横に振ったが、ある種の確信が芽生えたようだ。

「西部方面軍の芝村《しばむら》中将は動かないでしょう。クーデターに踊らされた兵が、現場で若干《じゃっかん》の小競《こぜ》り合いを仕《し》掛《か》けるかもしれませんが」

訴えるような目で見られて、カーミラは軽くうなずいた。

「そうね。陰謀の根がどれだけ深いかによりますわね。行きましょう、ハンス君」

そう言うとカーミラは教室を後にした。

「どちらへ？」

ハンスの質問に、カーミラは爪を噛んだ。

「舞たちのところへ。あの教授の言うことは正しいわ。相手は相当なお馬鹿さんね。騒ぎが九州に波及《はきゅう》する前に反乱軍を解体しないと。あ、そう言えば……」

カーミラは何かを思い出したようにハンスに命令した。

○十二月二十日　午前十一時　小石川・某区立中学校

木村緑子《きむらみどりこ》は完璧《かんぺき》な発音で英語の教科書のリーディングをしていた。クラスメイトははじめ緑子の発音に驚かされたが、読み終えた後、よくボケるので人気があった。クリスマスの件《くだり》を読んだ後で、しばらくもじもじしていたかと思うと顔を赤らめ「クリスマスツリーを飾るのって七夕《たなばた》と同じ考えなんですか？」と教師に尋ねた。

どっと爆笑が起こった。教師は苦笑して、

「木村の家ではクリスマスツリーは飾らないのか？」と尋ねた。

「飾ったことないんです。あの……質問があります。サンタクロースって本当に空を飛べるんですか？　興味あるんです」

またしても爆笑が教室内に響き渡った。また変なこと聞いたのかなと緑子は真っ赤になった。

「あー、木村、残念ながらサンタクロースはいないんだ。おとぎ話だよ」

緑子はしまった、という顔になった。実のところ、アメリカあたりで開発された新しい世代のことだと思っていた。

「すみません」

謝ってから、セーラー服のすそをふわりとなびかせ緑子は着席した。

機会を見つけては知識を増やそうとしていた。さりげなく尋ねて……と本人は思っていたが、アルバイトの意味はわかったし、メイド服の意味もわかった。カーミラさん、ウソついてるし。席の近いところから、とアドバイスしてくれた速水《はやみ》の意見に従って、少しずつクラスメイトと話すようにしていた。

指で背を突っつかれて、後ろの席の女子が紙片をまわしてきた。緑子がふたつに折り畳《たた》まれたノートの切れ端を開くと「木村って火星人？」と書いてあった。

顔を赤らめたまま振り返ると、何かと面倒を見てくれる委員長が、にこりと笑った。女子卓球部のキャプテンも兼ねていて、「本当にすごい田舎《いなか》」から来たと自己紹介した緑子をクラスに軟着陸させようと思ってくれているようだ。

こういう時は……。緑子は生真面目にノートを切り取ると「地球人です」と書いて教師の目を盗んで後ろの席に渡した。くすくすと笑い声。読んでるし……。火星人の存在は立証されてないじゃない？　氷河期の何十倍も寒いし、知性ある生き物が住めるとは思えないよ。くすくすの輪が広がって、緑子はどうして笑うんだろうと首を傾《かし》げた。

「木村、サンタクロースのことは今度ゆっくり相談に乗るよ」

チャイムが鳴った。教師がもう一度教室を爆笑させてから教室を出ていくと、どっと緑子のまわりに生徒たちが集まった。

「木村って天然だから得だよねー」

委員長の今村《いまむら》が緑子の肩《かた》に触《ふ》れた。「どうせ……」緑子はすねるように言うと今村と視線を合わせた。

「わたし、世間知らずなんです。オットセイも見たことないし」

どっと笑い声。嘲笑《ちょうしょう》ではなかった。可愛さナンバー1と密《ひそ》かに噂《うわさ》される緑子のルックスと、生真面目な性格が相手の悪意を萎《な》えさせてしまう。「オットセイ……」

今村は、わははと豪快《ごうかい》に笑った。

「オットセイ見ないと人生を無駄《むだ》にしていると言われました」

「じゃあさ、じゃあさ、今度の日曜日、有志一同で水族館に行こうよ！　わたしも行きたいと思っていたんだ」

今村が提案すると「あ、わたしも参加」「わたしも実物は見たことないの。参加ね」と賛同する声があがった。

「男子もいいかな？」副委員長が穏やかに笑って尋ねた。

「どうする？　木村」

今村に肩を突っつかれて緑子は「はい」とこくりとうなずいていた。

「けどさ、木村って不思議だよな。理数系は強いし、スポーツもできるのに、サ、サンタクロース……くっ」

副委員長が笑いを噛み殺した。

「そんなにおかしいですか？　火星人がいないのと同じです！」

「ははは。まあ、そうだよな」そう言うと副委員長は、笑いの発作が抑えきれなくなったとみえ、しばらく笑い続けた。

「はぁい、良い子のみんな」

聞き覚えのある声が聞こえて、緑子はぎょっとして教室のドアに視線を移した。光沢のある革の上下をスマートに着こなしたカーミラがにこっと笑った。クラスメイトは不思議な生き物でも見るかのように口を開けてフリーズした。

「どうして……カ、アリスさん」

緑子は焦《あせ》って、思わず椅子を蹴《け》倒《たお》して立ち上がった。

「木村の知り合い……なの？」今村が緑子とカーミラを見比べて尋ねた。

「わたし、緑子の従姉《いとこ》よ。アリス・マッケンジー」カーミラが名乗ると、後ろに従うハンスが額に手をあてた。さすがにそれには無理が……。

「正確には従姉の友人ですね」

ハンスがカーミラに続いて教室に入ると、女子の間でどよめきが起こった。

「かっこいい……」今村が呆《ほお》けたようにつぶやいた。

何もかもが既製品の区立の中学校の教室では、ふたりとも完璧に浮いていた。それこそサンタクロースの訪問を受けたようなものだった。

「クーデターが起こった。一部の軍が反乱を起こして、首相府が占領されたわ。すぐに教授が目の色変えてここに来るから」

教授じゃなくて先生なんですけど、と言おうとしたが、緑子はカーミラがここに来たわけを一瞬考えた。悪いことが起こっている……。

「……わかりました」

そう言うと緑子は教科書を鞄に入れて下校の準備をした。カーミラはうなずくと、ハンスとともに教室を出ようとした。

「ま、待ってください……！」今村の声が背に聞こえた。

「なに？」カーミラが振り向くと、今村は顔を赤らめ、しどろもどろに抗議した。

「その……よくわからないんですけど、先生の指示を待たないと。勝手なまねは……」

今村さん、わたしを守ろうとしているんだな。緑子は嬉《うれ》しくなった。

「大丈夫ですよ……」

振り返ると、今村を安心させるように笑顔を浮かべた。

「わたし、ふたりと行きます。今日は早引き。……水族館、約束ですよ」

それだけ言うと先生が来ないうちにと足早に歩み去った。先生が来ると面倒になる。あれこれカーミラの正体を詮索《せんさく》するだろう。

「行き先は横須賀。舞たちのところへ行くわよ。その前に偵察しておきたいの」

黒塗りのプレジデントに乗り込みながら、カーミラは緑子に言った。

「どこへ……？」

「首相官邸。少し危険だけど、できる？」

たくさん危険じゃないの？　そう突っ込みたかったが、できるのは自分しかいないと思い直して、こくんと首を縦《たて》に振った。

外苑《がいえん》東通りから青山通りに抜け、旧赤坂御所《ごしょ》公園を横手に見る頃には、路上は軍用車両で埋まっていた。赤坂署前で兵に車を停められた。ウォードレスの肩には歩兵第一連隊の記章が記されてあった。怒声が聞こえて、警官隊が兵と対峙《たいじ》していた。

「何が戒厳令だ！　原隊に戻れ」

責任者らしき制服の警部が、中尉に食ってかかっていた。六二式歩兵戦闘車が一台、二十五ミリ機関砲を署に向けている。

ウォードレスを着た歩兵たちは無言で小銃、サブマシンガンを構えている。そのうち中尉は、

「実力行使は避けたいのです。これは大隊からの命令ですから」

と無表情に言った。

「実力行使だと……？」

署長らしき初老の男が玄関から飛び出し、警官側の機動隊員にあわてて制止された。

「諸君らの行為は、国民の信頼を裏切る重大な犯罪だぞ！　自衛軍の役目は幻獣に銃を向けることであって、国民に向けることではないっ！」

「命令なんです。とにかく中へ。状況が落ち着くまで待機願います」

プレジデントを停止させた兵は、そんなにらみ合いの中、緊張した面もちで車内をのぞき込むと「すみませんが身分証を」と言った。

カーミラとハンスはパスポートを手渡した。緑子が生徒手帳を差し出すと、兵の顔が少しだけ緩《ゆる》んで「君はいい」と言った。

パスポートを受け取ったものの、兵は見方がわからないらしく、首を傾げて「少尉殿」と将校を呼んだ。すぐに少尉が駆けつけ、パスポートを一瞥《いちべつ》するとふたりに返してよこした。

「ねえ、軍と警官が何を喧嘩《けんか》しているの？」

カーミラは澄ました顔でパスポートを受け取ると、若い少尉に尋ねた。達者な日本語に少尉は驚きの表情を浮かべたが、

「なんでもありません。ご安心を」とだけ言った。

「わたしたち、来日したばかりで、この先のホテルニュータニモトに泊まっているんだけど、この分だとホテルに到着するまで時間かかりそうね。なんとかならない？」

カーミラに言われて、少尉は困った表情を浮かべた。

不意に二十五ミリ機関砲が轟音《ごうおん》を響かせた。押し問答を面倒と思ったのか、銃弾は警察署の壁を粉々に粉砕した。

「なんということを……！」

少尉は行ってもよいとの合図をすると、駆け去った。初めて経験する機関砲の威力に潮が引くように署内に退却した警官の代わりに、今度は少尉が中尉に抗議をしはじめた。

「心の中が真っ白だった。今の少尉さん。命令は大隊長からだって。歩兵第一連隊。連隊長は行方《ゆくえ》不明みたいよ」

しばらくしてカーミラが口を開いた。

「まさか……」ハンスが応じると、カーミラは微《かす》かにうなずいた。

「ほんのちょっぴりね。このまま反乱軍に荷担していていいのか？　連隊長の命令がない以上、基地に戻らなければならないんじゃないかってね。良心の呵責《かしゃく》を植え付けた。彼、小隊を引き連れて基地に戻るわ。そこで精神操作は解ける」

「まあ、あの威嚇《いかく》射撃で今回の決起のレベルがわかりましたからね。その道義的な……」

ハンスはため息交じりに言った。緑子にもなんとなくわかった。相手がカーミラだと知ったらあの中尉はためらいなく撃ってくるだろう。

「道義的……じゃないんですか？」緑子は自分でも答えを探すように尋ねた。

「警察署を封鎖《ふうさ》しているの、見なかった？　市民を守る役目の警察の機能を凍結したの。あのね、クーデターに正義なんてないの。さっきの署長さん、良いことを言っていたわね」

カーミラは静かに言った。緑子も、こくんとうなずいた。

「首相官邸、行ってきます。できれば……大原首相の様子も見てきます」

中学生とは思えない落ち着いた口調だった。もちろん、常人離れした瞬発力とスピードがあればこその言葉だが、もう戦争は嫌だった。戦争を起こす人も嫌いだ。緑子の友達も野間《のま》集落の戦いで何人か命を落としている。

「そのローファーで大丈夫？　そこの箱、開けてみて。途中で買ってきたの」

緑子が箱を開けると、新品のランニングシューズが目に入った。

「あ、ロケットスター……！　これ、欲しかったんです」

「ごめんね、早引けさせて。せめてものお詫《わ》び。偵察が成功したらご褒美《ほうび》は何がいいかしらね。オットセイ、買ってあげようか？」

「それはちょっと……」

困るんですけど。緑子は顔を赤らめて首を振った。

第四章　脱出

○十二月二十日　午前十一時三十分　東十条・自衛軍官舎

「ご馳走《ちそう》様でした」

壬生屋未央《みぶやみお》は箸《はし》を置くと、手を合わせて深々とお辞儀《じぎ》をした。矢吹中佐《やぶきちゅうさ》の家だった。

「どういたしまして」

矢吹の妻・温子《あつこ》がやさしく言うと、壬生屋の湯飲みに熱い茶を注いだ。矢吹家のダイニングルームのテーブルに置かれた一升《いっしょう》盛りに寿司《すし》がふたつ残っていた。

「東原中尉《ひがしはらちゅうい》、初音《はつね》、残った寿司を片付けてくれ」

矢吹が笑いながら東原と娘に言うと東原は「初音ちゃん、じゃんけん」と言った。一升盛りの上には青物とイクラが残っていた。あはは。初音は笑うと「わたし、どっちも好きだから。中尉さん、好きな方食べて」と言った。

「あのね、中尉さんはいらないの。ののみでいいのよ。じゃあ、シメサバ、もらうね」

東原はにこにこ顔でサバに箸を出した。

「あら、イクラ食べると思ったんだけど」

初音が意外そうに言うと東原は怪訝《けげん》な顔になった。

「東原中尉は西日本の人だからな。初音とは好みが違うんだろう」

矢吹の言葉に東原は「えへへ」と笑った。

壬生屋も穏やかに微笑んだ。東原さん、さすがだな。好き嫌いはなかったが、初音の視線がイクラに向いているのを一瞬《いっしゅん》見ていた。こうしたすばやい目線は戦場帰り独特のものだろう。

それにしても矢吹中佐は大人だな、と壬生屋は思った。家庭での顔は戦場とまったく異なる。奥さんや娘さんに硝煙《しょうえん》のにおいを感じさせない。大人だし精神的に強いんだろうな。こういう家庭が欲しい。お邪魔してよかった、と二時間ほど前のことを思い出していた。

東原に「付き添われて」赤羽《あかばね》の陸軍病院で検診を受けた帰りだった。帰りにウィンドウショッピングでもしようかなと考えながら歩いていると、停車していた一台のカローラのクラクションが短く鳴らされ、見覚えのある顔が運転席のドアを開き、路肩に立った。それが矢吹中佐だった。なんでも近くの兵器工廠《こうしょう》分室に用事があったとかで、家族に頼まれていた買い物を済ませたところだという。矢吹はふたりを車内に導き入れると、すぐに符丁《ふちょう》めいた言葉で「呉《くれ》竹《たけ》。ふたりお客さんだ」と携帯《けいたい》電話で連絡していた。

東十条の官舎では奥さんの温子さんと、せっかくだからと学校から呼び戻された娘の初音さんが出迎えてくれた。「こちらが伝説の鬼パイロットの壬生屋大尉だ。それからオペレータの東原中尉」と紹介され、温子と初音は目を丸くした。前々から5121小隊のことは知っていたようだが、それにしても目の前の赤袴《あかばかま》・道着姿の壬生屋はほっそりと華奢《きゃしゃ》に見え、東原は小学校三年程度の子供の外見をしていた。制服は5121小隊のものに、冬季用に隊員に支給された赤いダッフルコート。どこの誰が、どんなセンスで決めたのかはわからないが、善行《ぜんぎょう》元司令が海軍であることと、制服とのバランスを考えて注文したのだろう。コートの肩《かた》には中尉の階級章と、これだけは変わらない5121小隊の隊章を張り付けていた。

すぐに食事となり、壬生屋は黙々《もくもく》と箸を運んだ。初めのうちは奥さんの温子と長女の初音もしきりに話しかけていたが、言葉少なに応える壬生屋に奥さんは夫を見た。矢吹もうなずいた。矢吹の実家も食事中は静かに食べるのが習慣であったからだ。

「初音、壬生屋大尉の家は父さんの家と同じなんだよ」と矢吹が言うと初音も納得したようにうなずいた。

「えへへ、おいしかった――。ごちそうさま」

東原が最後のひとつを食べ終えると、壬生屋を見習って手を合わせた。

「こんなご馳走、久しぶりです」

壬生屋も熱い茶をすすりながらしみじみと言った。

「街に出て外食はしないのか？」矢吹が尋《たず》ねると、壬生屋は恥ずかしげに顔を赤らめた。

「この格好《かっこう》で街を歩いていると周りの視線がきついし。盛り場は苦手で。広島でもそうだったんですけど。普段は横須賀《よこすか》基地の食堂か、近くのお蕎麦《そば》屋さんで食べることが多いんです」

「壬生屋大尉、テレビによく映りますもんね。ウチの学校の男の子だったらサインとかせがみそう。あの……父さんを助けてくれたってホントなんですか？」

初音が遠慮《えんりょ》がちに尋ねた。壬生屋は返事に困って東原を見て、矢吹を見た。九州戦の情報はかなり偏《かたよ》っている。政府は都合のよいことしか発表しないし、マスコミもまた威勢《いせい》のよい報道しかしない。

「すまんな。久々にくつろいで口が軽くなったようだ」

矢吹が謝《あやま》ると、壬生屋は「とんでもないです」と手を振った。

「わたしこそ中佐の大隊にずいぶん助けられました。戦術のパターンを……」言いかけて、壬生屋は気まずげに黙り込んだ。この家庭に戦争の話は似合わない。

「たいへんだったんだよ。矢吹中佐、すごくかっこよかったのよ。えいぞうで見たけど戦車から顔を出して、ススメススメーって」

東原の言葉に矢吹は苦笑いを浮かべた。

「一目散に逃げたというわけさ。壬生屋大尉は久留米《くるめ》で最後まで撤退《てったい》の支援《しえん》をしてくれたんだ。父さんたちが小郡《おごうり》でひと息ついている間にも、もうひとつの師団の援護をしていてな。つらい思いをさせてしまった」

矢吹が神妙《しんみょう》な顔で謝ると、壬生屋はしかたなく微笑んだ。

「任務でしたから。芝村《しばむら》さんが言うには、普通の部隊だと敵と接触したらなかなか振り切れずに損害が増えたろうということです」

「……そうだな。ところで、体の方は大丈夫か？」

矢吹は懸念《けねん》するように尋ねた。

「ええ、元気です。病院の検査でも異状なし、とのことでした。元々人型戦車は何時間も乗ることができないんです。Gがかかるジェット戦闘機と同じ、と芝村さんが言っていました。あら、すみません。戦争の話は……」

「ははは。かまわないさ。わたしの実家なんて、戻ると質問攻めだよ。父は歩兵だったんだが、少将《しょうしょう》で退役していてね。熱血戦争じいさんだ。俺の娘にまで戦争の知識を吹き込んで、少々困っている」

矢吹は朗《ほが》らかに笑った。

「上海《シャンハイ》解囲戦だっけ？　もう地図とか出してきて大変なんです。この間、家族で実家に行ったらお祖父《じい》ちゃんから叔父《おじ》さんたちからみんな揃《そろ》っていて。地図まで用意してきて質問攻め。あーあ、わたし、変な家に生まれちゃったのかなあ」

初音は大げさにぼやいてみせた。活発そうな子だな、と壬生屋は思った。頰《ほお》に小さな絆創膏《ばんそうこう》を貼《は》りつけている。

「わたくしの家も壬生屋流っていう武道の家でしたから。変わってますよ。小さい頃から祖母にずいぶん鍛《きた》えられました。初音さんは全然変じゃありませんよ」

武道、と聞いて初音の目が輝いた。

「えっ、どんな武道なんですか？　剣道？　空手？　わたし、何か習おうと思っているんです」

「ええと……剣も好きで、祖母に習ったんですけど、古流なんで剣道と少し違います。あと、体術ですね。こちらが壬生屋流なんです。こちらも……古流です」

説明に困って、壬生屋は古流という言葉を使った。

「古流というのは、実戦的な流派のことさ。自分の身を守る、というより皆を守るために敵を無力化するためのもの、とでも言えばいいかな」

矢吹が助け船を出してくれた。しかし初音には難しかったようだ。

「それってどう違うの？」

こう素朴《そぼく》に聞かれて、矢吹は観念したように首を振った。

「自分の身を守るためだけなら、敵に適当なダメージを与えて逃げればいいだろう。しかし、足の遅い子供や年寄りがいたら敵を完全に倒さないといけなくなる。そういう武術のことだ。自衛軍の格闘術もそうなんだけどな。あー、壬生屋大尉、これで合っているかな」

「ええ。これからそう説明するようにします」

壬生屋は多少照れながら言った。そうだ。その通りだ。五月九日、和布刈《めかり》公園。壬生屋の脳裏に必死に逃げる友軍と、襲いかかる幻獣の大群が浮かんだ。……わたくしは友軍の盾《たて》となって死ぬつもりだった。そして、一度死んで、再び生を得た。変わったことと言えば、ひとりよがりな自己犠牲《ぎせい》は仲間に迷惑をかける、と考えるようになったことか？　わたくしが戦えなくなれば他の二機は相当な負担を背負わされる。

「大変だったのね……」

不意に温子から声をかけられた。壬生屋は、はっと我に返った。矢吹と同じ年頃だろうか、気取らないジーンズ姿で、長い髪を無造作に束ねている。知的で穏やかなまなざしが印象的な大人の女性だった。こんな人になれたらいいな、と壬生屋は思った。

「その年で戦争を勝利に導いた英雄なんだもの。わたし、西北《せいほく》大学で天文学を教えているんだけど、今度一緒に星を見ない？　……心がしんと静かになるわよ。ののみちゃんも一緒《いっしょ》に」

「うん！」壬生屋が答えるより先に、東原が元気よく返事をした。

「今の季節は肉眼でも星がよく見えるわ。わたしはこの季節が好きなの。壬生屋さんは？」

温子に言われて壬生屋はうっすらと微笑《ほほえ》んだ。子供の頃は寒稽古《かんげいこ》でよく泣いたっけ。

「ええ、身が引き締まります。あの……、わたくしも星が見たいです」

「じゃあ、決まりね！」温子は子供のように手を打ち鳴らして喜んだ。

「おいおい、彼女は忙しい身だぞ。隊務もあるし、未だにマスコミの取材攻勢を受けている」

妻の無邪気《むじゃき》さに矢吹は苦笑して言った。

「あ、今は待機中ですから、そんなに忙しくないんです。それにマスコミは芝村《しばむら》さんと瀬戸口《せとぐち》さんが引き受けてくれますから」

そう壬生屋が言ったとき、玄関のドアホンが鳴った。初音がドアホンと直結している送受器に寄ると「藪中《やぶ》隊の木藤《きふじ》です。……星114」と声が聞こえた。その符丁を聞いて、矢吹は席を立ち、玄関のドアを開け、スーツ姿の男を中へ導き入れた。

「テレビを」木藤と名乗った男は挨拶《あいさつ》もそこそこに言った。

初音がテレビを点けると、戦車の映像が大きく映し出された。見覚えのある場所だ。壬生屋は記憶を探って、はっと矢吹と顔を見合わせた。アナウンサーの姿はなく、テロップが「救国評議会より声明。本日より戒厳令《かいげんれい》を布告、施行する」云々《うんぬん》の文字を流していた。

「やられた……」

矢吹は無念の表情を面に表してうめいた。

「首相官邸《かんてい》前ですよね、ここ。戦車は……」

壬生屋が目を凝らすと「やつらは首相を盾にする気だ」と矢吹は悔《くや》しげに答えた。

「佐倉《さくら》はどうなっている？」

矢吹の大隊は佐倉駐屯地《ちゆうとんち》に展開していた。

「五十七連隊の一個歩兵大隊が正門を封鎖《ふうさ》しています。突破はたやすいですが、矢吹中佐の判断を仰《あお》ぎたい、と。すぐにここを出ないと拘束《こうそく》される危険があります」

「しかし、基地にはどうやって入る？」

「戦車を前に出して威嚇《いかく》します。全面衝突《しようとつ》も辞《じ》さぬ、と」

そう言うと木藤はデイパックからホルスターに入った拳銃《けんじゆう》を取り出した。家族の目の前で銃を出されて矢吹は一瞬顔をしかめたが、すぐにホルスターを装着した。

「あの……どういうこと？」

温子が険しい表情を隠そうともしない夫に尋ねた。

「クーデターだ。和平条約に反対する反乱軍が首相官邸を占拠《せんきよ》している。すぐに基地に向かわんと。壬生屋大尉、君は、運転は……」

壬生屋は首を横に振った。

「わたしが送るわ」温子が落ち着いた声で言った。

「だめです」

これが自分の声か、というような氷のような声だった。温子は一瞬たじろいだ。

「未央ちゃんはおばさんを巻き込みたくないのよ」

東原がとりなすように言った。矢吹は「うむ」とうなずくと、温子の肩をやさしくたたき、壬生屋に向き直った。

「その格好だと君も拘束される危険がある。5121小隊は首相直属だから君の手配写真も出回っていると見ていいだろう。さて、そちらは横須賀だから……」

矢吹は考え込んだ。横須賀と佐倉では正反対の方角だ。

「なんとかします」壬生屋はそう言うと東原を見た。東原は壬生屋の鋭い視線を和らげるように、にこっと笑った。

「だいじょうぶだよ、未央ちゃん。……あのね、おばさん、お願いがあるの。コートのワッペン、取って欲しいの」

東原の意図を察して、温子は裁縫《さいほう》道具を取り出して作業にかかった。

「新宿まで送るわ。そこから湘南《しょうなん》ライナー。それから壬生屋さんのその格好は目立つから、わたしの服に着替えて。初音、壬生屋さんを案内して」

「わ、わかった……。えと、こっちです」

初音はためらったあげく壬生屋の手を握った。

壬生屋向きの服はすぐに見つかった。ジーンズ、温かそうなフリースに厚手のソックス、マウンテンパーカーを初音は取り出した。

「母さん、山によく行くから。あ、靴は軽登山用のブーツがありますから」

初音は年に似合わずきびきびとした口調で言った。言われるままに着替えながら、壬生屋は胴着を丁寧《ていねい》に折り畳《たた》んでいる初音を見た。緊張とこわばりが溶けていった。

「ありがとう。……こわくありませんか?」

声をかけられて初音の顔が赤らんだ。

「こわいけど……父さん、絶対悪いやつらをやっつけますから。わたしも母さんと一緒《いっしょ》に頑張《がんば》ります」

「ええ。わたくしも矢吹中佐を信頼しています。気持ちは初音さんやおばさまと同じですよ」

壬生屋は微笑むと穏やかに言った。

すっかり様変わりした壬生屋の姿に矢吹は目を見張った。温子が壬生屋の長い髪《かみ》をマウンテンパーカーの中に押し込んだ。

「これでよし、と。うん、ふたり並ぶと姉妹に見えるわね」

温子はすっかり落ち着きを取り戻したようだ。ダウンのコートを着込むと、車のキーを手に取った。

「頼んだぞ、温子。ただし、新宿まで。守れるな?」

矢吹の軍隊口調に、温子は笑いを誘われたようだ。敬礼の真似事《まねごと》をすると「了解です。矢吹中佐」ともっともらしく言った。

「初音、留守を守って。わたしが戻ってくるまで誰も入れちゃだめよ」

そう言い残すとドアを開け、駐車場《ちゅうしゃ》へと向かった。矢吹も木藤に続いて外に出ようとして、ふと足を止め、振り返った。そして初音の頭にそっと手を置いた。

「心を強く持て。おまえは矢吹中佐の娘だからな」

言葉とは裏腹に、その口調はやさしかった。初音は一瞬床に視線を落としたが、すぐに顔を上げ、あははと笑った。

「なんだかそれ、お祖父ちゃんそっくり。父さんも年を取ったらああなるのかな」

「まさか。あんな熱血戦争マニアはごめんだ」

父と娘は笑みを交わし合った。矢吹は満足げにうなずくと、足早に外に出た。ほどなくクラクションが鳴らされ、東原が壬生屋の手を握ってきた。

壬生屋は東原の小さな手を握り返すと、連れだって外へと飛び出した。


「行っちゃった……」

初音はダイニングルームにぽつんと座り込んで、ポテトチップスを齧《かじ》りながらテレビ画面に目を凝《こ》らした。父さん、大丈夫かな。あんな顔した父さん、初めて見た。

それに壬生屋さんも。母さんを拒絶した言葉はナイフのようだった。けど、本当はやさしい人なんだ。ののみちゃんもそう。ああいう人たちが戦争していたんだ……。戦争ってなんだか悲しいな。けど、何これ？　テレビ画面、全然変わらないじゃん。テロップも「救国評議会は十二月二十日午後七時をもって戒厳令を発令します」なんてえらそうだし。けど、戒厳令ってなに？　聞くの忘れた。そうだ、お祖父ちゃんに電話してみよう。

電話の受話器を取りかけてふと思い直した。父さんからクリスマスプレゼントにもらった携帯があった……！「何かあったら携帯で電話するように」って言ってたな。

本家に電話をかけると、すぐに祖父の精一郎《せいいちろう》が電話に出た。

「無事か？　待て。それ以上、しゃべるな」

祖父の声は厳《きび》しかった。あ、テレビで見たことある。盗聴《とうちょう》っていうの？　されている危険があるってことか。

「携帯からかけているの。……大丈夫？」

「うむ。今のところはまだ大丈夫だろう。父さんはどうした？　温子さんは？」

「父さんは部下の人が来て佐倉に。母さんは5121小隊の人を新宿まで送っている途中。わたしは留守番している」

「なんだと？　5121小隊だと？　まずいぞ、それは」

祖父の声がひときわ大きく響いた。初音はビクリと身を震わせた。

「けど、小隊の人たち変装しているから。新宿まで送り届けたら、母さんすぐに帰ってくるよ。ねえ、お祖父ちゃん、戒厳令ってなに？」

初音は初音なりに状況を把握《はあく》したかった。沈黙《ちんもく》があった。

「悪党どもが……悪いやつらが外へ出てはならん、と一方的に命令を下しているのだ。おまえの父さんは正義の側だから安心しなさい。それと、これはわたしからの命令。何があってもドアを開けてはならんぞ。人質、という言葉は知っているな？」

「うん」

「首相を人質にとるような悪いやつらだ。おまえが人質になったら父さんが動けなくなる。わたしは二時間ほどで人数を集めてそちらに着く。それまで頑張《がんば》れ。ああ、三十分おきにわたしの携帯に電話をしてくれ。番号は……」

初音は番号を書き留めて電話を切ろうとした。不意にドアホンが鳴った。初音は携帯をつけたまま、送受器に近づいた。「応答するな」祖父が切迫《せっぱく》した声で言った。

「宅急便です」

声を聞いて震《ふる》えがきた。遠坂《とおさか》ともヤマネコともシロネズミの人とも違う。父母が留守《るす》がちなので初音は担当者の声を覚えていた。

初音は送受器から離れると「聞いたことない声。どうしよう……」と心細げに言った。

「しっかりしろ！　おまえは矢吹の娘だぞ。まず、バスルームへ」

祖父の声に従って、バスルームに行くと「天井裏の点検用の扉があるはずだ。開けて上れるか？」と祖父は言った。

「……無理。手が届かないよ」

「ううむ」祖父の苦渋《くじゅう》の声。その時、ぱっとひらめくものがあった。

「床下に潜《もぐ》れるよ。缶詰とか掃除《そうじ》道具とか入ってるの」

「地下か……。逃げ場がなくなるな。しかし。ベランダは見張られているだろうしな。わかった、こわいだろうがなんとかしてみろ」

初音はうなずくと、キッチン側の収納扉を開け、手探りで懐中電灯を点けた。

……母さんの馬鹿《ばか》ぁ。初音は濛々《もうもう》たる埃《ほこり》に顔をしかめ、ひとしきり三畳《さんじょう》ほどのスペースを見渡した。缶詰の山、乾燥機、扇風機《せんぷうき》、段ボール箱、ん……？　箱を開けるとなぜか暗幕が出てきた。一瞬考えて決めた。

ふと気づいて埃だらけの床にできた足跡を消すために缶詰やら電気製品を散乱させた。母さん、段ボール箱取っておくの趣味だからな、と成形されたままの空の段ボールを自分の側に引き寄せ、わずかにできた隙間《すきま》から暗幕を垂らした。そして自らは即席の壁と壁の隙間に身をよこたえた。

「何をしている？」

祖父の声が聞こえた。

「ニセの壁を作ったの。切るよ」

そう言うと初音は電源を切った。

頭上で硬質な足音が聞こえた。土足のまんまじゃん。悪いやつら――。声が聞こえた。

「今さら来たって遅いだろう。とっくに逃げてるよ。元上等兵」

男の声が舌打ち交じりに聞こえてきた。

「押し入れ、洋服ダンスと。はいはい、いねーな。にしても人質取るなんて汚れ仕事やらずに済んでよかったじゃねえか。俺たちは憂国《ゆうこく》だぞ憂国。意味わかってんのか？」

「るせえ！　俺の家族は幻獣《げんじゅう》に食われちまったんだ。憂国だろうがなんだろうが、理屈じゃねえんだよ。復讐《ふくしゅう》だ」

もうひとりの男は相当に殺気立っている。

「すまん。謝る。あー、そういやバスルームの天井裏、まだだったな。調べてくれねーか？俺はもう一度リビング、ダイニングをチェックしてみるよ」

「……わかったよ。伍長《ごちょう》殿」

殺気だった声の男は階級が下らしい。皮肉に言い捨てると、バスルームに向かった。外気が流れ込んできた。「くそ……」床下収納の扉を開けたとたん、埃に襲われたらしく、伍長と呼ばれた男は毒づいた。懐中電灯を点けたのか、微《かす》かな明るみが感じられた。

しばらくの間、人の気配は消えなかった。

「ふん。なるほど……」男は、やれやれという風に言った。

気づかれた？　初音の心臓《しんぞう》が高鳴った。だめえ、そんなに音をたてちゃ！　初音は恐怖に身を凍《こお》らせた。

「ま、いいか」ため息交じりに言うと男は扉を閉めた。

「バスルーム、異状なし」殺気だった男が戻ってきた。

「床下収納、異状なし」伍長はそう言うと、どすどすと足音を響かせ、遠ざかっていった。

気がつくと全身にびっしょり汗をかいていた。心臓の高鳴りは止まず、痛いくらいだ。心臓マヒってこういう時に起きるのかな？　けど、母さん、入れ違いでよかったな。初音は声を殺してすすり泣いた。

○十二月二十日　午前十一時三十分　首相官邸

首相官邸とその広大な敷地内には兵と軍用車両があふれていた。二個中隊はいるだろう、官邸周辺には機銃座が造られ、ところどころに戦車、歩兵戦闘車が四方に砲身を向けていた。官邸に近づくに従って、兵の顔も殺気だってきた。

緑子《みどりこ》は並の人間の目であったらとらえられない瞬発的な足の速さを特殊能力として持って生まれた。自分にどうしてそんな能力があるんだろう、と考えた時期もあったが、緑子を創《つく》りだした野間《のま》先生は笑って「これは仲間に危険を知らせるための力、そして逃げるための力だよ。戦うための力として使うものではない」と言われた。

それから緑子は自分の能力を誇《ほこ》りに思っている。超人的なダッシュは五秒と続かず、緑子に疲労をもたらしたが、兵がまばらな皇居《こうきょ》沿いの植え込みに潜《ひそ》みながら官邸を間近に見ていた。

「こんなところで何をしている？」

不意に声をかけられてビクリと飛び上がった。おそるおそる後ろを振り返ると、ウォードレス姿の兵が小銃を下げたまま、怪訝《けげん》な顔でセーラー服の緑子を見ていた。

緑子の全身に再びエネルギーが漲《みなぎ》った。とん、と地を蹴《け》ると、あらかじめ目をつけておいた物陰へとダッシュした。その間、兵士はなんのアクションも起こす間がなかった。ただ、目の前で、少女が突如《とつじょ》としてかき消えたのを認識しただけだ。

「え……？」

首尾よく物陰に身を潜めた緑子の耳に、兵の困惑する声が聞こえた。

「どうした？」仲間が歩み寄ってきた。

「セーラー服の女の子を見たんだ。変だな……消えちまった。俺、疲れているのか？」

仲間の兵は殺気だった表情を崩《くず》して、笑った。

「危ないやつだな。おまえ、普段からそんなことばかり考えているのか？　ロリコン野郎」

「本当にいたんだよ。可愛い子だった。幽霊《ゆうれい》……だったのかな？」

兵は首を傾《かし》げてぶつぶつとつぶやいた。ふたりの兵の表情に人間らしさが戻ったようで、緑子はくすりと笑った。

官邸まであと百メートル。物陰……植え込みの中に身を隠して緑子は隙《すき》を探った。ダッシュを繰り返したせいで、冬だというのに汗をかいている。心臓もばくばくと音を立てている。玄関口は車両と機銃座で隙間なく固められている。正面突破は危険だったが、きっとそこからしか中には入れないだろう、と緑子は考えた。官邸の窓は侵入できないような作りになっているだろうし……。あ、けど、ここって首相が住んでいる家だから、勝手口とかあるかも。首相は自分で料理するわけじゃないもんな。緑子は正面玄関を迂回《うかい》するようにダッシュした。

あれかな？　建物の裏は警備が手薄になっていた。頑丈そうな鉄製のドアがあり、ふたりの兵が見張りに立っていた。すぐ横には、今は使っていないのだろう、古びた焼却炉《しょうきゃくろ》が煙突《えんとつ》を宙に突き出している。

自分の頭に入っている常識を総動員して考える。こんな大きな家だもの、料理をしたり掃除をしたり、たくさんの人が働いているに違いない。だから――。

緑子は小型の双眼鏡を地面に置くと、植え込みから立ち上がった。そして勝手口に近づいた。見張りの兵が緑子に気づき、小銃を構えたが、セーラー服の少女と認めるとすぐに銃口を下ろした。

「なんだ、君は……？　どこから来た？」

上等兵の階級章を付けている兵が緑子に尋ねた。ええと……なんだっけ。今、練習したのに。緑子は焦《あせ》りに顔を赤らめると兵を見上げた。子供と接し慣れていないのか、兵の目が狼狽《うろた》えたように一瞬、宙をさまよった。

「お父さんがここで働いているんです。わたし、すぐ近くに……ええと、働いている人のためのアパートがあって、そこから来ました」

「……そうか」

東京の守りとはいえ、一般の兵に官邸周辺の地理などわかるはずもない。しかも警官や憲兵《けんぺい》と違って、一般の兵は建物の種類ではなく、座標で地理を判断する。もちろん緑子にもそんなことはわからないのだが、精一杯考えた結果だった。

上等兵はしばらくの間、無言で緑子を見ていた。困ってる……？　どうして？

「軍曹《ぐんそう》殿、使用人の子が父親を訪ねてきていまして。……は？　はあ」

上等兵は歩兵用無線で連絡をとった。

「ここにいると危ない。君のお父さんは無事《ぶじ》だから家に戻っておとなしくしていなさい」

こう言われて、緑子はすねたような表情を浮かべた。

「危ないのに無事なんですか？　……わたしの家、お母さんが病気で入院していて。だからお父さんに会って、お母さんに大丈夫だよって伝えたいんです」

カーミラさんから教わったウソだ。通じるのかな？　緑子は不安げに上等兵を見つめた。上等兵は再び無線のスイッチをオンにした。

「……年齢十三、四。セーラー服を着た中学生です。その、母親が入院しているとかで、父親の安否を報せたいそうです。……了解しました」

長身の上等兵は背を屈めると緑子の顔をのぞき込んだ。

「君のお父さんの名前は？　何をしている？」

「……牧田《まきた》孝三《こうぞう》。コックさんです」

口から出任せに英語の先生の名前を口にした。また連絡されたらどうしよう、と心配になったが、上等兵はうなずくとドアを開けてくれた。

ドアの先は段ボール箱が積まれた通路になっており、進んでいくと左手に広い厨房《ちゅうぼう》が目に飛び込んできた。そこには兵の姿は見えず、数人の料理人が大わらわで働いていた。湯気《ゆげ》が濛々《もうもう》と立ち込め、どこからか炒《いた》め物をする音とにおいが流れてきた。

「すみません。ここで一番えらい人いますか？」

緑子が声をかけると、料理人たちはぎょっとした顔で少女を見た。

「なんだ、君は……？」さっきの兵隊さんと同じセリフ。緑子の緊張が少しだけ和らいだ。

「わたしがこの厨房を預かっている者だが。君は……？」

シェフの格好をした中年の男が緑子の前に立った。

「カーミラさんの知り合いです。首相の様子を見てこいって。あの……首相はご無事ですか？」

カーミラの名を出されて料理長は困惑の表情を浮かべたが、すぐに思い直したらしく、

「ご無事だ。今は官房長官と西中将《にし》と執務室《しつむしつ》で話をしている」

と正確に教えてくれた。

「あの……話とか聞けますか？」

緑子が尋ねると、料理長は目を瞬《またた》いた。

「君が？」

「はい」緑子はきっぱりとうなずいた。ご無事です、を人伝《ひとづて》に確認しただけではだめだ。自分の目で見て確かめないと。それがわたしの役目なんだ。

「顔が赤いよ。まず水を」

指摘されて緑子は強烈な喉《のど》の渇《かわ》きを覚えた。出されたミネラルウォータを貪《むさぼ》るように飲み干した。

「あの王様の知り合いということは……君も幻獣共生派なのかね？」

料理長はそんな緑子を見て冷静に尋ねた。緑子は首を横に振った。

「わたし、野間集落から来たんです。野間先生は今、五島《ごとう》列島で戦っていますけど」

「なるほど……」料理長は腕組みをして考え込んだ。しばらくして、天井を見上げ、そして緑子を再び見た。

「君は子供なのに、どうしてそこまで？」

尋ねられて、緑子は死んだ友達のことを思い浮かべた。戦闘が激しくなるにつれ、敵は集落を生体ミサイルの射程に収めた。それまで山から零式《ゼロしき》ミサイルを撃って戦っていた友人たちは、生体ミサイルの強酸を浴びて何人も死んでいった。久保《くぼ》君……。あの幻獣王を殺した大爆発の時も、久保君はとうとう洞窟《どうくつ》陣地に戻ってこなかった。勝利への喜びに浸《ひた》るより、緑子も野間先生も、鈴原先生も、他の村の人たちも必死に戻ってこなかった村人を捜した。「山の道」と呼ばれた道筋をたどるうち、鈴原先生に行く手を遮《さえぎ》られた。「見るな」と先生は言うと、緑子を抱きしめた。目の端にちらと炭化した腕《うで》と、傍《かたわ》らには零式ミサイルが転がっていた。久保君、アルバイトの意味、やっとわかったんだよ――。

緑子の目に強い意志の光が点った。

「戦争が大嫌いだからです。できることはやるんです」

「……わかった。天井裏の通気口を伝えば首相の執務室の上に出ることができる。詳《くわ》しいことはわからないが、ここからなら右へ右へと行くこと」

そう言うと、話を聞いていた他の料理人をうながして、換気扇点検のために常備してある梯《はし》子《ご》を通気口の下に据《す》えた。長身の料理長が蓋《ふた》を外して、他の料理人が梯子を支えた。料理長は梯子を指差すと「さあ」とうながした。

緑子は素早く通気口に上がった。

「通気口内は暖房《だんぼう》になっているからこれを」ミネラルウォータが入ったペットボトルを渡してくれた。

「すみません」緑子は受け取ると、スカートのポケットに入れた。


通気口は建物の規模に応じて広かった。音をたてないよう、慎重に前へ前へと這《は》い進んだ。鋭敏になった耳に天井下の物音が響く。大概《たいがい》はウォードレスを着た兵の重たげな足音と報告する声。雑談する声だった。そんな音の洪水《こうずい》に交じって、緑子の耳は低いが張りのあるよく通る声をキャッチした。発声の訓練をした声は他の声と比べて全然違う。大原首相だ。緑子は声に導かれるようにして通気口の迷路の中を這い進んだ。

「……なに、悪いようにはしませんよ。首相には病気療養の後、議員職にお戻りいただく。内《ない》閣《かく》支持率も低迷していますし、健康上の理由ということで身を引かれては？　あとはわしが引き受けますよ」

陽気でエネルギッシュな老人の声が聞こえた。かちり、とライターの音。通気口内に紫煙《しえん》がゆっくりと流れ込んできた。緑子は静かにペットボトルの蓋を開けると、水分を補給した。

「わたしが健康上の理由で内閣総辞職を表明すれば、あなたがたにとってはそれが最も理想的というわけね。けどね、考えて。軍という禁じ手を使うような人に後を託す政治家なんてこの世に存在しないのよ？　西郷《さいごう》長官、あなたらしくないわね。たとえ、立場は異なっても国家を維持《いじ》するということで目的は一致していた。あんなに経済問題に詳しい長官が、また戦争をはじめようというの？　軍需《ぐんじゅ》産業を適当にあやすのがあなたの政治家としての腕の見せ所だったじゃない？　とにかく、総辞職はしません」

大原首相の言葉を追いかけるのは緑子にとって大変だったが「長官」が首相に内閣総辞職を強要していることはわかった。日本の政治の仕組みは野間先生に教わっている。平和を維持し、カーミラや自分たちと共存しようとしている首相に代わって、また戦争をはじめようという人が首相になりたがっている。

長官の高笑いが聞こえた。

「ならば言わせてもらいますぞ。現在の和平条約は、戦争続きに怖《お》じ気づいた首相が結んだ腰砕けなものです。あと一歩で敵を日本から駆逐《くちく》できたのに、まんまと幻獣共生派にだまされて敵にひと息つかせてしまった。この罪は重いですぞ。要は幻獣のいない日本を再生すること。国家経済もそれによって繁栄《はんえい》しますな」

今度は首相のため息が聞こえた。しかし、その声は半ば嘲《あざけ》りを含んだものだった。

「あなたもそろそろ引退の時期のようね。物忘れがひどくなっている。奪還戦時、一番イライラしながら、まだ終わらないのか？　あとひと月戦争が続けば日本は崩壊する、とおっしゃっていたのはあなたよ？」

「当時と今とでは状況が違います。秋月《あきづき》師団長及びこちらの西中将《にしちゅうじょう》の分析によれば、今度は一週間とかからず、敵を海に追い落とすことができる、と」

「ほほほ。三千年後に和平条約が失効したらお考えになれば？」

首相の声には張りがあった。長官と話す声は楽しげでさえある。緑子は引き続き、聞き耳をたてることにした。

「なあに、時間は三千年ほどではありませんが、そこそこありますから。ゆっくりと総辞職の件、お考えになってください。あまり強情を張ると、健康上の理由どころか、もっとひどいことにもなりかねませんぞ。睡眠薬《すいみんやく》の量をまちがえる、とかね」

「西郷長官……！」

別の声が鋭く割って入った。刃の切っ先を思わせる怒りの声だった。

「ああ、すまんすまん。口が過ぎたようだ、西中将。とにかく考え直すことですな」

足音がふたつ響いて重たげな音がしてドアが閉められた。首相が身じろぎする音がして、大きなため息が聞こえた。今だ——。

緑子は通気口の蓋を横にずらすと「あの、すみません……」と呼びかけた。声のした方角を見上げた首相の目が驚きに見開かれた。

「……大きなネズミさんね。それとも忍者《にんじゃ》ごっこ？」

やがて首相はにっこりと緑子に笑いかけた。緑子は真っ赤になって「すみません」と繰り返し謝った。

「カーミラさんから様子を見て来いと。えと……話、聞いていました」

「あら、あなた共生派なの？」

「いえ、野間先生の方です。戦争なんてしちゃだめです。カーミラさん、強いですよ」

緑子の素朴な言葉に、首相は微笑んだ。

「彼女と善行《ぜんぎょう》大佐《たいさ》に手紙を書くわ。通気口の蓋を閉めて少し待ってて」

その通りにすると十分ほど後「手紙をふたつ、キャッチしてね」と声がかかった。野球のボール状の球体に便箋《びんせん》が丸められセロテープで貼《は》りつけてあった。

首相が投げると、緑子はすばやく手を伸ばしてキャッチした。

「ナイスキャッチ！　前に野球の始球式で投げたボールなの。最後に。わたしはいくらでも頑張ることができるけど、あんまり時間をかけ過ぎると、業《ごう》を煮《に》やした敵がわたしを事故死させると思うので時間との勝負よ。これも伝えて。それにしても……」

大原首相は女性歌劇の男役のように、気取った仕草で肩をすくめた。

「あなたがどうやってここに来たかは聞かないことにするわ。野間先生を味方につけておいてよかったわ。お願いね、セーラー服の忍者さん」

首相に、やさしい笑顔を向けられて、緑子は表情を引き締めうなずいた。

○十二月二十日　午後十二時十五分　新宿・京急湘南ライナー・ホーム

明治通りから新宿通りに出たところで温子の携帯が鳴った。

「壬生屋さん、お願い」

温子に携帯を渡されて壬生屋は受話器に耳を澄《す》ました。

「温子さんか？」意外にも声は矢吹のものでも初音のものでもなく、老人の声だった。

「……おばさまは今、運転中です。わたくしが代わりに」

迷ったあげく、壬生屋は事情を説明した。

「君は何者だ？　わたしは矢吹の父親だが」

声が険しくなった。どうやら何か誤解しているようだ。壬生屋は少し考えて、

「わたくし、5121小隊の壬生屋と申します。万が一のことをおばさまが考えてくださって、車で新宿まで送ってもらっているところです」

沈黙《ちんもく》があった。矢吹中佐の父親は何を考えているのか？　しかたなく壬生屋は後部座席から身を乗り出し、温子の耳にあてた。

「お義父《とう》さま、じきに新宿駅に着くところです。壬生屋さんの言うことは本当です。5121

小隊のパイロットは顔を知られていますから、反乱軍に拘束されないように。……えっ！　初音が？　それで……」

温子の顔からすっと血の気が引いた。しばらくやりとりしていたかと思うと、「それでは直接、お義父さまの家に向かいます」と言って通話を終えた。

「あの……初音さん、どうかなさいましたか？」

「襲《おそ》われたらしいの。宅急便を装った兵に。とっさに隠れて無事だったみたいだけど。……人質を取ろうなんて。なんて卑怯《ひきょう》な……！」

温子は怒りと悔《くや》しさの交じった声を絞り出した。壬生屋の表情も凜《りん》と引《ひ》き締《し》まった。

「彼らに正義はありません。約束します。必ずや反乱軍を鎮圧《ちんあつ》します」

「ええ。けれど無理はしないで。憎しみや怒りで我を忘れると、思わぬところで足下をすくわれる。平常心だったっけ？」

温子は静かな声で言った。感情を鎮《しず》めることに成功したようだ。

国鉄の改札前で車を停め、別れを告げると、温子はやさしげに微笑んだ。

「約束、忘れないでね。この騒ぎが終わったら、一緒に星を見ましょうね」

壬生屋の顔からこわばりが解けていった。東原と手をつないだまま、微笑を返した。

「はい。どうかおばさまもご無事で」

「ありがとう。おばさん」東原もにこにこ顔で手を振った。

焦る心と戦いながら、壬生屋は横須賀までの切符を買うと、ゆっくりした足取りでホームへと向かった。

階段を上がると怒声が耳に響いた。ウォードレス姿の兵が、若い男の胸ぐらを掴《つか》んでいた。

「反乱分子ってのはなんだ？　ああ？　海軍中尉だかなんだか知らねえが、憂国武士団をなめるんじゃねえぞ！」

なんて口汚い……。しかも憂国を名乗る兵は上等兵だった。海軍中尉の胸ぐらを掴むとは無礼にもほどがあった。この人たちに正義なんてない。ニセモノ。決起が成功したと確信しているのか、兵の顔は勝ち誇っている。

壬生屋が一歩踏み出そうとした時、手を引っ張られた。「あ……」見ると東原が真顔になって首を横に振った。

「だめだよ、未央ちゃん。今はがまんするのよ」

派手《はで》な音がして、海軍中尉はゴミ箱にたたきつけられた。ウォードレスの筋肉補正がついた腕力で投げられ、海軍中尉はうめき声をあげて突っ伏した。

東原の手の温もりを感じた。壬生屋は丹田《たんでん》に力を込め、平常心を保とうとした。中尉を屈服させた兵はぶらぶらとホームを巡回《じゅんかい》していたが「おっ」と声をあげ、ふたりの前に立った。

「姉ちゃん、どこへ行くんだ？」

「逗子《ずし》まで。家に帰るところです」壬生屋は嫌悪《けんお》感と戦いながら努めて平静な表情を装った。

「よく見ると可愛《かわい》い顔してるじゃねえか。待てよ……どこかで会ったか？」

壬生屋の胃の中を酸《す》いものが沸き上がってきた。ここで大立ち回りをやったら、それこそ袋

のネズミだ。こんなくだらない者のために捕まるわけにはいかない。壬生屋は黙り込んだ。悔しくて言葉が出なかった。

「えへへ。だめだよ、お姉ちゃん、兵隊さんが聞いているのよ」

東原が上等兵に、にこっと笑いかけた。注意をそらされて、上等兵は気の抜けた顔になった。

「お姉ちゃんは、恥ずかしがり屋さんなの。だからイジメたら、めーなのよ」

「あ、ああ……」

大人の男性には子供との接し方を知らない者が多い。その上等兵も例に洩《も》れず、にこにこと東原に笑いかけられ、困ったような表情になった。

「あー、気をつけて帰るんだぞ」

上等兵は首を傾げながらも、ホームの階段を下りていった。壬生屋はほっと安堵《あんど》の息を洩らした。

「東原さん、助かりました」

「えへへ、一度でいいから、ののみ、未央ちゃんをお姉ちゃんと呼びたかったの。……兵隊さん、行っちゃったね」

東原に指摘されるまでもなく、壬生屋は若い中尉に駆け寄っていた。

「あの……大丈夫ですか？」

中尉は顔を上げると「ああ」と言って起ち上がった。

「あんなひどい兵隊さんもいるんですね。わたくし……怖かったです」

多少の演技も交えて壬生屋は心臓を押さえた。中尉は忌々《いまいま》しげな表情を浮かべた。

「憂国武士団とやらの半数は営倉と軍刑務所で暮らしていたろくでもない連中らしい。陸軍もよっぽど人手不足のようだね。戦場に出たことがないんだろう、今のは。ウォードレスの危険性がわかっていなかった。殴《なぐ》られずに済んで運がよかったよ」

そう言うと、中尉は苦笑してみせた。

「列車の中にもあんな人たちがいるんでしょうか？」

「たぶん大丈夫だろう。反乱分子は今頃は都内の主要施設の占拠に忙しいはずだ。安心して家に帰りたまえ。……見ていろよ、護衛艦《ごえいかん》で東京湾に乗り込んでやる」

中尉は先ほどの屈辱《くつじょく》を思い出したか、掌《てのひら》に拳を打ちつけた。

○十二月二十日　午後二時十五分　東京・銀座

通りという通りにウォードレスで完全武装した兵が立ち、主要な交差点には戦闘車両が、通行人、車両を検問していた。

舞《まい》の第二次ぬいぐるみオトナ買いツアーにつき合った結果がこれだ。朝早く出発して、はじめに行ったのが大宮にある店だったから、銀座・中央通り沿いにある専門店に到着した時には、すでに都心には兵が充満していた。私服で正解だったな、と厚志《あつし》は内心でぼやいた。

私服。これは舞が言い出したことだ。支給されたダッフルコートには階級章と部隊章が張り付けてあったから、ふたりとも普段は着慣れない私服に身を包んでいた。厚志は横須賀の街の商店街で適当に選んだ薄手のダウンジャケットに、セーター、ジーンズ。靴も適当に選んだスニーカーで、舞も似たような格好をしている。ただし舞のジャケットは革のド派手なスカジャンというやつで、背には笹《ささ》を食べているパンダがプリントされていた。スカジャンといえば鷲《わし》とか虎《とら》とかドラゴンが定番だったが、舞は平然と「興味深い」パンダを選んだ。

中央通り……国道十五号線は決起軍の動脈《どうみゃく》のひとつらしく、秋葉原の方角から戦車、戦闘車両、そして兵を乗せた装甲兵員輸送車が通り過ぎていく。ふたりは店に身を潜めて、顔馴染《なじ》みになった店主から、クッキーとコーヒーを振る舞われていた。

これからどうしよう？　僕ひとりだったら簡単なんだけど。舞ときたら、兵に説教する気、満々だもんな。考えているとコーヒーのお代わりを注がれた。

「あ、すみません」厚志が恐縮《きょうしゅく》してみせると、初老の女性店主は微笑んだ。

「これじゃ商売になりませんから。シャッター、降ろそうかしら」

「手伝いますよ」厚志が言うと舞もワニのぬいぐるみを抱いたまま立ち上がった。

「ふむ、わたしも手伝おう。それにしても店主殿は家に帰らなくてもよいのか？」

「ほほほ。店主殿なんてえらそうなものじゃありませんよ。わたくしはこのビルの上に住んでおりますの。お客様はどちらから？」

こう聞かれて舞と厚志は顔を見合わせた。

「……横須賀なんです。早く戻らないといけないんですけど、東京は不案内だし」

厚志が打ち明けると、店主は目を丸くして「あらまあ」と驚いた。

「東海道・横須賀線は動いていると思うけど。東京駅まですぐですよ」

「む。それが動けぬ事情があるのだ。我らは横須賀の海兵旅団の基地に間借りしている身だ」

信じるに足る相手と見たのだろう、舞は率直に言った。

「ええと……ですね。僕たちは戒厳令とやらを宣言している部隊とは立場が違うんです。たぶん、手配写真とかあって拘束されるかもしれないんです」

厚志もあけすけに言うと、舞も「うむ」とうなずき目を光らせた。

「我らは大原首相直属の部隊に属している。迷惑ならすぐに出ていくが」

それを聞いて、店主はしんとした表情になって考え込んだ。

「テレビで見たような顔だと思ったら……。まだ子供……ごめんなさい。若いのに中佐とか大尉とか呼ばれているから覚えているわ。確か芝村中佐と葉山《はやま》大尉だったかしら」

「……速水《はやみ》です」僕、そんなに印象薄いかな。少しがっかりして厚志は訂正した。

「ならば駅はたぶん監視されているわね。鉄道の利用は無理ね……。道路は……国道は封鎖《ふうさ》されている。ひとまず築地《つきじ》に行って……ねえ、築地って兵隊さんがいると思う？」

尋ねられて舞の顔が赤らんだ。聞き慣れない地名だ、という顔だ。

「我らは九州でずっと戦ってきたゆえ、東京のことは知らぬ。そこには何があるのだ？」

「日本で一番大きな魚市場」

店主が目を瞬いて言うと、舞は「うむ」とうなずいた。

「軍には無縁なシロモノだろう。争乱を防ぐために警察関係者は出動しているかもしれんが。……警察は、そうか、我らと同じ立場だ」

決起軍とは対立的な立場だと舞は強調して言った。

「となると警察に頼ってみるか、それとも何軒《なんけん》かある釣船屋《つりふね》さんに声をかけてみるのはどうかしら。わたくしね、実家が寿司屋さんなの。ここの裏手で店を開いているんだけど」

「ふむ……？」

「そこまで車を出せるかもしれないわ。……あの、撃《う》たれたりすることはないのね？　安全なのね？」

そう言うと店主は立ち上がり、出入り口からこわごわとウォードレス姿の兵をのぞき見た。

「一般市民を撃ったらやつらは終わりだ。自ら正義を捨てることになる」

それだけ言うと舞は気難しげに黙り込んだ。

厚志はそんな舞を盗み見た。そうだよな、何が起こるかわからないんだ。百パーセントの安全は保証できないし。だいたい東京なんてぬいぐるみショップの場所しか知らないし。けど、普通の人を巻き込むわけにはいかないしな……。

舞の視線を感じた。厚志は舞と視線を交わしてうなずき合い、立ち上がった。そして店主に笑いかけた。

「紅茶、おいしかったです。ごちそうさまでした。僕たち、そろそろ行きます。自分たちでなんとかしますよ。……この店、裏口とかありませんか？」

「……待って」

店主に呼び止められて、ふたりは足を止めた。

「実家に電話してみる。あの、首相の味方の中佐さんと大尉さんでいいのね？」

素朴な物言いに舞は口の端に笑みを浮かべ「そんなところだ」と言った。

店主は電話をかけ、しきりに何やら説明していたが「そうよ。普通の人が普通に生活している街を占領するなんて悪いやつらに決まってるでしょ？」と言い募《つの》るように結んだ。

ほどなく裏口から中年の男が姿を現した。ジャンパーにスラックスというなんの変哲もない姿だった。銀座に代々店を構えているというだけあって、上品な顔立ちをしている。

「にしても驚いたな。叔母《おば》ちゃんも言うときは言うんだな。悪いやつらってのはどうかと思うけど。下っ端の兵はたぶん何もわかってないぜ」

男はちらとふたりを見ると「叔母ちゃん」にぼやいた。

「わたしは5121小隊司令・芝村中佐。こちらは速水大尉だ。すみやかに横須賀に戻ってこの馬鹿げた騒ぎを静めねばならぬ」

舞が名乗ると、男は「玉寿司の親父です」とだけ言って微笑んだ。

「この時間に仕入れってのも変だけど、仲買《なかがい》との打ち合わせとかいくらでもごまかせるんで、大丈夫ですよ」

そう言いながらも玉寿司の親父は、舞が抱きかかえているワニをちらちらと見た。

「ほほほ。この方はえらい軍人さんだけど、趣味は年相応というところね。店のお得意様なの。ここに逃げ込んできたついでにお買いあげいただいたわけ」

店主は笑って言った。玉寿司の親父もにやりと笑った。

「ウチの店のお得意様にもなって欲しいモンですな。裏に車を停めてあります。すぐに」

数分後、エンジン音が響いて、ふたりはなんの変哲もないハッチバックの後部座席に乗り込んでいた。

「あの……これで仕入れとかするんですか？」

寿司屋など行ったこともない厚志が尋ねると「まさか」と親父は笑った。

「これは家族サービス用の車ですよ。仕入れ用の車じゃかえって怪しまれる。あれはこの時間に走るものじゃありませんから」

「なるほど……」

舞はリアウィンドウに沿って並べられた小さなぬいぐるみに目をやった。

中央通りを下って晴海通りに左折しようとしたところ、兵に呼び止められた。親父は路肩に車を停めるとウィンドウを開いた。舞はワニを抱えて平然と座っていた。

「どちらへ？」

検問などしたことがないのだろう、まだ若い一等兵は馴れない様子で尋ねた。一応検問しろと命令されているのだろう。顔にはまったくやる気がなかった。

「わたしは銀座で寿司屋を営んでいる者です。築地の仲買のところへ打ち合わせに。ああ、このふたりは長女と長男です。少しばかり社会勉強させてやろうと思いましてね」

親父は兵とは別世界の人間のように、世慣れた口調で言った。「はあ、そうですか。どうぞ」

兵は敬礼をすると下がった。

その時「こら」と叱責《しっせき》の声が響いて、年かさの伍長が姿を現した。気まずげに立ち尽くす一等兵を後目に伍長は車内をのぞき込んできた。まずいかも……。伍長の顔は実戦を経験した者のそれだった。その視線には厳しい色があった。

「戒厳令は正確には午後七時から発令されますが、遅くなると面倒なことになりますよ？」

伍長は低い声で親父に言った。親父は顔に困惑の色を浮かべた。

「そんなことを言われても。わたしらには戒厳令ってのがそもそもわからないんですよ。日本語なんですか、それ？　テレビを見ても画面が止まっていてなんの説明もないじゃないですか？」

親父は迷惑そうに言い返した。その声には本音があった。

「ああ、そうですな。困ったものです。時に……こちらのふたりは？　名前を一応。身分証があると助かるんですがね」

名前……まずいぞ！　親父さんの名字《みょうじ》、聞いてなかった。厚志のまなざしに一瞬危険な光が点った。とたんに舞に足を踏まれた。

「あの、わたし、せ、生徒手帳なんて普段は持ち歩かないから……」

これ、舞の声？　知り合ってから初めて聞く普通の高校生言葉に、厚志は急にこみ上げてきた笑いの発作と戦った。

「木塚《きづか》順子《じゅんこ》に誠一《せいいち》。わたしは木塚健一《けんいち》と申しまして、銀座の玉寿司の親父ですよ」

そう言うと親父は名刺《めいし》を差し出した。「免許証も?」としげしげと名刺を見つめる伍長に声をかけると伍長は「いぇ」と短く言った。

「話は聞いていました。失礼ですがどんな打ち合わせです?」

伍長のいかにも軍人らしい声に怯《ひる》む様子もなく、親父さんは苦笑を浮かべた。

「近海もののマグロ、あとは穴子《あなご》ですね。近頃少し味が落ちているんで。ウチは極上のものしか出せないんで、たまに顔を出さないとね。商売敵《がたき》にいいところを持っていかれちまう」

親父は世間話でもするように言った。

「そういうものですか」伍長の言葉には微かに東北訛《なま》りがあった。

「そういう店なんでね。お客さんも舌が肥えているんで油断できないんですよ」

親父の言葉をしおに伍長は路肩に下がった。銀座の高級寿司店は伍長には理解の外の世界なのだろう。舞はリアウィンドウから立ち尽くす伍長の姿を見つめた。腑《ふ》に落ちない様子でしきりに首を傾げていた。

「あは、はははは。舞のそんな声、初めて聞いた! 生徒手帳だって……!」

厚志が笑うと、舞にもう一度足を踏まれた。

「たわけ。妙な殺気を出しおって! 一瞬、遅れていればあの伍長、我らの正体を見破っていたぞ! 発する空気が違っているのだ」

舞に怒鳴《どな》られて、厚志は「ごめん」と謝った。

「確かに、あの伍長と若いのとでは別の世界の人間に見えますな」

ハンドルを握りながら親父は言った。

「あれは戦場帰りの顔だ。隙を見せると危なかった。ゆえに……芝居を打ったのだ。ちなみにあれは忘れてくれ。……必ず忘れるのだぞ！」

舞は頬を紅潮《こうちょう》させながら言った。厚志は笑いを噛《か》み殺した。しかし親父は「ははは」とあっけらかんと笑った。

「実はね、ウチには芝村のお客さんも来ますから。名演技でしたよ」

「む。それ以上は言わんでくれ」

舞が不機嫌に眉間《みけん》にしわを寄せると、親父は口を閉ざした。

晴海通りを下がって勝鬨《かちどき》橋を横目に、車はすぐに中央卸売市場の敷地に入った。兵の姿はなく、警官の姿がちらほらと見える。

「どうします？　水上警察を頼るのも手ですが、わたし、懇意《こんい》にしている釣船屋がありますが。……決起軍とかいうのは海軍もいるんですかね？」

親父は車を停めて振り返った。

「海軍は無関係だろう。しかし、確信が持てぬ」

舞は正直に言った。「ふうむ」親父は首を傾げて考え込んだ。

「あの、仮に船を停められて、臨検でしたっけ？　されても僕たちが捕《つか》まるだけですから。いきなりは撃たれませんよ」

舞の頭はすでに戦争状態に入っているし、親父さんは親父さんで冷静さを失っているようだ。厚志が常識論を述べると、親父は苦笑した。

「わたしとしたことが。すぐに話をつけましょう。考えてみると、今から釣船ってのも変ですね。漁師《りょうし》なら何人か知り合いがいますから頼んでみます」

「東京に漁師がいるのか……？」舞は意外なというように口を開いた。

「東京湾で穴子をとる漁師ですね。大田区や品川辺にそこそこいますよ」

こうして一時間の後にはふたりは船上の人となっていた。

快速艇《かいそくてい》と言ってもよいスピードで船はすべるように東京湾を後にした。林立するビル群が幻《まぼろし》のように遠ざかっていく。初めて見る幻想的な風景に、舞も厚志もしばらくの間、無言で目を奪われていた。

「へへっ、なかなかいい景色だろ？」

操舵室《そうだ》からまだ二十代の若い船長が顔を出し、にっと笑った。キャップをかぶって、服装は舞や厚志とさほど違わない。漁師というからもっと年輩《ねんぱい》の親父さんを想像していたのだが、東京の漁師はどうやら違うようだ、と舞は思った。

「ふむ。なかなかのものだ。そなたはこの景色を毎日見ているのか？」

「ま、東京湾が庭だからね。東京湾ってえと汚れた海ってイメージがあるけど、実は豊かな漁場でね。中でも穴子は金になるんだよ。……おおい、穴子丼、まだかよ？」

船長は同年輩の漁師に声をかけた。船尾で団扇《うちわ》で扇《あお》ぎながら穴子を焼いている。

「ほい、お待ち」

ふっくりした穴子がふんだんに乗っているどんぶりを渡されて、舞の腹の虫が鳴った。ふむ、ウナギに似ているがそれよりあっさりした感じだ。悪くないぞ……。舞は隣《となり》で幸せそうに穴子を頬張っている厚志を見た。

「美味《びみ》である。わたしはウナギより好きだ。時に……この船は漁船にしてはやけにスピードが出るが、理由でもあるのか？」

舞の質問に、船長は、わははとあっけらかんと笑った。

「ポイントをすばやく移動するため、だね。勘とか経験とか俺らにはねえから、テキトーにポイントを当たって、ダメなら即移動のなんちゃって漁師さ。俺ら横須賀までは行ったことはねえけど、ま、大丈夫だろ」

大丈夫なのか？　舞と厚志は顔を見合わせた。

「そうだ、芝村中佐だっけ？　連絡とかとらないでいいのか？」

そうだった……！　舞は急いでどんぶり飯を平らげると、船室に入り無線の周波数を合わせた。ここまで来れば盗聴されても問題はなかろう。

「時に請求書だが、5121小隊にまわしてくれ」

舞はポシェットを探ると、まっさらな名刺を差し出した。生まれて初めて使う名刺だった。

名刺をしげしげと見て、船長は「本当に中佐殿なんだ……」と驚いたように言った。

「そこの船、すぐに停船しなさい──」

拡声器から無機質な声が流れてきた。船長は「くそ」と毒づくと、

「水上警察だ。どうする？　この船なら横須賀に逃げ込めるけど」と尋ねてきた。

「そなた……」舞はあっけにとられて船長を見た。停船するのが常識だろう。

そんな舞の表情が面白かったか、船長は「へへっ」と笑った。

「昔、ちょっとな。陸じゃ首都高でパトカーと追いかけっこをしたもんさ。海でも同じってか。

俺は構わねえぜ」

船長の目がぶっそうに光った。

「停船だ……」舞は苦い顔で命じた。

停船するとほどなく水上警察の制服を着た屈強な警官がふたり、乗り込んできた。

「困るな。商売の邪魔なんだよ！」船長が抗議すると、警官はむっとしたように、

「軍からの要請《ようせい》で手配中のふたりが逃走している、と。調べさせてもらう」と言った。

「なんの手配だ？」舞が船長の背後から進み出ると警官をにらみつけた。

警官はすばやく顔写真と照合すると「芝村中佐ですね」と確認してきた。

「いかにもわたしは芝村だが、なんの手配かと尋ねている。反乱軍から協力を要請され、水上
警察はそれに従っていると考えてよいのだな？　それとも……」

舞はさりげなく目配せした。厚志の体が豹《ひょう》のようなすばやさで動き、相手が抜くより先、ホ

ルスターから拳銃を抜き取った。同時に舞はもうひとりの警官に体当たりを食わせていた。案の定だ。揺れに馴れていない自称・水上警察官の体はバランスを失って、反射的に体勢を立て直そうとした。舞はもう一度足払いを食わせ、よろめく警官のホルスターから拳銃を奪った。

「ふむ。シグ・ザウエル。軍用拳銃だな」

舞は体を支えきれず、尻餅《しりもち》をついた警官の額に銃を突きつけた。厚志ももうひとりを跪《ひざまず》かせるとこめかみに銃口を当てている。

「先ほどの伍長が知らせたのか？　そなたらは人狩り専門の部隊のようだな。あの間抜けで脳《のう》味噌《みそ》に虫がわいている憂国武士団とやらか？」

舞の目は怒りに輝いていた。海上で自分たちを捕捉し、始末するつもりであったろう。そして船長たちも――。

「こやつらは警官に化けた反乱軍だ。我らをここで殺すつもりであった。船長、かまわんから手錠《てじょう》を後ろ手に」

「おうよ」船長はすばやくふたりの腰から手錠を取ると後ろ手にはめた。

「船を制圧する。厚志……」

名を呼ばれて厚志はにこやかにニセ警官の顔をのぞき込んだ。

「船には何人残っていますか？　武器は拳銃だけ？」

「知ら……」ニセ警官の口に銃口が当てられた。

「僕たち、憂国武士団にはひどいめに遭《あ》っているから手加減しませんよ。ここは海の上だし、このままドボンでも構わないんですけどね。その格好で泳げるかな？」

厚志に、にこやかに言われ、ニセ警官の顔は恐怖に引きつった。

「三人……ひとりは水上警察だ。ぶ、武器はマシンガンが一丁、小銃が二丁」

「ありがとう」そう言うと厚志は銃把《じゅうは》でニセ警官の後頭部に一撃を加えた。ニセ警官はぐったりして動かなくなった。

「それじゃ行ってくるよ、舞」厚志はピクニックにでも行くように軽い口調で言った。

「ふむ。我らはこやつらをデッキに並ばせる。……む、たわけ。気絶させてはだめではないか」

ふたりの間では暗黙のうちに作戦ができあがっているようだった。

……十分後、サブマシンガンを構えた厚志がふたりのニセ警官を引き立ててきた。厚志の左手には信管と火薬を抜いたマスコット用の手榴弾《しゅりゅうだん》が握られていた。

「……すげーな、あんたら」

船長は残るふたりに手錠をはめた後、あきれたように言った。

「こんなことやりたくなかったんですけど。海の上だから逃げるわけにもいかないし。向こうは僕たちだけじゃなく、船長さんまで殺す気でいましたから」

厚志が苦笑して言うと、舞も忌々しげにうなずいた。

「すまんな。巻き添えをくわせるところだった。この三人は国家反逆罪の重罪人だ。横須賀基地で憲兵に引き渡す。後日、そなたの協力には報いることがあろう」

第五章　思惑

○十二月二十日　午後三時三十分　横須賀《よこすか》・5121小隊駐屯地《ちゅうとんち》

　舞《まい》と厚志《あつし》から連絡が入ったのは午後三時を過ぎてからのことだった。なんと漁師《りょうし》の船をチャーターしてこちらに向かっているという。瀬戸口《せとぐち》は無線の応対をしながら心配顔の壬生屋《みぶや》、滝川《たきがわ》らに向かって肩をすくめてみせた。

「新宿駅にはほとんど軍がいなかったですけど」

　昼過ぎの段階では駅にはごく少数の兵がいるだけだった。決起軍は首相官邸《かんてい》、防衛省、テレビ局などの占領《せんりょう》を優先し、駅は優先順位が低かったのだろう。壬生屋と東原のふたりは湘南《しょうなん》ライナーに飛び乗り、無事に基地へと戻ることができた。どうやらこの分では時間を追うに従って、都内に着々と軍が展開しているようだ。

「壬生屋と東原《ひがしはら》は間一髪《かんいっぱつ》というところだな。それにしても壬生屋のジーンズ姿が拝《おが》めるなんてな。よく似合っていたぞ」

　瀬戸口が冷やかすと壬生屋は、ぽっと顔を赤らめた。

「わ、わたくし、筋肉がついているから恥ずかしくて。脚《あし》だって太いし……」

「ははは。それを聞いたら他の女性が怒るぞ。細くて引き締《し》まっていたじゃないか。腰《こし》の位置も高かったし。お兄さんは惚《ほ》れ直したよ」

瀬戸口がぬけぬけと言うと、壬生屋は「知りません！」と頬《ほお》を染めてうつむいた。

「もしもーし、おふたりさん。こんなところでイチャついている場合じゃねえと思うけどな」

滝川がウンザリして、割って入った。

「今はあわてず騒がず、だ。状況がまったくわからないんだよ。決起したのはあの不細工な憂《ゆう》国《こく》なんとかじゃなく、れっきとした部隊だろう。その部隊名すらわからないんだ。横須賀と東京では距離があり過ぎて、別世界の出来事に思えてくるよ」

テレビもラジオも沈黙を守っていた。電話線も切断されており、唯一《ゆいいつ》の情報は、テレビ画面に流れる「戒厳令《かいげんれい》」云々《うんぬん》のテロップだけだった。唯一の頼みは携帯《けいたい》電話と無線だったが、この計画が周到な準備のもとに行われたことを示していた。唯一の頼みは携帯電話と無線だったが、念の入ったことに携帯の基地もいくつか破壊されているようで、肝心《かんじん》な部署にはつながらなかった。

5121小隊の隊員たちは司令の舞も含め、自衛軍のことには疎《うと》かった。たとえば部隊章を見てもどの部隊かが判断できないのだ。正規の教育を受けていない学兵出身であることに原因がある。……幻獣《げんじゅう》相手の戦争の連続で、そんな知識を仕入れている余裕はなかった。

「あのね、ののみ、知ってるよ」

東原が瀬戸口を見上げて、にこっと笑った。

「え？　東原、どうして……」瀬戸口が、おやという顔で東原を見た。

「きちのとしょしつで見たことあるの。テレビに映った人たち、だいいち師団だよ」

基地内の図書室にはさすがに児童書やコミックはおいておらず、しかたなく図鑑類を引っ張り出して読んだことがあるという。その中に自衛軍の年鑑もあり、東原は部隊章のかたちだけを覚えていた。東原の記憶力には驚異的なものがある。

「第一師団……」

瀬戸口は真顔になると、気難しげにこめかみに手をあてた。

「あの、どういうことでしょう？」

壬生屋がしだいに険しくなっていく瀬戸口の表情を危ぶむように尋ねた。

「第一師団の第一連隊、第三連隊は赤坂、麻布《あざぶ》に駐屯している。首都圏《けん》だけでなく、政府の中枢《ちゅうすう》を守る役目も担っている師団なんだ」

「赤坂？　麻布？　秋葉原なら知ってるけどな」

滝川が首を傾《かし》げた。東京の地名など東京や近県の人間には常識だろうが、滝川や壬生屋にはそんな常識を得る時間もなかった。彼らが知っているのは、故郷《こきょう》の熊本《くまもと》と戦場となった土地だけだ。

「第一、第三連隊は首相官邸まで二キロ足らずのところに駐屯している、というわけさ。本来なら首相に最も忠誠を誓うべき部隊であるはずなんだ」

完全機械化による人員削減と三個連隊制のあおりを食って、第三連隊は名目上の存在になりつつあるが、少なくとも第一連隊に配属される将校は士官学校でも成績優秀な者が選ばれる。

下士官も同じく、首都圏のみならず、全国から優秀な者が選抜されて引き抜かれる。とはいえ、首都の守りであるために、これまで5121小隊にはまったく縁のない部隊ではあった。

「現地からの第一報で第一であることが確認された。まず、首相府は制圧されたが、大原《おおはら》首相と意外なかたちでコンタクトがとれた。なんと、直筆の手紙だよ。首相はご無事だ。現在、官邸で拘束《こうそく》されている。主導しているのは西郷《さいごう》官房長官と、秋月《あきづき》、西《にし》の両巨頭。これは旧軍でよくあった一部将校の決起なんかじゃないな。本格的なクーデターだよ」

声がして、全員が振り向くと東三条大尉《ひがしさんじょうたいい》が立っていた。複雑な表情を浮かべている。

「目的は大原内閣《ないかく》総辞職、というわけですね。代わりに主戦派内閣が成立する、と」

瀬戸口が応じると、東三条は憂鬱《ゆううつ》な表情を浮かべた。

「問題はそこなんだ。法律上、大原首相が亡くなられれば内閣の総辞職は成立する。さもなければ首相自らが総辞職を表明した場合だね」

「亡くなる……」

壬生屋の顔が青ざめた。

「その可能性は少ないと考えたいね。旧軍の時代と違って、首相は軍の最高指揮官だからね。今の自衛軍にはシビリアン・コントロールが正義であり、その原則は徹底している。もし相手が首相に手をかければ、反乱軍は日本国民全体の敵となるだろう。今回のクーデターには軍以外の思惑《おもわく》も絡《から》んでいるだろうから、今頃は首相に辞職を強要している段階じゃないかな」

東三条は自らに言い聞かせるように説明した。しかし、それはあくまでも推測に過ぎない。

「作戦はごく単純。首相府突入。そして大原首相救出だな。あとは手段を考えることだ」

瀬戸口の言葉に壬生屋も滝川もうなずいた。

「海兵旅団も動員をほぼ終えたところだ。今は善行大佐《ぜんぎょうたいさ》が芝村中将《しばむらちゅうじょう》、荒波《あらなみ》少将らと対応策を考えている。実は今回の決起は予想より二週間速かった。残念ながら出し抜かれた。しかも現在に至るまで相手は沈黙している。ある意味、狡猾《こうかつ》なやり口だよ。こちらには市街戦の覚悟はないだろうと読んでいるふしがある。都民を人質にとって、だんまりを決め込んで大原内閣総辞職までの時間稼ぎをしているわけだ」

説明を続ける東三条を滝川は危ぶむように見た。

「あの……こんなところで油を売っていていいんすか？」

「そうだった。5121小隊をどう使うか、善行大佐のお考えを伝えに来たんだ。まず、先頭に立って相手を威圧《いあつ》してもらう。たぶん相手は映像でしか人型戦車を見たことがないだろうしね。こちらとしては相手を説得しながら進むしかない」

東三条は苦しげに笑った。

なるほどね。瀬戸口は東三条の苦笑につき合った。海軍の護衛艦《ごえいかん》・輸送艦は横須賀にはほとんど残っていない。入港するまでに時間がかかる。本来ならことあらば東京湾を突っ切って芝浦あたりに上陸をする予定だったろう。予想外の敵の動きの速さに、すべての予定が狂ってしまったわけだ。

「なんかさえない作戦っすね」

滝川のぼやきを聞き流して、瀬戸口は笑って言った。

「難《むずか》しい作戦になるぞ。戦争ではなく、鎮圧《ちんあつ》だからな。相手は命令されたから、というだけで動員された兵もいるだろう。それで……一師団の他の連隊はどうなんです？」

第一師団は、旧軍の時代と同じく東京の第一連隊、第三連隊、佐倉《さくら》の五十七連隊、甲府《こうふ》の四十九連隊を基幹として編制されている。これに砲兵、工兵連隊が加わってはじめて完全編制となる。偵察隊、師団戦車隊は敷地に余裕があり、比較的東京に近い佐倉に駐屯していた。

「空撮によると、佐倉からはおびただしい車両群が東京に向かって、すでに展開を終えたとのことだ。駐屯地内で若干《じやつかん》の銃撃戦《じゆうげきせん》があったらしい。戦車隊の一部は未だに基地内に残っている。たぶん出動を拒否したんだろう。甲府は二個大隊強が中央道を東京に向かっている。砲兵、工兵も追随《ついずい》している、ということだ」

「敵も一枚岩じゃないんですね」

瀬戸口が水を向けると、東三条はうなずいた。

「今の自衛軍は志願制だからね。自分の頭で考えることができるから、最高司令官である首相に弓を引くなどとんでもないと考える将兵も多いだろう」

「それで……やつらの大義名分はなんなのだ？」

東三条が振り向くと舞と厚志がたたずんでいた。舞は澄ました顔でワニのぬいぐるみを抱えている。

「無事でよかった、芝村中佐、速水大尉」

「わたしとしたことが、とんだ失態だ。軽率《けいそつ》に過ぎた」

舞はそう言うと唇《くちびる》を噛《か》んだ。

「まあ、ふたりなら大丈夫と信じていたがね。それにしても漁師に送ってもらうとは、考えたもんだな」

瀬戸口はそう言うと、ふたりのために椅子《いす》を用意した。

「腹が減っては……なんて、穴子《あなご》丼《どん》をご馳走《ちそう》になりました。親切な人たちだったな」

厚志がにこやかに言うと「たわけ」と舞が吐《は》き捨てた。

「大義名分のことだが、これまで君たちが散々言われてきたことさ。幻獣の完全排除に失地回復。目的は大原内閣の総辞職と主戦派内閣のでっち上げ。腰砕けな大原内閣の下では国民の安全は守れない、とね」

東三条がため息交じりに言った。

「どれほど言葉を尽くしてもわからんのだ、あやつらは……！」

舞は悔《くや》しげに足で床を踏み鳴らした。

「現地軍以外には耳障《みみざわ》りのよい情報しか流さなかったからな。今回もスポ根物語を作り上げた政府の責任だよ。苦難の果ての勝利……か。東三条大尉、時間が経つにつれ、反乱軍の立場は強くなりませんかね？」

瀬戸口は、ふと思いついたように尋ねた。

「そう。そこが問題なんだ。イメージとしてはシビリアン・コントロールの遵守《じゅんしゅ》より、失地回復・幻獣戦完全勝利の方が強いからね。決起軍のプロパガンダが国民に向かわないうちに鎮圧しないと。それでは命令……じゃなかった要請《ようせい》があるまで待機していてくれ」

東三条はそう言うと、背を向けて去った。

○十二月二十日　午後四時　館山《たてやま》海軍士官学校

茜大介《あかねだいすけ》はプライドを大きく傷つけられていた。

天才なのに主戦派の決起時期を見誤《あやま》ったばかりか、放送室に駆け込んで全校一丸となっての反乱軍鎮圧のための出動を訴《うった》えたあげく、教官たちに拘束され、伝統として残されている「懲罰房《ちょうばつぼう》」……反省室に監禁《かんきん》されていた。天才なのに。

「くそ！　どうしてこの僕が！　出せっ、皆が行かないなら僕ひとりで行くぞっ……！」

散々わめきたて、何度もドアに体当たりしているのだが、反省室は校内のはずれにあり、しんとした静けさが返ってくるだけだった。

くそ、山川《やまかわ》のやつ、日和《ひよ》ったな。候補生小隊はどうしたんだよ？　佐藤《さとう》……あんなに面倒を見てやったのに。しまいには……泣くぞ。

「くそくそくそ、泣いてやる泣いてやる！」

「泣くの？　茜大先生が？」

不意に声がして、鍵《かぎ》を開ける音。ドアが開き、佐藤が顔を出した。

「遅いよ。四時間も無駄《むだ》にした！　反乱軍はその間に東京中に展開を終えているぞ！」

茜が口をとがらせて言い募《つの》ると、佐藤はやれやれというように首をすくめた。

「そうなんだけどさ、わたしたち学生だよ？　ろくに武器もないし、こんな騒動に巻き込まれて何かあったらっていうのが大人の常識じゃん。だから、天才様は監禁されたってわけ」

「君だって今度こそ戦争が起こったら終わりだ、くらいはわかっているだろ？」

佐藤ら紅陵《こうりよう》女子α小隊とは、野間《のま》集落で絶望を経験した。いくら倒しても敵は無限に湧き続け、そして数少ない友軍は次々と疲労し、消耗《しようもう》し、倒されていった。

佐藤のまなざしが暗くなった。

「それはわかってる。けどね……」

「喧嘩《けんか》するには手続きが必要だって教官に言われてね。今の今まで校長や教官たちと話し合っていたところさ」

山川が佐藤の肩《かた》をそっと押してスペースを譲《ゆず》らせると、茜に笑いかけた。

「反乱軍との交戦は一切避《さ》けること。交戦する意志がないしるしとして白旗を掲《かか》げること。努めて相手を刺激しないこと、が条件さ」

「……待てよ、じゃあ」茜は期待に目を輝かせた。

「交渉成立だ。候補生小隊は戦場の経験ありということで出動を認められた。もっとも……君の怪演説に刺激されて、志願者が殺到《さっとう》して困っている」

「そうは言っても、装備は教習用の六一式戦車二台に、食堂のオバチャンの買い付け用の軽トラとバンが一台。後は湯川先輩たちがご近所さんをまわってクルマを借りてまわっているの。後は、個人的にバイクだの原付だの自転車だの……こんなんで役にたつのかな」

佐藤はぼやくように言った。茜はそんな佐藤を見て「ふ」と笑った。

「策はいくらでもある！　とにかく道路を封鎖《ふうさ》している部隊を説得してまわるんだ。山川、拡声器の準備はしてあるよな」

「ああ。バンに取り付けた。それじゃ茜大介、出撃だ」

山川が道を譲ると、茜は気取った仕草で髪《かみ》をかき上げた。

「トホホ、また六一式に逆戻りかよ。これ、クラッチ操作が難しいんだよな」

九〇式の至れり尽《つ》くせりの操縦席を経験した鈴木《すずき》は、シートに収まるとぼやいた。神崎《かんざき》は例のごとく無線手として助手席に収まった。本来は無線連絡は車長である佐藤が兼ねて、橘《たちばな》と神崎は砲手《ほうしゅ》、装塡手《そうてんしゅ》の役割を果たさなければならない。これはともに戦った石丸《いしまる》中隊長に教わった正しい役割分担だったが、なかなか染みついた癖《くせ》は抜けないし、今回は砲手は必要ではなく、情報収集の必要が高かった。神崎は情報を拾うのが上手《うま》いため、これまで通りの配置にした。

「文句言わない。今回は戦闘はなし、だからね」

佐藤が乗り込んできて、車長席に収まった。にしても恥ずかしいよな。シーツをまんま使った白旗と、それから館山士官学校と大書された旗を二本取り付けた。ま、戦闘の意志がないことを示すにはいいんだろうけど。

　エンジン音を響かせて、戦車は校門を抜けた。後続するもう一台の戦車は候補生小隊の学生が操縦《そうじゅう》している。佐藤はハッチから顔を出して、へえ、なかなかやるじゃんと感心した。けどその後ろに続くのはミニバンと軽トラの一群だ。その前後を学生個人のバイクだの、原付だのが走っている。中には自転車に乗っている者もいた。金属バットや竹刀《しない》袋を肩にたすき掛《が》けにした学生を見て佐藤はげんなりとした。

「ふ。気に入ったよ。なかなか勇ましい眺《なが》めじゃないか」

　試験を兼ねて、ミニバンから茜が通信を送ってきた。

「なんか避難《ひなん》民って感じ。策って何さ……？」

　佐藤が尋《たず》ねると、茜は「僕の頭脳」と自信たっぷりに答えた。これだよ……。山川先輩《せんぱい》がうまくあやしてくれればいいけど。佐藤は深々とため息をついた。


「このクルマ、魚臭いぞ」

　茜が助手席のウィンドウから顔を出してナナハンで併走《へいそう》する山川に文句を言うと、山川はヘルメットをかぶったまま「食堂のおばさんはこれで魚市場に行くんだ」と答えた。

「それにしても、どうして君はバイクなんだ？　君は僕の副官だぞ」

　茜の言葉に、山川はしばらく沈黙を守った。しばらくして、「茜」と山川は名を呼んだ。

「僕はこれから親父《おやじ》のところに行くよ。たぶん防衛省に詰めているだろうから、この馬鹿《ばか》騒ぎを収拾するように説得するつもりだ」

「なんだって……？」茜の顔から血の気が引いた。

「非礼を承知で言わせてもらう。山川中将も反乱軍の首脳かもしれないじゃないか。そうだったらどうするつもりだ？」

答えはなかった。不吉な予感。アクセルをしぼり込もうとする気配。「待て山川！」とっさに茜は叫んでいた。

「拳銃《けんじゅう》、預からせてもらうぞ！　思い詰めるな！　君と父親は関係ないだろ？　君は将来、総参謀《さんぼう》長の僕を補佐をする役だ。こんなところで未来を捨てるな」

ヘルメットの中から、ふうっとため息が洩《も》れた。山川、君がそんなことでどうするんだ？

茜はウィンドウから懸命《けんめい》に腕《うで》を伸ばした。

やがて、山川はフェイスガードを引き上げ、ライダージャケットの胸ポケットからシグを取り出し、茜に手渡した。

「……わかったよ」山川の声には安堵《あんど》の色が交じっていた。

「君は僕の親友だぞ。僕は親友だと思っていた。……そこまで思い詰める前に、どうして話してくれなかった？」

珍《めずら》しく茜の声に悲しみの色が交じった。

「ははは。どうにかしていたんだ、僕は。実は迷っていた。誓《ちか》うよ、暴力はなし、だ。けれど親父には会いに行くよ」

山川は呪縛《じゅばく》から解放されたように、さばさばした声で言った。

「そうしてくれ。待って、これを……」

茜は善行、芝村と自分の携帯の番号をすばやくメモすると山川に渡した。5121小隊付備品兼奴隷《どれい》として、首相からちゃっかりもらったものだ。

「湯川《ゆかわ》、それから佐藤。茜をよろしく頼むよ」

「わかった」運転席の湯川が答えた。「了解っす」無線機で成り行きを聞いていた佐藤の声が響いた。ふたりの声を確認すると、山川はスピードを上げ、みるまに単車は視界から姿を消していった。

「俺たちみたいなのを鈍感っていうんだろうな。あいつの気持ちに気づいてやれなかった」

湯川がしみじみと言うと、茜も「うん」とうなずいた。

「僕はあいつに頼り過ぎていた。天才なのに……！」

茜が悔しげに答えると「結局それかよ」と突っ込まれた。


奇妙な集団は国道を延々と縦隊を組んで木更津《きさらづ》市街に入った。この辺りは要塞《ようさい》地帯に指定されているものの、計画だけで、市民はごく普通の生活を営んでいた。反乱兵の姿も見えず、市民の好奇の目にさらされながら二両の戦車を先頭に進んだ。

対向車線から車を走らせるドライバーがぎょっとした顔で、あわてて車線を変更する。日本の地形に合わせてコンパクトに作られているとはいえ、戦車は戦車である。

警察署の前を通り過ぎたところで警官たちに呼び止められた。木更津警察署の前に誘導《ゆうどう》され、候補生の集団は停止した。署長らしき紳士《しんし》が護衛を従え、署内から出てきた。

「これはどういうことかね？　代表者は誰か？」

砲塔のハッチからただひとり顔を出している佐藤は、警官たちの視線を一斉に集め、気まずげに顔を赤らめた。わたし？　わたしが説明するの……？　言葉を探しているうちにバンから湯川が出てきた。よかった……茜大先生じゃなくて。

「我々は館山海軍士官学校有志一同です。反乱軍鎮圧のために出動しました。校長の許可ももらってあります。僕は湯川浩介《こうすけ》といいます」

湯川は名乗ると敬礼をしてみせた。署長も敬礼を返す。

「ふ。首相が人質にとられているというのにずいぶんノンビリしているね。ここらには反乱軍はいないの？　出動すべきだぞ」

声がして、佐藤はヒッと身をすくめた。士官学校の制服に半ズボン姿の怪人が道路に降り立った。署長をはじめ、警官たちは唖然《あぜん》として茜を見つめた。

「君は……？」

「茜大介。将来の総参謀長さ。東京からなんの命令もないからノンビリしているってわけ？　たぶん警察庁も反乱軍に占拠《せんきょ》されているよ。何しろ反乱軍は第一師団だからね」

まくしたてる茜に署長は圧倒されていたが、やがて不機嫌に茜をにらみつけた。

「首相が人質になっているとどうしてわかる？　警察庁が占拠されていることも、反乱軍が第一師団であるというのも憶測《おくそく》だろう」

署長の言葉を聞いて、茜は「ふ」と小馬鹿にしたように笑った。

「憶測じゃないさ。こんな短時間に首都を制圧できるのは東京のど真ん中にいる第一、第三連隊だけ。それに、彼らは戒厳令《かいげんれい》を布告しているんだ。これは明らかにクーデターだよ。僕が警察だったらすぐに出動して習志野《ならしの》、佐倉《さくら》辺りの反乱軍を鎮圧……は無理にしても釘付けにするね。発砲は反乱軍もためらうはずさ。だから通せんぼして少しでも反乱軍の戦力を減らさないと。以上、僕たちの目的はそれ。武器は持っていないよ。で、市内には反乱軍はいないの？」

「海軍の施設があるが、動きはないと思う」

署長は理路整然とした茜の言葉に誘導されるように答えていた。

「警察庁の上層部は拘束されているよ。上からの命令は来ないと考えていいね。僕たちはこれから習志野、佐倉に行くけど、警察が味方してくれれば好都合なんだけどね。あ、そうそう、現地の警察署からは何も言ってこないの？　電話線切断？　無線機も携帯も？」

「……すぐに確認させよう」

署長がうながすと、警官が数人署内に走った。ほどなく「佐倉署、連絡できません」「習志野署、救援を求めています」「千葉県警、沈黙《ちんもく》しています」と相次いで報告が入った。

それを聞いた署長は気難しげに考え込んだ。上からの命令がなければおいそれと治安出動はできない。署長としての判断能力、責任能力が問われる。しかし、上が拘束されているとしたら……。署長は苦虫を噛み潰《つぶ》したような顔になった。

「……出動する。千葉県警の解放を第一に。習志野、佐倉にも人員を派遣《はけん》。星野《ほしの》警部、彼らの先導をしてやれ」

名を呼ばれた警官は「は……？」と目を瞬《またた》いた。

「しかしわたしは捜査一課ですが。それに、治安出動はまずいんじゃありませんか？　公安に後で責任を問われますよ？」

「その公安本部も制圧されているだろう。何しろ中央からはうんともすんとも言ってこない。緊急出動ということで法律的には処理できるはずだ。それで……君らはどこへ？」

署長は茜に向き直った。

「佐倉に行くよ。五十七連隊の巣だからね。それに首相派の第三戦車師団の矢吹《やぶき》大隊もいるから。封鎖《ふうさ》されてにらみ合いを続けているようだったら、封鎖を解いて東京に向かわせないと」

「詳《くわ》しいな、君は」

署長は首を傾《かし》げた。

「僕は５１２１小隊の参謀役だったからね。五十両以上の戦車が出撃すればクーデター側には相当なプレッシャーになる。あ、あとコンビニでカップ麺《めん》とかスナック菓子《がし》、食料は全部買い占めておくといいよ。イナゴ戦術だね。どちらも発砲したら負けだから、きっと長期戦になるから。それでいいんだよ。警察の役目はさ、ひとりでも多くの反乱軍を釘付けにすることだからね」

「うむ」署長は大きくうなずいていた。

怪人だ……。すごいな。佐藤は茜のしゃべりに圧倒されていた。なんと警察署の署長を説得してしまった。駐車場からパトカーが三台出てきて、戦車の前で停車した。星野と呼ばれた警部が佐藤と視線を合わせた。

「戦車を先導する。車間距離に気をつけてくれ。潰されてはかなわんからな」

「それは大丈夫ですけど。あの……サイレンとか鳴らすんですか？」

佐藤の半ば好奇心交じりの素朴《そぼく》な質問に、警部は頬を緩《ゆる》めた。

「もちろんだ。ルートは館山自動車道を利用するが、付近の車はすべて路肩に寄ってもらう。それにしても君の仲間たちだが……自転車はさすがにまずいぞ。あと原付のふたり乗りもな。すぐにトラックを手配しよう」

○十二月二十日　午後五時　横須賀・５１２１小隊駐屯地
淡雪《あわゆき》が空から降ってきた。すでに辺りは薄闇に包まれ、外灯だけが煌々《こうこう》と点《とも》っている。

舞と厚志は宿舎から出て、３５７号線の方角を目を凝《こ》らして見つめていた。ちかりとヘッドライトが瞬いたかと思うと、力強いエンジン音が聞こえて二台の高機道車が姿を現した。駐屯地前に横付けになると、整備員たちが降り立った。

「遅いぞ。何をやっておった？」

舞が不機嫌な口調で言うと、「あら、お出迎え？」と声がして逃げる間もなく、ぎゅっと抱きしめられていた。「た、たわけ！　とっとと放せ」舞はじたばたと足掻《あが》いたが、整備班長の原の力は思いの外強かった。

「都心部に近づかないように遠回りしてきたんだよ」

狩谷《かりや》の声が聞こえた。

「おっ、陰険眼鏡《いんけんめがね》、無事だったか？」

滝川が宿舎から走り出てきた。

「あはは。そういう時は、まず森《もり》さんに声をかけるもんや。近くの工兵さん、なっちゃんと仲が良くて、車を貸してくれたんよ」

加藤祭《かとうまつり》がにこりと笑った。

「工兵は事態を静観。整備学校の学生たちも保護してくれるそうだ」

狩谷が言うと、ようやく原の手から逃れた舞が「うむ」とうなずいた。

「整備班の車両は屋根付きの格納庫に保管してある。すぐに動けるな？」

「ほほほ。ずいぶん気が早いわね。お茶の一杯でも飲ませてくれないかしら？」

原がじりじりと舞に近づいた。舞は顔を赤らめて後ずさった。どうやら原は舞をぬいぐるみ代わりとでも思っているようだ。

「簡単な偵察《ていさつ》だ。町田《まちだ》辺りまで出てみようと思う。しかる後に引き返す」

「あら、どうして……？　すぐに首相官邸に突撃、でもいいんじゃないかしら？」

原が冷やかすように言った。

「実のところ、人間相手の方が危ないんですよ。僕たち、零式《ゼロしき》ミサイルには懲《こ》りていますから。周りを警戒《けいかい》してくれる戦車随伴歩兵《スカウト》がいないと」

厚志があけすけに告白した。

「来須《くるす》君と若宮《わかみや》君は……？　あと石津《いしづ》さんもいないわね」

原が尋ねると、瀬戸口が笑って肩《かた》をすくめた。

「あのトリオは練馬《ねりま》に詰めていますよ。植村《うえむら》さんちにしばらく居候《いそうろう》するようでね。善行大佐からの要請でして」

原は少し考えて「なるほどね」と言った。

「植村、矢吹と合流できれば、と考えているが、善行はまだ動かぬ。作戦があるのか……」

舞は不満げに横を向いた。

「善行さんはもう少し先を読んでいるかもしれないわね。災いを転じて福と成すっていうじゃない？　たぶんロクでもない福だろうけどね」

原は笑いながら言った。

「それに反乱軍はまだなんの声明も出していない。兵だけが黙々《もくもく》と拠点を占拠し、要人を拘束している状況が続いている。こんなクーデターはなかなかないぞ」

瀬戸口も原の言葉を補足するように言った。

「コップの中の嵐」

暗がりから声がして、全員が振り向くと、細いが引き締まった体つきの男がたたずんでいた。海兵第一旅団長の善行忠孝《ただたか》は隊員たちを見渡して笑いかけた。

「彼らの望む状況のことですよ。この反乱を東京の、しかも都心部というコップの中で成功させたい、とね。そして暗に脅《おど》しをかけている。芝村さん、わかりますか？」

善行は試すように舞に質問を投げかけた。

「都民を人質に取っている、ということだな。鎮圧側が発砲すれば、正義はあちらに移る。反乱分子が東京に兵を集めているのもそういうことであろう」

「加えて首相も、ですね」善行は眼鏡《めがね》を押し上げた。

「偵察は必要ありません。明日、〇四〇〇をもって首相府を急襲《きゅうしゅう》、大原首相を奪還《だっかん》します。すでに来須、若宮、植村中隊にはその旨《むね》を伝えてあります。5121小隊は海兵旅団とともに行動してください」

「ふむ。作戦の詳細《しょうさい》を聞きたいものだ」

そう言うと舞は先に立って宿舎へと向かった。……そこには意外な訪問客が舞らを待ち受けていた。

○十二月二十日　午後七時　市ヶ谷防衛省

途中でウンザリするほど検問を受け、市ヶ谷に着いた頃にはすっかり夜になっていた。淡雪が空から落ちてきて、山川の頬を濡《ぬ》らした。第一連隊の警備の兵に身分証を示し、父への面会を要求すると、意外なほどあっさりとロビーに通され、ほどなく大尉の階級章を付けた将校が前に立った。

不吉な予感がした。まさか父は……。

「山川中将は衛兵を伴って反乱……決起軍の司令部に向かいました。お止めしたのですが、どうしても義父上《ちちうえ》を説得するのだ、と言い張って」

「第一師団の司令部ですね」山川が確認すると、大尉はうなずいた。

「しかし、司令部に向かわれたのは正午過ぎですから、すでに七時間が経っています。念のために連絡を入れたところ、一五〇〇時には司令部を辞したということで。……衛兵三名はほどなく戻ってきたのですが」

大尉の表情には不安の色が浮かんでいた。

「……衛兵はなんと言っているのですか？」

「真っ青な顔をしていたそうです。それから自分の目で街を視察してまわる、と。君らは戻れと命じられて戻ってきたそうです」

山川はこめかみに指をあてて考え込んだ。大尉殿はいわゆる事務畑の人だ。自ら上司を捜してまわるようなことはしないのだろう。父の行動半径は市ヶ谷・赤坂間。待てよ……。

「父は車ですか？」

念のために尋ねると「ええ」と返事が返ってきた。

「大尉殿、携帯での連絡は可能でしょうか？」

「何度も連絡を入れたのですが、出ません。無線も封鎖されているので、唯一《ゆいいつ》の連絡手段は携帯だけなのですが」

大尉は憂鬱《ゆううつ》にため息をついた。

「お願いがあるのですが」山川はあらたまった様子で切り出した。

「なんでしょう？」

「その……士官学校生がお願いすることではないのですが、父のことが心配で。僕に携帯を手配していただけませんか？」

「それは……」大尉は一瞬、難色を示したが、すぐに思い直したようだった。

「備品倉庫に未登録の白ロムがあるはずです。三十分で手続きは済みます。なるほど……息子さんのお名前が表示されれば」

「ええ。勝手なお願いですが」

地下の備品倉庫に連れて行かれ、大尉は係の者に話をつけると慣れた手際で手続きを済ませ、ほどなく携帯電話を手渡された。大尉は発信者の名前が表示できるようにしてくれた。

「これがあなたの番号です。備品はこの騒ぎのどさくさで反乱軍の兵にでも盗まれた、ということにしましょう」

大尉は、はじめて反乱軍への嫌悪と怒りを露《あら》わにした。

執務室《しつむしつ》へ、との誘いを断って、山川は父の番号にかけた。着信音が果てもなく長く感じられる。そのうち「……道久《みちひさ》か」と父親の声が聞こえた。

「今、どちらに？」

「秋葉原にいるようだ。十五号線上で五十七連隊の兵と警官がにらみ合っている。妙だぞ……民間人がわき出した。どこに隠れていたんだ……」

山川中将は抑揚《よくよう》のない声でいぶかしげにひとりごちた。

「すぐにそちらに向かいます。これからのことを考えませんと……」

「……そうだな。わかった。末広《すえひろ》町の駅前に車を停めておく」

父さんは明らかに精神的なショックを受けている。何が起こったというのか？　覇気《はき》を失った声は、まるで世捨て人のようだった。

「秋葉原にいるそうです」

山川は大尉に敬礼すると、ヘルメットを抱え、外へと飛び出した。

バイクを飛ばして末広町の駅前を視界に収めると、一台の高機動車が路肩に停まっていた。中では父親がハンドルにもたれ、漫然《まんぜん》と目の前の風景を見ていた。群衆、と言ってもよい規模の民間人が道路上にあふれ、警官隊も警備の兵も、彼らの行為を手をこまねいて見ているだけだった。

「……父さん！」

ドアを開け、すばやく助手席に滑《すべ》り込むと、山川中将は「道久か」と言っただけだった。目の前で家電の量販店のシャッターがこじ開けられ、百名を優に超える群衆は略奪《りゃくだつ》に狂奔《きょうほん》していた。中にはトラックを用意して家電を運び込んでいるプロもいて、明らかに一般市民とわかる者もそのおこぼれに預かるように、手に手に電気製品を抱えていた。

「略奪を止めさせないと……！」

道久が訴《うった》えると、中将はふっと笑った。

「それは警官の仕事だが、兵とにらみ合っていて本来の仕事を忘れているようだな。これもわたしの懸念《けねん》事項のひとつだった」

中将の心にようやく理性が戻ってきたようだった。

「ならば兵たちに命令を。いえ、警官隊に要請を」

「うむ」中将がうなずいた瞬間だった。

「ただちに略奪行為を止め、盗品を元に戻せ——！」

警官隊ではなく、自衛軍の戦闘車両の拡声器から韻々《いんいん》と声が響き渡った。しかし、略奪者は聞き流して、平然と兵と警官の間で略奪行為を続けていた。暴走族らしきバイクと改造車の一群が、猛スピードで道久の目の前を通り過ぎていった。

彼らは群衆を蹴散《けち》らすように割り込むと、すぐに店へと駆け込んでいった。群衆の数は異常な勢いで膨《ふく》れあがっていた。

「なぜ、警官隊は黙っているんでしょう？　すぐに……」

道久の声は一発の銃声でかき消された。略奪を阻止しようと小銃を構え、プロの略奪者を捕らえようとした兵が至近距離から拳銃弾を受け、地面に崩れ落ちた。怒声が聞こえて、小銃、マシンガンがトラック付近にいた略奪者を狙《ねら》った。

悲鳴が聞こえ、路上は血で染まった。機関砲弾がトラックを直撃し、トラックは炎を上げ炎上し、爆発した。

暴走族の改造車も炎上、爆発し、略奪者の車両はことごとく炎上した。路上には数十人の死者、負傷者が転がり、絶叫、悲鳴とうめき声が山川の耳にこだました。

「なんということを……」父親の声が聞こえた。

「ただちに発砲をやめろ！　諸君らを殺人及び殺人未遂《みすい》行為で拘束する」

パトカーから、今さらながら声が響き渡った。しかし兵は車両に乗り込むと、Uターンし、その場から逃げ去った。警官隊の車は動かなかった。動くどころではなかった。代わりに犠牲《ぎせい》者の確認に大わらわになっている。

どこからか救急車のサイレンの音が聞こえた。戒厳令の意味など知っている都民はそうはいないだろう。こんな騒ぎが都内各地で起こっているとしたら——。道久は身震いを覚えた。

「家に……とりあえず家に戻ろう」

山川家は小石川《こいしかわ》に屋敷を構えていた。本郷《ほんごう》通りに出てしばらく走ったところで、渋滞《じゅうたい》していなければ十分ほどで着く。「わかりました」道久はうなずくと、車外に出て自分のバイクにまたがった。

「警察はどういうつもりだったんでしょう？」

　道久は革のライダージャケット・パンツ姿のまま、父親の書斎で正座していた。山川中将は和服姿になり、これも背筋を伸ばした正座姿で沈鬱《ちんうつ》な表情を浮かべている。

「数百人規模の群衆だった。機動隊でなければ制圧できないと思ったのだろう。むしろ下手《へた》に刺激して暴動になることを恐れた、とも言える」

　父親の言葉を聞きながら、道久は内心では安堵《あんど》していた。前代未聞の殺戮《さつりく》が起こった後だったが父親が我を取り戻してくれたことが素直に嬉《うれ》しかった。

「それと……反乱軍のお手並み拝見という意地の悪い思惑《おもわく》もあったかもしれん。軍政が難しい理由がわかったろう？　一般の兵は治安維持の専門家ではないのだ」

「あの事件……これでクーデターは血で汚れましたね」

　こうして父親と語るのは初めてだった。それ以上に、父親の書斎に通されたことなど、指で数えるほどしかなかった。

「うむ。国民を守るという大義名分は失われた。あとはごり押しで成功させるしかないな」

　女中がスコッチを乗せた盆と、コーヒーを運んできた。息子の前で酒を嗜《たしな》む父親を見るのも初めてだ。女中が去った後、山川中将はショットグラスにスコッチを注いだ。

「おまえが来てくれてよかった。まずは礼を言わせてもらう」

「それは……」道久は顔を赤らめた。

「わたしが反乱軍に加わっていないか、心配してくれたのだろう？　しかしな、おまえは自分の父親を見損なっているぞ。軍政の正体は、たった今、見たろう？　わたしのシビリアン・コントロールを奉ずる心は、いささかもぶれることはない。たとえ考えは異なっても、首相を最高司令官として忠誠を誓う心も同じだ」

父は自分に言い聞かせているようだった。父が受けた精神的ショックはなんなのだろう？

「父さん、司令部で何があったんですか？」

道久の真摯《しんし》な視線を、中将はまっすぐに受け止めた。

「決起軍の司令官は同期の秋月《あきづき》だった。評議会議長は西閣下《にしかっか》。そして泉野《いずみの》はその下で働いていた。が、そんなことはどうでもよい。……心して聞いてくれ、道久。義父上《ちちうえ》が次期首相として彼らの陣営にいた。……そんなはずはないのだ、そんなはずは。ふたりで高みの見物をするつもりだったのだから。義父上にとって反乱軍への協力はなんの利益ももたらさぬ」

時折、酒を口に含みながら、山川中将は語った。何もかも異例で初めての体験だった。こうして自分を一個の人間と認めて率直に話してくれる父親も初めてだった。

「お祖父《じい》さんに何が起こったんでしょう？　確かに、首相になっても意味はないはずです。お祖父さんは影の宰相《さいしょう》で十分ではありませんか？」

「そうだな……幻獣《げんじゅう》を一掃した上での国家再生を聞かされたよ。そしてしきりにわたしに反乱軍への参加を勧めてきた。……断ったがね」

「ええ」

「わたしが衝撃《しょうげき》を受けたのは、挙国一致内閣を作った上で、国家主席として権力を一手に握る、などという妄言《もうげん》をあの義父上が吐いたことだ。明らかに錯乱《さくらん》している」

国家主席とは聞き慣れない言葉だった。良い意味でも悪い意味でも、西郷《さいごう》は腹芸の上手《じょうず》な、したたかな政治家だった。駆け引きが上手で、妖怪《ようかい》とさえ呼ばれている。

政界にはまったく疎《うと》い道久が黙り込むと、中将はそんな息子を見て「ゆえに」と切り出した。

「義父上の政治家としての生命は終わりだ。西郷家も当分、中央には出て来られまい。会津《あいづ》と、山川家の名誉《めいよ》を守るために、おまえならどうする？」

そう質問されて、道久は自分が試されていると感じた。父さんはエリート意識が強く、政治好きな軍人だが、ひとつだけ大きな美点がある。それはシビリアン・コントロールへの揺るがぬ信念だ。そう考えた時、道久は口を開いていた。

「大原首相を救出しましょう！　そのためには芝村《しばむら》と手を結ぶのです。派閥《はばつ》よりも首相への忠誠を第一義とする立場を貫《つらぬ》けば、会津、そして山川の名誉は保たれます」

これが自分のセリフか？　道久は自分の奥に潜《ひそ》むものに驚きを感じながらも断固とした口調で話していた。ふっとある映像が脳裏をよぎった。５１２１小隊のもとで過ごした九州戦役の光景だった。ああ、俺は５１２１小隊が本当に好きなんだな――。深刻な状況にもかかわらず、ふとそんなことを思った。

「なんだと……？」

中将は驚愕《きょうがく》のあまり言葉を失った。

「もう派閥がどうとか、なりふり構っていられません。名誉なんてくそくらえです！　国そのものが危ないんです。ここに善行大佐の携帯の番号が控えてあります。父さん、どうかこの国を救ってくださいっ！」

そう言うと道久は頭を下げた。激情のあまり、あふれ出た涙《なみだ》が飛び散った。

●十二月二十一日　午前零時　日本公共放送

スタジオ内は異様な緊張に包まれていた。大勢の護衛の兵に囲まれて姿を現したのは西中将だった。休む間もない一日を送ったために頬が痩《こ》け、顔色が青黒かった。野津《のづ》少佐はそんな西を見て心許《こころもと》なく思った。

「閣下、しばしのご辛抱《しんぼう》を。放送時間は十分程度ですから。あとはお休みになれます」

野津が思わず声をかけると、西は「うむ」とうなずいた。アナウンサーが駆け寄ってきた。

「顔色が悪いですよ。メイク、しますか？」

男が化粧《けしょう》をするのか？　野津は目を瞬《また》き、西と顔を見合わせた。

「病人のように見えますよ。まあ、こちらは構いませんがね」

カメラを操作する係から声がかかった。若干《じゃっかん》の敵意をにじませている。テレビ局は例外なく小隊規模の兵によって占拠され、これに訳《わけ》もわからず動員された都の学兵が加わっている。情報の発信を一切シャットアウトされ、局員たちは青くなった。

反乱軍の決起当時、局に残っていた者たちはすべて拘束され、帰宅を許されずにいる。そんな不満も大きかった。公共放送の局員は大原首相の支持者が多く、テレビ新東京の次くらいに主戦派に否定的であったため、なおさら反乱軍への憤《いきどお》りは強かった。はじめは鈍感であった兵たちも、局員のとげとげしい態度に気づくようになった。

西議長は席に着くと、老眼鏡をかけ、原稿に目を落とした。そんな西の姿を見て、ディレクターが「はじめます」と言った。

カメラマンはにやりと笑ってOKサインを作った。これが政見放送だったなら、メイクをし、カメラ目線に、言葉ははっきりと……などと細かくアドバイスするものだが、カメラはいきなり老眼鏡をかけ、原稿に目を通す老人の姿を映し出した。

「わたしは救国評議会議長の西であります。このたびの決起は、幻獣を本土に残したまま、和平条約を結んだ大原政権への抗議の意味を込めてのものであります。和平とは名ばかりで、その実は単なる休戦であり、幻獣が本土に残っている限り、いつまた敵が侵攻するか、国民は怯《おび》えながら暮らさねばなりません。よって、以下に挙げる三つの条件が達成されしだい、救国評議会は解散し、戒厳令はすみやかに解かれます。その一。大原内閣の総辞職。その二。和平条約の破棄《はき》。その三。敵を日本国内から駆逐《くちく》するための挙国一致内閣の発足。……条件が達成されしだい、評議会も決起軍も解散し、新内閣への民政移管を約束いたします。国民の皆さんにはご迷惑をおかけしますが、どうかしばらくご辛抱《しんぼう》ください」

西議長は原稿に目を落としたまま、ぼそぼそと語った。印象は最悪だったろう。覇気《はき》に欠けるな……。野津は首を傾げたが、テレビのことなど皆目《かいもく》分からず、こんなものか、と思った。軍人は俳優やアナウンサーではないのだから。

「少佐殿、まずいですよ、これは」

若い坂巻《さかまき》中尉が耳打ちしてきた。

「まずい、とは……？」

「印象、最悪ですよ。少佐殿はニュース番組や政見放送をご覧になりませんか？　目線もカメラを見ていないし。あれでは国民に伝わりません」

こう言われて野津は忌々《いまいま》しげな表情を浮かべた。

「閣下は政治家ではないのだ。とにかく、今回の決起の趣旨《しゅし》は伝えた。それでよしとすべきではないか」

坂巻中尉は「ええ、まあ……」と歯切れ悪く同意した。

「せっかくのチャンスだったんですがね。何事も第一印象が大切でしょう」

●十二月二十二日　午前零時　都内某所

「本日中には大原内閣は総辞職するでしょう」

末次《すえつぐ》は助手席に座るアリウスに向かって話しかけた。アリウスの要請で、末次は要所要所の拠点を見てまわっていた。どうやら末次は自分のことを完全にあの大国の機関員であると信じ込んでいるようだ。

第一連隊長の情報を手に入れることなど簡単だった。憲兵隊員の何人かに精神操作を施し、自分への服従を誓わせた。

拠点では指揮官、兵に時限式の精神操作を施し、来るべき事態への下準備を行った。この都市は業火《ごうか》に包まれるだろう。

それにしてもこの男の精神は複雑だ、とアリウスは考えた。一瞬、精神操作を施し、傀儡《かいらい》にしようとも思ったが、この男の権力欲、嫉妬《しっと》、羨望《せんぼう》、憎しみ、そして嗜虐《しぎゃく》的性向が入り交じった精神がどこへ向かうかに興味があった。理性とヒトが称するものがかろうじて抑えているが、末次は先天的な犯罪者だ。泉野大佐もとんだ拾いモノをしたものだ。

「大原首相は健康上の理由による辞職、ですか？」

「そうなると思います」

なるほど、西郷はそちらに向かったか。僕は彼の精神を抑制しているくびきを破壊し、生来の支配欲、権力志向に火をつけただけだが、くびきから解かれた西郷は極めて露骨で強引だ。わずか二日で首相を亡きものにしようと考えるとは。末次にせよ、西郷にせよ、身分・階級・理性などのくびきを破壊してしまえば、我々など及びもつかぬ怪物に変貌《へんぼう》する。同胞《どうほう》がヒトを根絶しようとした理由が今さらながらわかる。

元々、ヒトは邪悪《じゃあく》な生き物だ。その中でも最も邪悪な精神を持った者が、大多数の子羊を支配し、思うがままに駆り立てる。アリウスはおのれの内面に沈み込むように、ヒトという存在について考え込んだ。……叔父《おじ》上の考えは正しかった。ヒトはこの惑星を食い尽くすウィルスと同じだ。ウィルスは清浄なる炎によって焼き尽くされねばならない。ただし……叔父上は自ら意識していたかどうかはわからないが、ヒトの心に汚染されてしまった。自らを神とたとえるなどヒトの心を持たねば考えもつかない妄想《もうそう》だ。

そして僕は——。

「何を考えているのです？」

末次に声をかけられ、アリウスは我に返った。

「人類はどこへ行くんでしょうね？　幻獣との戦争で疲弊《ひへい》しているというのに、同族同士で足の引っ張り合いを続けている。そんな種はヒトだけですよ」

なまじ生存競争を生き抜くために発達した脳を持ったために、ヒトの脳には意識が宿り、自らに個別性があると信じ込んで、それぞれが勝手な欲望を抱く。これがそもそものまちがいだ。そのために同族同士、争い、食らい合う化け物に成り果てた。自らの姿を鏡に映してみるとよい。そこには本能と欲望に支配された奇妙な生き物が映っているだけだ。

「それは言わずもがな、ということですよ。一度権力の味を知った者は、さらなる権力を欲する。一度金の力を知った者は、さらに金を欲する」

「確かに」

アリウスは末次の確信犯的な思想に同意した。ウィルスが生きる意味はただひとつ。増殖し、宿主を食らうことだ。ヒトの目的もただひとつ。おのれの欲望を実現することだ。際限なく欲望を追求することだ。ただし、ウィルスの方がはるかにシンプルで美しい。

不意に声が聞こえた。この世界を呪い、滅びを願う声。強烈な思念だ。どこだ？　アリウスは声の在処《ありか》を探った。

「北東の方角には何がありますか？」

アリウスの唐突《とうとつ》な問いに、末次はしばらくの間、考え込んでいた。

「東十条《ひがしじゅうじょう》に東京兵器工廠《こうしょう》がありますが。それが何か……？」

「占拠されていますか？」

「詰めているのは技術将校と研究者だけですよ。人員を無駄に割《さ》くだけです」

「そちらへ。興味があります」

アリウスが言うと、末次は「しかし」と言った。

「これから司令部に戻って、泉野大佐に報告をしなければなりません。優先度Aの拠点はすべて円滑《えんかつ》に運営されている、とね」

「ならば門前で降ろしてもらいましょう。そこまででけっこう」

「しかし……足はどうします？　その格好では事情を知らぬ兵に拘束されますよ」

「部下を呼び寄せます。これでもあなたがたの知らなかった情報を探るほどの組織は持っているのですよ。……これからもあなたを窓口として、情報を提供しましょう。今後ともよろしく」

アリウスはそう言うと、末次に手を差し出した。末次の目が光った。……この男は自分が選ばれたと信じ込んでいる。野心はどこまでも広がっているな。見たい現実だけを見るのがヒトだ、とアリウスは内心で笑った。末次が握手に応じてきた。

「まるで氷のような手だ」末次はおそるおそるアリウスの手を放した。

「重度の火傷《やけど》を負って、体温調節機能が働かなくなりましてね。自分でもなぜ生きているのか不思議なくらいです」

高機動車が停まった。明々と点《とも》る外灯の下に「自衛軍東京兵器工廠」なるプレートが門柱に張り付けられていた。門の中はひっそりと静まり返っている。人の気配を感じた。警備の兵は特殊な訓練を受けた者たちだろう。

「ここでけっこう」

「しかし……門は閉まっていますよ？　警備の兵も見当たらない。どうしたのだろう？」

路上に降り立ったアリウスに、末次は首を傾げてみせた。

「連絡をしますよ。残念ながらどこへ連絡するかは秘密ですがね」

そう言うとアリウスはたたずんだまま、末次が去るのを待った。「それでは……今後ともよろしく」そう言うと末次の車は遠ざかっていった。

翼の音がして、三体のペンタ第五世代……知性体がアリウスの体を抱いて門を越えさせた。

「警備の兵を頼む」

アリウスが命じると、知性体はそれぞれの方角に散った。キーロック式の自動ドアの前に立つとアリウスは思念を飛ばして、ひとりの男の意識を摑まえた。なるほど、栄光号《えいこうごう》の母体となる巨人のクローンの培養《ばいよう》担当研究者か？　男の意識は末次と同じく複雑怪奇なものだった。成長した巨人の脳と内臓《ないぞう》を除去することに喜びを感じているらしい。男の研究室にはホルマリン漬《づ》けにされた巨大な脳が陳列されていた。

僕は君の大切な客だ、とアリウスは男に呼びかけた。すでに絡《から》め取られた研究者の精神はアリウスの思念に忠実に従った。ロックが解除され、ドアが開いた。ほの暗い玄関ロビーに汚れた白衣を着た研究者がたたずんでいた。

「栄光号のところへ案内してくれ」

研究者は何も言わずにまわれ右すると、次々とロックを解除し、ほどなくアリウスは広大なハンガーに招じられた。中にひとつ、厳重にロックされた機体があった。その機体からは強烈な憎悪の念が発せられていた。

「この機体は……？」

アリウスが尋ねると、研究者は無表情に口を開いた。

「ブラックボックスに犯罪者の脳を使っています。一度暴走して数人の所員に怪我《けが》を負わせました。今は廃棄《はいき》処分の許可が下りるのを待っています」

「暴走を止められるのか？」

アリウスが興味を覚えて尋ねると、研究者は首を縦に振った。

「どの機体にも万一の時のためのロック機能がついています。暗証番号を唱《とな》えるとフリーズするようになっています」

「番号を」アリウスが命じると、研究者は暗証番号を書き、紙片を渡した。

操縦《そうじゅう》についての説明を聞き質《ただ》した後、アリウスはコックピットを開け、シートに収まった。

神経接続なるものを試みると、ほどなく機体が発信していた数十倍、数百倍の強烈な憎悪が襲ってきた。アリウスがあっさり念波を封じてみせると、機体はおとなしくなった。

「なるほど……これは面白そうだ。君には礼として……」

神経接続を解いて、アリウスは研究者を見下ろした。そして研究者の脳に最後のメッセージを刻みつけた。

おまえの仕事は、命が尽きるまで昆虫標本を作り続けることだ。

研究者が従順にこくりとうなずくのを見て、アリウスはにやりと笑った。そしてコックピットに再び収まり、暗証番号を唱えると、機体はすべるように動き出した。

すでに準備は整った。あとは存分に楽しませてもらおう。巨人よ、世界を呪え。おまえを箱に閉じこめた人間たちを呪え。わたしは翼《つばさ》を失って以来、不自由であった足を手に入れた。しばらくはこのオモチャで遊ばせてもらおう。

アリウスはしだいに増幅していく巨人の、解放されたことによる歓喜、そして世界への憎悪の念に同調し、夜の街を駆けた。

○十二月二十一日　午前零時三十分　自衛軍練馬基地

「山川中将が首相との接触に成功したそうだ」

来須が言葉少なに報告すると、植村はにやりとぶっそうに笑った。ここ練馬駐屯地には第一師団の支援部隊……偵察隊、工兵、砲兵の大隊が駐屯していた。植村の戦闘団はここに間借りしていたが、すでに二十日の時点で電話、無線連絡の多さから兆候《ちょうこう》は感じていた。植村の中隊には盗聴を得意とする者も混じっている。

宿舎内で兵を武装させ、相手の動きに応じて戦闘行動に移ることができるようにしていた。その時点で首相官邸へ向かうべきだったかもしれない。しかし、反乱軍の規模が不明だった。聞き覚えのある連隊名が出てくるたびに、相当に大がかりなものであることだけはわかった。

二十日の午後三時。偵察大隊の中隊長が宿舎を訪れた。君たちはどうするか？　と。植村は来須、若宮らと相談して中隊長を引き留め計画の詳細を聞き出した。

それは規模としては壮大なものだった。歩兵第一師団の三個連隊を中核として、およそ一万の兵を動員し、大原内閣を総辞職に追い込み、主戦派内閣を作り、関東、北陸、東北に駐屯している部隊に号令を下すというものだった。

植村は笑って中隊長を帰した。規模は大きいが、要は首相を握っているかどうか？　だ。そしてとりあえずは首相を虜《とりこ》とすることができるだろう。事態を静観することにした植村は次々と駐屯地を出ていく部隊を見送った。突如として猛烈《もうれつ》な銃撃戦の音が起こって、工兵連隊は決起に参加しない旨《むね》を伝えに、使者が植村の宿舎を訪れた。工兵連隊もまた、引き抜かれて、山口、九州と転戦してきた兵たちだった。同じ師団でもまったく別の考えを持っていた。

二十日午後十一時半。善行からの連絡があり、首相救出作戦の発動を告げてきた。驚いたことに山川親子が首相を連れ出し、聖域である皇居《こうきょ》に逃げ込むという。二次大戦によって皇族の多くは命を落としたが、地方に疎開《そかい》していた者は東京の復興とともに、皇居を住居とし、国民の尊敬を受けていた。

「それで、おふたりさんはどうするのかね？」

「５１２１の別働隊として首相を守るのが俺たちの役目だ。接触を急ぐ。今はまだスタッフはテレビ局にいるだろう」

来須と若宮、そしてなぜか石津という少女はそのためにここにいる。

「なるほど。俺たちの役目は派手に暴れること、だな。オトリとしてなるべく多くの兵を引き付け、その隙に君らは皇居に潜入する、というわけか」

「察しがいいですな」若宮もどう猛に笑って言った。

「それはかまわんが、万が一、死傷者が出たらどうする？」

これだけが懸念《けねん》材料だった。

「その時はその時ですが、おそらく犠牲者は少ないでしょう。友軍に銃を向けるほど狂信的な連中は、そうはいませんよ」

若宮は楽しげに笑って言った。山川中将の協力の申し入れには心底驚かされた。もしや西郷官房長官も反乱軍を見限っているのか？　となると山川中将の大冒険《おくそく》はずいぶん高くつきそうだ、とここまで考えて若宮は苦笑した。兵があれこれ憶測《おくそく》するのは禁物《きんもつ》だ。それにしても……。

若宮は視線を下げて久遠《くおん》を着込んだ烏《からす》の濡《ぬ》れ羽色の髪《かみ》の少女を見つめた。

「おまえさんの居場所はここじゃないんだがな。悪いことは言わん。植村少佐と一緒に……」

「嫌……よ」

言下に拒否されて若宮は肩をすくめた。いくら来須に懐《なつ》いているとはいえ、石津がここにいる理由はまったくない。しかし……石津には石津の思惑があるんだろう。そう考えて、若宮は作戦地図を検討している来須のそばに歩み寄った。

第六章　不測

○十二月二十一日　午前零時四十五分　佐倉駐屯地《さくらちゅうとんち》

佐倉駐屯地では五十七連隊の貴重な歩兵一個大隊が駐屯地の正門に釘付けになっていた。矢吹《やぶき》中佐《ちゅうさ》の戦車大隊の東京進撃を阻止《そし》するために何重ものバリケードを造って、ご丁寧《ていねい》にトレーラーを連ねて門を密閉している。連隊長の菊地《きくち》原《はら》は相応の兵を残さずにはいられなかった。駐屯地に残った師団戦車隊の半数も矢吹に同調している。

五十七連隊第四大隊の仁科《にしな》少佐は無駄なことを、と首を傾げざるを得なかった。七四式戦車なら壁を突き破るパワーは十分にある。

すでに駐屯地は矢吹の支配下にあった。駐屯地の外に展開している大隊を、自衛軍兵士、警官、学生らの有象《うぞう》無象《むぞう》が外側から囲んでいる。

時間が経つうちに、事情を知らず将校に動員された兵の間に動揺が見られた。

有象無象の雑軍はあらかじめ準備していたとみえ、食事をとりはじめた。そして、警官隊、憲兵《けんぺい》と、「士官候補生」から繰り返し、呼びかけが行われていた。

特に士官候補生の口の悪さ、理路整然とした話しぶりに、耳を塞《ふさ》ぐ兵が続出した。仁科少佐

は戦闘指揮車の中でげんなりとしていた。少尉クラスの尉官《いかん》から下士官までもが、繰り返し仁科のところに足を運んで、

「このままだと我々は国家反逆の重罪人になるというのは本当ですか？」と不安げに、あるいは怯《おび》えた表情で尋ねてくるのだ。

今も、とある小隊を預かる少尉が数名の下士官とともに指揮車のハッチから顔を出した仁科を見上げていた。

質問は同じだった。仁科は同じセリフを繰り返した。

「評議会議長の戒厳令《かいげんれい》布告を聞いたろう。それと西中将《にしちゅうじょう》の声明も。大原内閣《おおはらないかく》が総辞職して、新しい内閣が成立すれば、君らの行為は合法となる」

本当にそうなのか？　繰り返し聞こえてくる「悪魔の声」を聞くうちに仁科の自信も揺らいでいった。合法的に作られた内閣でなければ、この国の法律では内閣と認められない。そして最高司令官である前首相に刃を向け、成立した内閣は果たして合法と言えるのか？

「第六大隊の仁科大隊長、警察と憲兵があなたの名前を調べてくれたぞ。木更津《きさらづ》市出身、陸士《りくし》の成績は上の下。実家には奥さんと子供がひとり。犬も飼っているね。熱帯魚を飼っているのは奥さんの趣味《しゅみ》？　警察が家族を保護したそうだよ？　反乱が本格化したら悪いことを考えるやつもいるからね。ちなみに僕ら館山《たてやま》士官学校有志一同の夜食は、島田屋《しまだや》の豚《とん》カツ弁当。佐倉警察がご馳走してくれたんだ。衣がじゅうじゅういっていて、肉なんて最高！　僕らが救援に駆けつけてくれたことへの感謝だってさ！　どうだ、湯川先輩《ゆかわせんぱい》？」

「俺は……今、猛烈《もうれつ》に感動している！　こんなうまい豚カツ、今まで食ったことがないっ！」

悪魔の声が復活した。島田屋の豚カツ弁当だと？　一人前二千円はするぞ。そう考えながらも仁科の胃袋《いぶくろ》は音をたてた。

すでに武装した一個小隊が歩兵戦闘車の護衛を受け、食料の調達に出かけている。

しかし、携帯《けいたい》から聞こえてくる調達係の報告は「店の中は空です。警官隊が買い占めたようです！」というものだった。

まさかこんなに情けないにらみ合いになるとは予想もしていなかった。軍事的に言えば、歩兵一個大隊で師団戦車隊二十両と戦車一個大隊五十六両の出撃を止め、釘付けにすれば作戦は成功だ。派手な任務ではないが、こちらよりはるかに強力な火力を首相派は失うわけだ。しかし、この現状は――。悪魔の声に散々馬鹿《ばか》にされ、その影響を受けたか、千名を超える警官、機動隊、憲兵の拡声器からも冷やかしが交じるようになった。

「あー、こちら習志野《ならしの》警察である。習志野でも同じように状況は膠着《こうちゃく》している。反乱軍は各地で孤立し、東京には続々と鎮圧のための軍が到着しつつある。事情を知らずに反乱に巻き込まれた兵は、情状酌量《しゃくりょう》され、その罪を不問にするとのことだ。君らも給料や年金を失いたくないだろう？　武器を捨て、こちらに来る兵にはカツどんが待っているぞ。繰り返す。警察のカツどんは馬鹿にはできんぞ」

「こちら憲兵隊。第六大隊の諸君は幸運だ。演習中のところ駐屯地からまちがって一歩出た、ということで警察とは手打ちが済ませてある。今なら間に合う。ほとんどが無罪か、道路交通法違反等で書類送検されるだけで済む、ということだ。考えてもみたまえ。今後、発砲事件が起こって死者が出たとしよう。全員が殺人の共犯になるのだぞ？　これは幻獣《げんじゅう》相手の戦争ではなく、純粋に自衛軍兵士の犯罪である。仁科少佐、あなたにも軍人としての良心があれば、無関係な兵は解放してやってくれ」

仁科は標的にされたことにイラだちを覚えた。レーションはすでに底を尽きかけている。駐屯地の倉庫に取りにやらせるか？　しかしおそらく戦車隊が油断なく見張っているだろう。

エンジン音が仁科の耳にこだました。ずいぶん軽い音だな、オートバイ部隊が増援に来たのか？　と思いながらハッチから身を乗り出すと、二十台の出前用のスーパーカブが仁科の目の前を通り過ぎていった。

「制止しろ！　あの出前を制止しろ！」将校のひとりが叫んだ。

大隊の兵に囲まれて、出前の一団は停車した。荷台の岡持からは、ぷんとカツどんと天丼のよいにおいがした。兵たちがじりじりと距離を縮めると、先頭の男が「ちょっと、ちょっと待ってくださいよ」とあわてて言った。

「駐屯地の矢吹大隊から出前の注文があったんですよ。しょうがねえから蕎麦《そば》屋の組合の連中をたたき起こしてやっと半分だけ作ったんです。これ、横取りすると泥棒《どろぼう》になっちまいますよ。あと、警察と喧嘩《けんか》しちゃいけねえや。蕎麦屋と警察は一心同体。伊那《いな》屋さんのカツどんでホシが自白したなんて感謝されたりするんですよ」

「か、金は払うからカツどんをひとつくれ……」

下士官のひとりが情けない声をあげた。しかし、蕎麦屋の親父《おやじ》はしぶい顔で首を振った。

「だめだめ。これは矢吹大隊の分。兵隊さんたちの分はその後だね。まず米を炊《た》いて、ああ……肉も手配しなけりゃいけねえ。急いで三時間後になるね」

「……通してやれ」将校のひとりが元気なく命令した。

出前の軍団は次々と駐屯地に吸い込まれていった。

「まずいですよ、これは……」

仁科と一緒に兵の様子を見ていた副官がぽつりとつぶやいた。

「どうするか……」仁科は考え込んだ。

そもそも矢吹大隊の武装解除に失敗したのが悪かった。戦車兵を拘束《こうそく》しようと宿舎に向かおうとした兵は警戒していた戦車中隊に威嚇《いかく》射撃をされた。戦闘状態になれば連隊には深刻な被害が出る。しかも相手は山口、九州戦を戦い抜いた精鋭だ。菊地原大佐はそう判断して、足止めを命じたわけだった。

今頃、東京に展開している他隊は新政府樹立のために活躍しているはずだ。とんだ貧乏《びんぼう》くじだ、と仁科は内心で嘆《なげ》いた。


「はっはっは、出前が悠々《ゆうゆう》と通過していった」

暗視双眼鏡《そうがんきょう》を手に、星野《ほしの》警部は笑い声をあげた。

千葉県警本部を占拠《せんきょ》している決起軍はなおも警察とにらみ合いを続けているが、習志野警察では、警察署の占拠をあきらめ、自衛軍の装甲車両は東京方面に向かった。もとより完全機械化された軍を阻止《そし》する力は警察にはない。そんなわけで、警官は佐倉に続々と増援に駆けつけ、その数に驚いた反乱軍は、占拠していた佐倉警察署を捨て、第四大隊に合流した。

「ふ。敵は動揺しているよ。どう？　僕の指示に従ってよかったろう？」

怪人茜《あかね》も双眼鏡を手に、にやりと笑った。敵をウンザリさせるようなひっきりなしの呼びかけと兵糧《ひょうろう》攻めを茜は考えていたらしく、星野を使者にして他の自衛軍、警察、憲兵と「ウンザリ戦術」を取り決めた。

特に茜の怪演説には耳を塞《ふさ》ぐ兵の姿も見られ、星野はこの自称・天才を見直した。

「まさか、カツどんの話まで出るとは。ありゃホシを落とす手口だ。現場の捜査官がマイクを握っているようだ。習志野署も、君に影響されたかな。食い物の話をひっきりなしにするのも手だな。……む、食わんのか、せっかくの豚カツ弁当だぞ」

「太るから。サラダを特注してある」茜はそう言うと髪《かみ》をかき上げた。

「これから一時間。相手は動くよ。星野警部が反乱軍の指揮官だったらどうする？」

茜が尋《たず》ねると、星野は首をひねった。

「わたしだったらこの場を逃げ出すね。一般の兵は何も知らんのだろう？」

「ああ、反乱軍は実質その十分の一……二十分の一かな。……山口や九州でさ、生死をともにした隊長と兵なら結束は固いだろうけど、これまでずっと待機していた部隊じゃあね、兵が隊長に不信感を持つよ。カツどん食わせろってさ」

茜が自信たっぷりに請け合うと、星野は声をあげて笑った。痛快《つうかい》だった。偶然《ぐうぜん》出会った学兵を含めた少年たちがここまで軍を追いつめることができるとは。

携帯電話が鳴った。ちょうど佐倉警察の呼びかけが終わったところだった。

「さて、天才君。君の出番だ」

マイクも警察用の強力なものに変わっている。茜はマイクを握ると、

「君たち、夜食は抜き？　もしかしてレーション、食べ尽くしちゃったのかな？」

とからかいはじめた。

少年の声が得々と「グルメ談義」をはじめた。

山口でさ、炊き出しの蕎麦屋さんカレーを食べたんだけど、あれは絶品だったね！　かつおぶしの出汁《だし》に、肉はこくの出る豚バラ。ルーはからさを抑えて、らっきょうと福神漬けを山盛りにして食べるんだよ。ソースをかけて食べる兵もいたな。首都圏《けん》ではソース派が多いの？

茜の悪魔の声に、兵たちはげんなりして、車窓にもたれ、装甲兵員輸送車の機銃手は狙《ねら》いを定めることも放棄《ほうき》して中にはハッチの縁に腰を下ろしている者も出はじめた。

下級将校たちはそんな兵を叱《しか》るのも億劫《おっくう》になっているようだ。

仁科は副官、護衛の兵とともに部隊の様子を見てまわっていた。どこからか風に乗って、カツどん、天丼のにおいが流れてきた。

「……包囲解除。すぐに東京へ向かう」

仁科はぼそりと言った。副官は観念したように「は」と同意してみせた。

「しかし矢吹大隊はどうします？」

「……首相が拘束されている以上、出撃はしない、と期待するしかないな。とにかく全速力で296号を突っ走ろう」

急ぎ足で戦闘指揮車に戻ると、副官が各中隊に命令を伝達した。大隊司令部の車両が、徐行速度で先頭をきって国道を走りはじめた。国道を封鎖《ふうさ》していたパトカーがあっさりと封鎖を解く。これでよし。たかが地方警察だ。地元での揉《も》め事が避《さ》けられればよいのだろう。仁科はそんなことを考えながらシートにもたれた。

「……大変だ」指揮官に変わってハッチから状況を監視していた副官がつぶやいた。

「どうした？」仁科が尋ねると、副官は青ざめた顔でシートの傍らに立った。

「兵が……兵が駐屯地に戻っていきます！」

「なんだと？」

急いでハッチから駐屯地の門の方角を見ると、装甲兵員輸送車が隊列から離脱して、駐屯地のゲートをくぐりつつあった。すでにバリケード代わりのトレーラーは除去されて、数で言えば半数近くの車両が駐屯地をめざしていた。

第一中隊の戦闘指揮車が威嚇射撃をしたが、構わず、続々と駐屯地に戻っている。中には白旗を掲げた車両もあった。

轟音《ごうおん》が響いて、塀《へい》が粉々に粉砕《ふんさい》された。七四式戦車が巨大な姿を現し、こちらに猛進《もうしん》してくる。

「急げ！　封鎖する気だ」仁科の命令に、操縦手《そうじゅうしゅ》はアクセルを踏み込んで、間一髪のところで戦車隊の包囲を逃れた。

ふと後ろを振り返ると、後続する車両はわずかに二両。かなたでは戦車隊が国道を中心に半包囲隊形を取っている。戦車の拡声器から声が聞こえた。

「諸君らはすみやかに駐屯地に戻り、宿舎にて待機せよ。反乱に一時的に加担した者も、情状酌量されるということだ。なお駐屯地内は一時的に憲兵隊が管理する。諸君らは、ただ訓練中に誤《あやま》って警察に無届けで敷地外に出た、と。各警察署はそのように解釈してくれるということだ。繰り返す。第四大隊の諸君らはすみやかに駐屯地に戻り、宿舎にて待機せよ――」

矢吹中佐の声だった。

「どうします……。わたし、家のローンがまだ残っているんですよ」

副官の声に、はっと我に返った。家のローンだと……？　軍人がマイ・ホームなど建てるからだ、と言いかけて仁科は口をつぐんだ。仁科は主戦派ではあったが、激論が飛び交う「勉強会」には参加しなかった。シビリアン・コントロールを遵守《じゅんしゅ》する生真面目な軍人だ。そのために連隊長の覚えかんばしからず、ここに残された。家族の今後のことも気になる――。

「……完敗だ。Uターンしてくれ」

命令してから仁科は肩《かた》を落とした。

○十二月二十一日　午前一時　首相官邸

「なるほど、矢印に沿って行けば厨房《ちゅうぼう》に出るわけか。誰がやったのだ？」

山川《やまかわ》中将は汗を流しながら先頭を這《は》い進んでいた。通気口の中は大柄な体にはつらいらしく、時々止まっては肩で息をしている。

「可愛い忍者《にんじゃ》さんよ。無駄口《むだぐち》はたたかず、体を動かして」

大原首相にたしなめられて、山川中将は振り返ろうとしたが、頭をダクトにぶつけただけに終わった。

「だめですよ、父さん。音をたてては」殿《しんがり》を努める道久《みちひさ》も口添えして言った。

「ご立派な息子さんをお持ちね」首相にささやかれて、中将は照れたように前を向いた。大人三人が、暖気が流れるダクトを這い進むのは拷問《ごうもん》に近かった。首相の提案で、まず中将が通気口の蓋《ふた》を開け、大丈夫ですと請け合ったのがそもそものまちがいだ。金属製の通気口の床をほとんど腕の力だけで這い進まねばならなかった。

「……柔道部の訓練を思い出すな」

そんなことをつぶやきながらも、それでも山川中将はたくましい膂力《りょりょく》を生かして強引に突き進んだ。まだか、まだか……。油性のマジックで記された矢印は延々と続いているように思われた。どれほど進んだろうか、やがてなぜかチューリップの絵と「下、台所」と書かれたエリアを目前にした。

山川中将は汗だくになって、通気口の蓋《ふた》をはずした。油断なく厨房を見渡す。そして驚く職員に向かって、口の前に指を一本立ててみせた。料理長の合図ですぐに梯子《はしご》が用意され、山川中将の巨体は熱風地獄から解放された。

「下を支えろ。首相を降ろす」中将の命令に料理人たちは競って梯子に群がった。大原首相のほっそりと小柄な体を、中将は横抱きにして受け止めた。そして料理人たちに渡した。大原首相の髪は乱れ、汗だくになっていた。スーツも埃《ほこり》だらけになっている。料理長があわてて中将と首相に水を差し出した。

息子が降り立つのを確認してから、山川中将は服装を確認した。埃をはらって、姿勢を調《ととの》え、料理人たちを差し招いた。

「わたしは山川中将である。このたびの反乱に際して、首相を救出すべくここに参った。これは息子の道久だ」

野津《のづ》以下、責任者が出払っているのが幸いした。元九州派遣軍《はけんぐん》司令官であり、西郷《さいごう》官房長官の女婿《じょせい》である山川中将の顔を知らぬ将校はいない。顔パスで首相の執務室《しつむしつ》に通された。帰りも首相を伴って堂々と正門から出たかったのだが、これには首相が反対した。自分が移動するとなるとテレビ局に詰めている幹部たちに問い合わせが行く、と。そして天井を指差すと、通気口からの脱出を提案したわけだった。

「裏口から出て首相を皇居にお連れする。そこで救出部隊と落ち合う予定だ。料理長、首相に合う……その……作業着を用意してくれんか？」

山川中将の依頼に、料理長は首を傾《かし》げた。

「は。それは構いませんが……すぐに」

料理長が腕を振ると、料理人がふたり、走り去った。

「極秘裏に首相を移すための偽装《ぎそう》、というわけだ。実はわたしの義父が反乱側に加担していてな。わたしも反乱分子と考えられている。……さあ、首相、お召《め》し替えを」

首相は黙って料理人の服を受け取ると、更衣室《こういしつ》に消えた。料理人たちは中将の説明に首を傾げていたが、正面から質問するには気後れしているようだった。

「西郷官房長官と袂《たもと》を分かったわけですな？　……ご英断です」

料理長はそう言うと恭《うやうや》しく頭を下げた。他の料理人もそれに倣《なら》って一斉に頭を下げた。ほどなく純白の厨房服に長靴《ながぐつ》といった出で立ちで首相が姿を現した。

「コックさん役は一度やってみたかったの」

首相がにっこり笑うと、山川中将は「申し訳ありません」と謝った。

「鎮圧《ちんあつ》部隊が迫った時の用心のため、首相をお移しすると。この変装は鎮圧側のスパイ対策である……このシナリオでお願いします」

そして料理長に向き直ると「車を」と言った。

「わたしの車でよろしければ。アコードですが」

中将がうなずくと、料理長は裏口の鉄扉《てっぴ》を開け、駆け去った。その姿を見送ってから、中将は深々と深呼吸をして「さて」と口を開いた。

「これからが勝負だ。わかっているな、道久?」

「はい」

息子の短い返事と鋭い目の光が中将には気に入った。

「首相閣下の名演技を期待します」中将は首相にも声をかけた。

「あら、一番緊張しているのはあなたよ? 中将閣下。さ、行きましょうか?」

料理長の車のエンジン音が近づいてくる。山川中将は先頭に立って、鉄の扉を開けた。

突如として現れた将軍の姿に、ふたりの衛兵は唖然《あぜん》として固まった。「聞け」山川中将は声を潜《ひそ》めて上等兵に顔を近づけた。

「鎮圧部隊がここに向かっている。これより極秘裏に首相をお移しする。鎮圧軍のスパイが交じっているとも限らんので、首相閣下には変装してもらった。……理解したか?」

山川中将に見据えられて、上等兵は首をこくこくと縦に振った。すぐに中将の顔を思い出したらしく、はっとしたように敬礼をした。

「ふたりは何も見なかったし気づかなかった。わかるな?」

低いが迫力のある声に圧倒されて、ふたりは「は」とうなずいた。

「鎮圧軍のスパイは思ったより多いようだ。官邸の情報が相手に洩《も》れている。君らの隊の最高責任者は誰だ?」

「は。野津少佐であります」上等兵が答えると、中将は大きくうなずいた。

「野津少佐に質《ただ》された時のみ、事実を申し伝えよ。それまでは首相は、幽霊《ゆうれい》のごとく忽然《こつぜん》と姿を消した。これが今回の極秘作戦における君らの役目だ。……山川士官候補生、運転を頼む。首相は後部座席にわたしとともにお願いします」

士官候補生とあらたまって呼ばれた意を察して、道久は踵《かかと》を揃《そろ》えるときびきびとした仕草で敬礼をしてみせた。

首相は緊張するふたりの兵に笑いかけた。

「お役目、ごくろうさま。しっかりね」

じきじきに声をかけられ、ふたりの兵は機械仕掛《じか》けの人形のように最敬礼をした。


父親の指示で、道久は皇居沿いの内堀通りに道をとった。警視庁方面ではなく、半蔵門側に向かって走っていた。途中、何度か制止されたが、警視町側と違ってこの付近の首相施設は麴《こうじ》町《まち》署くらいだ。検問の兵も分隊規模で、山川中将は名を出すだけで通行を許可された。

「さすがね。テレビ出演がお好きな中将閣下だけはあるわ」

大原首相がくすくす笑いながら冷やかした。山川中将は苦い顔になった。

「……顔を売らなければ政界には転身できん、と言われまして。しかし、わたしのそんな将来設計もこれでおしまいです」

道久の背に「ふっ」と父親の微《かす》かな笑い声が聞こえた。

「あら、国を救った英雄として株が上がるんじゃなくって？」

「ははは。義父を裏切り、主戦派の期待を裏切って、ですか？　これで会津《あいづ》は分裂し、混乱状態がしばらく続きます。わたしは故郷に戻って田でも耕《たがや》すつもりでしたが……」

　山川中将は苦笑しながら語った。

「あら、ずいぶん気弱なこと」

「わたしが引っ込むと派閥《はばつ》のバランスが崩れる、と考え直しました。どうか、作戦が成功したらわたしを統合幕僚監部《ばくりょうかんぶ》にご推薦《すいせん》願います」

　ハンドルを握りながら道久は、にやりと笑った。それでこそ父さんだ。露骨《ろこつ》に売り込んでいるし……。らしくて、かえって笑える。

「……あなたは欠点が多い軍人だけど、信念の人ではある。ひとつだけ約束して。今回の事件の黒幕を牽制《けんせい》すること」

　黒幕とは軍産複合体の有象無象のことだ。義父にどんな甘いエサをちらつかせたのか？　すぐにそうと察して、中将は「約束します」とはっきりした口調で言った。

　半蔵門に差し掛かると、一個小隊ほどの兵が機銃座を構えて警戒にあたっていた。これを牽《けん》制《せい》するように同数の機動隊、門警備の警官が冷ややかな共存を続けていた。「軍の方へ」との指示に従って、道久はアコードを軍側の検問所に停めた。

「予算委員会の山川だ。ゆえあって門を通るぞ」

　民間車の後部座席のウィンドウが開き、山川中将が話しかけると、オットリと近づいた兵はぎょっとした表情で「軍曹《ぐんそう》殿」と情けない声をあげた。設営されたテントの下で暖をとっていた男がほどなく近づいてきた。三十代のいかにも古参といった顔つきをしている。

「閣下《かっか》、これはどういうことでありますか？」

軍曹の目はせわしなく運転席の道久、そして女性の料理人を走査した。山川中将も目を細めて軍曹の様子を観察した。

「見ての通りだ。首相官邸《かんてい》に詰めている兵の中には少なからぬスパイがいる。連中が官邸の情報を外部に流しているのだ。確認する。君は決起に賛成しているのかね？」

こう問われて、軍曹の表情に動揺が走った。「ふむ」山川中将は余裕たっぷりにうなずいた。

「必ずしも賛成ではないが、命令には逆らえぬ、と顔に書いてある。かまわんよ。検問を通してくれさえすれば」

「しかし……中隊長に確認しませんと」

「極秘の任務なのだ。わたしの顔に免じて……」中将は言葉を区切ると、鋭く切迫した目で軍曹の視線をとらえた。

「君らは何も見なかった、聞かなかったということにしてくれ」

少尉の階級章を付けた若い将校が近づいてきた。軍曹は、ちらと女性の料理人に視線を移すと「了解しました」と踵を揃え、敬礼した。

「どうした？　たった今、官邸から連絡があった。首相が失踪《しっそう》したそうだぞ」

軍曹は敬礼をしたまま、山川中将に向き直った。

「行ってください。あの少尉は決起派です」

山川中将の長い腕が運転席のシートをたたいた。道久はアクセルを思い切り踏み込むとアコードを急発進した。幸いにも門は開け放たれ、瞬《また》く間に車は聖域へと入った。そこは復興されて以来、ごく少数の名族が屋敷を構えているだけの自然の宝庫だった。冬とはいえ常緑樹の林が鬱蒼《うっそう》と葉を茂らせている。

「徳川侯爵《とくがわこうしゃく》邸に向かえ」父の声が聞こえた。

「道がわかりませんよ」砂利が敷き詰められただけの道路を走りながら、道久は言い返した。

「わたしが案内する。まず、平河門《ひらかわもん》をめざしてくれ。このままでけっこう」

堀沿いに車を走らせると、反対側の林のところどころに道が設けられていた。セキュリティの問題か、標識はなかった。なるほどこんな風になっているのか、と道久は聖域に足を踏み入れたことに感慨《かんがい》を覚えた。

「山川中将は侯爵と懇意《こんい》だったかしら?」

それまで超然と沈黙を守っていた首相が初めて口を開いた。

「それほどでも。ただし、義父に紹介されて毎年の園遊会は欠かさずに参じました。現当主は確か首相ビイキでしたな」

中将が水を向けると、首相は笑い声をあげた。

「大昔に結婚を申し込まれたことがあるわ。今の夫と、秋本《あきもと》憲兵総監《そうかん》と恋の鞘《さや》当てっていうのかしらね。三人とも今では仲が良いらしいわよ」

「はぁ……」中将は気の抜けた声をあげた。

「けれど、どうして侯爵邸なの?」

「乾門《いぬいもん》の方角に徳川侯爵家に向かってゆっくり移動してくれ、と要請がありましてね」

突如として曇天《どんてん》に銃声がこだました。飯田橋の方角からだ。機銃音がひっきりなしに続き、機関砲の重たげな音も交じっている。

「はじまったわね」

首相に言われて、山川中将は耳を澄ました。

「妙ですね。爆発音が聞こえてこない。威嚇《いかく》射撃にしては派手だし。道久、おまえはどう考える？」

急に話しかけられて、道久は戸惑《とまど》った。それでも、と考えを整理した。

「友人に聞いたんですけど、練馬《ねりま》に二十一旅団の一部が駐屯しているそうです。あの極秘作戦を戦い抜いた最精鋭らしいですよ。ここまで押し込んでくるというのは、並の部隊ではできません」

「植村《うえむら》大尉……少佐だったかしら。わたしが東京に呼び寄せたのよ」

首相がにこりと笑って言った。

「ずいぶん派手に撃ちまくっている。オトリ役か……？」

山川中将が考え込むと、藪《やぶ》が鳴ってウォードレスを黒にペイントしたふたりの屈強な兵がライトに照らし出された。

「……５１２１小隊の来須《くるす》大尉と若宮《わかみや》中尉です」

見知った顔と知って、道久の口調に安堵《あんど》の響きが交じった。

●十二月二十一日　午前一時三十分　首相官邸

「首相が消えたと？　馬鹿な。建物内をくまなく調べよ！」

泉野《いずみの》は苛立《いらだ》ちを面に表して、肩を落とす野津を叱責《しっせき》していた。首相の拘束は能力に関係なく、信頼できる人物を配すれば足りると考えたのがまちがいだったか？　しかも評議会は勝手に野津に西、秋月両中将の警護を命じたという。規模的には官邸付近に展開している野津の大隊は最大のものであったからだろう。他の部隊は都心部の拠点占拠に散っている。

「兵らの話によると、消える直前に山川中将が訪れたそうですが」

肩を落とす上官に代わって、坂巻《さかまき》中尉が口を開いた。泉野の眉《まゆ》がぴくりと動いた。

「山川閣下が？　何かの間違いではないのか？」

まさか、という顔で泉野は確認した。

「いえ、官邸の警備を預かる第二中隊の藤安《ふじやす》大尉が中将を執務室に案内したそうです。なんでも中将は、首相と直談判をする、とのことで。この人がついに動いたか、と思ったそうです。ご子息を連れておられたそうです」

「ご子息……」館山の士官候補生だったか。父親とは疎遠《そえん》なはずだが？　泉野は少し考えて、

「第二中隊を総動員して、使用人の部屋を徹底的に調べろ。野津少佐、首相の執務室に案内し

てもらおう」

見通しの良い長大な廊下《ろうか》を泉野は急ぎ足で歩いた。末次《すえつぐ》が途中、追いついてきて「首相が失踪されたとのことですが」と言わずもがなのことを言って泉野を刺激した。

「先に報告します。各拠点とも異状なしですが、唯一《ゆいいつ》、飯田橋の交差点付近で二個中隊相当の首相派の兵が盛んに銃撃を加えているとのことです」

「交差点警備の兵は……？」泉野は苛立たしげに尋ねた。

「約二個分隊。しきりに応援を求めていますが、このままでは突破されます」

重要と言えば重要な拠点だった。多数の兵が展開しやすい開けた交差点で、ここを突破して目白通りを南下すれば、すぐに靖国《やすくに》通りだ。さらに内堀通りに出られると厄介《やっかい》だ。この通りには多数の兵を配置してあるが、交差点、辻ごとに分散しているので蹴散《けち》らされるかもしれない。

「さらに……佐倉の矢吹大隊が動き出しました。阻止していた大隊はどうやら矢吹に力負けしたようです」

矢吹大隊、と聞いて泉野は顔色を変えた。六十両近くの歴戦の戦車隊が殴り込んで来れば、実戦経験のない兵らは怖《お》じ気《け》づいて総崩れになるだろう。

「すぐに師団戦車隊と、砲兵を派遣。歩兵一個大隊で阻止せよ。五十七連隊は二個大隊強だったな？　飯田橋交差点にも兵を出してもらう。その旨、第一師団の作戦参謀に報告してくれ」

泉野の頭はせわしなく、各連隊の兵力を計算していた。第三連隊は実質一個大隊……。しかも人員は平時のものだ。

「ご心配なく。すでに師団司令部には報告してきました。そんなことより首相です。〇六〇〇時に西郷官房長官が全国に向けて新内閣の誕生を発表するのでしょう？　我々は首相の捜索に専念しましょう。大原続投不可の作文は大佐殿ですか？」

「ああ、草案を送ってある。大原首相は幻獣の王・カーミラの精神汚染を受け、心神耗弱《こうじゃく》状態に陥っているというストーリーだ。これならば幻獣共生派の恐ろしさも同時にアピールでき、国民の不安を煽《あお》ることができる」

「なるほど……睡眠薬の服用ミスでは芸がない、ということですな」

末次は、くくくと声を洩らして笑った。

執務室を見渡したところ、特に変わった様子はなかった。山川親子に出されたコーヒーが応接テーブルの上に載っている。煙草の吸い殻が一本。これはテーブルに用意されたものだ。

「窓を開けた形跡もなし。窓の下には兵がふたり見張っています。執務室の外で警備していた兵は持ち場を離れなかったとのことですね？」

末次が尋ねると、坂巻中尉が「はい」と答えた。末次はドアの付近にたたずんで、もう一度室内を見渡した。

「……少し息苦しさを感じませんか？」

末次の言葉に、野津と坂巻も何気《なにげ》なく傍《かたわ》らに立った。野津の目の前に重厚な執務用デスクがせり出して見えた。前に座ったことのある応接用テーブルとの距離も不自然だ。

「デスクが近く感じられます」

野津のひと言に末次はうなずくと、デスクの後ろにまわった。絨毯《じゆうたん》を調べ、デスクの表面を指で撫《な》でる。そしてやおらデスクに上ると天井を見上げた。

「すみませんが野津少佐、この通気口を。わたしでは手が届きませんのでね」

野津は一瞬ためらったあげく、デスクに上がると、長身を生かして通気口に触れ、横にずらした。「わたしを踏み台に」坂巻中尉もデスクに上ると、末次は坂巻の背を台代わりにして通気口に手をかけ、よじ登った。

「なるほど、こういうことか。大佐殿、首相はこの通気口から脱出したのですよ。まんまと山川中将にしてやられたということです」

末次は苦笑して言った。泉野の顔が青ざめた。まさか。なぜ？　山川中将が大原首相を助けなければならないのだ？　理屈に合わないではないか？　中将はプレイヤーとしては最高の手札を持っている。高みの見物をしていれば義父である官房長官から自動的に報酬《ほうしゆう》が与えられるけっこうなご身分だ。もしや幻獣共生派による精神操作か？　自分の創作したストーリーが現実のものになってしまったということか？　泉野は努めて冷静を保とうとした。

「わかりますよ。あり得ないことが起こった」

末次に声をかけられて泉野は我に返った。しかし末次の口調は淡々としたものだった。

「暢気《のんき》なことを……」

「しかし現実に起こってしまったことです。今は捜索を最優先に考えないと」

山川中将を知らないだけに末次は思いの外、冷静だった。そうだな、確かに。現実に起こってしまったことを悔やんでも意味がない。

「中に潜んでいるということはないか……?」

「まさか。とっくに中将とともに脱出していますよ。追跡します。……野津少佐、兵を何人かお借りできますか?」

「坂巻中尉を付けよう。兵は必要なだけ。中尉が人選してくれるだろう」

野津も青い顔でうなずいた。

●十二月二十一日　午前一時三十分　飯田橋交差点

「ちっくしょう。敵の姿がまったく見えねえ」

第五十七連隊第二大隊の向井《むかい》軍曹は、どこからともなく至近距離を通過していく銃弾に肝《きも》を冷やしていた。彼の分隊は陣地守備ではなく検問所での警戒が任務のため、機銃座は中央分離帯に設置してある。もうひとつの分隊と合わせて二両の装甲兵員輸送車が侵入者の防ぐ配置になっていた。

しかし、敵はそんな彼らを嘲笑《あざわら》うように姿ひとつ見せず、銃撃を続けていた。まるで猫がネズミをなぶるように、威嚇射撃を行っている。機関砲の連射音が聞こえて、二両の兵員輸送車が大きく傾いた。それぞれ車輪を破壊されている。

「逃げろっちゅうことですかね？　それとも降参しろってことですか？」

機銃座に身を潜めている伍長《ごちょう》が声をかけてきた。どうするか？　軍曹は煌々《こうこう》と点る外灯に照らされた、だだっ広い交差点を見渡した。歩道橋が複雑に入り組んで、戒厳令下の道路には車一台見当たらない。こちらに位置を特定されないよう、敵はすばやく移動しながら銃撃を行っているようだ。

「あー、こちら第二十一旅団植村中隊である。一師団の工兵隊もこちらに向かっている。反乱軍には与《くみ》しないそうだ」

反乱軍？　反乱軍だと……？　とたんに向井軍曹の脳内でかちりと音がした。俺たちを反乱軍呼ばわりする者は殺せ。殺さなければ俺が殺される——。向井軍曹はビル陰から機銃座に向けて走った。

「わかった。降伏する……！」

向井は機銃手を押しのけて叫んだ。降伏すると言いながら、伏射の姿勢で引き金に指をかけている。機銃手、給弾手の顔が恐怖にゆがんだ。

「全員武器を捨て、こちらへ。神楽坂《かぐらざか》署の警官に収容させる」

エンジン音が響き、わき道から歩兵戦闘車が姿を現した。ハッチから指揮官らしき将校が顔を出している。相手の指示に従って検問所の兵は一斉に武器を捨て、両手を挙げた。向井の目が光った。指揮官に向け、小隊機銃の引き金を引いた。指揮官はすばやく車内に頭を引っ込めた。とたんに目の前が真っ暗になって、こめかみを撃ち抜かれた向井は機銃に突っ伏した。血がどくどくと芝生が植えられた地面を濡らした。

分隊員は驚愕《きょうがく》の表情を浮かべ、闇に包まれたビル群を見渡した。機銃座の様子を監視していた狙撃《そげき》兵が、指揮官に危険信号を発した後、狙撃銃の引き金を引いたのだろう。

「どういうことだ……？　返答によっては全員射殺する」

拡声器の声は怒りの響きを帯びていたが、それ以上に驚きを含んでいた。機銃手の伍長が両手を挙げたまま、歩兵戦闘車に向かって歩き出した。

「わからないんです。軍曹殿は機銃手の俺を押しのけて、降伏する、と。降伏は本当です。全員、前へ」

軍曹の遺体《いたい》を残して、分隊員は交差点の中央に立った。パトカーのサイレン音がして、警官隊が兵らを取り囲んだ。

「遺体はどうする？　何が起こったんだ？」

警部補の記章を付けた警官が歩兵戦闘車に向かって尋ねた。ハッチから巨大なアフロヘアの大尉が再び姿を現した。

「降伏する、と言いながらこちらを機銃で狙っていた。こちらにも事情はわからないんだが、狂信的な反乱兵だろう」

ほどなく、二十両の装甲兵員輸送車が交差点に姿を現した。完全機械化された二個中隊の自衛軍は、都心部で見るには迫力があり過ぎる。警官隊はすばやく反乱兵を護送用バスに押し込むと、関わり合いを恐れるかのように走り去った。

「……こんなの、ありですかね？」

操縦手が青ざめた顔で振り向いた。反乱軍とはいえ、友軍を殺してしまった。植村大尉は憂《ゆう》鬱《うつ》に顔をしかめ、

「油断をするな、ということか」つぶやくように言った。

●十二月二十一日　午前一時四十五分　飛鳥《あすか》山公園

深夜、戒厳令下の飛鳥山公園には人の姿は見当たらず、アリウスは存分に巨人を制御し、憎《ぞう》悪《お》の念を増幅させた。冷静な殺意、殺戮《さつりく》欲《よく》。アリウスという頭脳を得て、巨人の動きはしだいに鋭く、敏捷《びんしょう》さを増していった。

なるほど、これが人型戦車か。人間の脳を生体脳として意識だけを覚醒させている。その意識はしかししゃべることも、ヒトであった頃、享受《きょうじゅ》していたあらゆる行動を奪われている。いわば終身刑を課せられた意識だ。

アリウスは人型戦車が気に入った。そして人型戦車も破壊への期待をアリウスに訴えていた。

「首相が脱走しました。現在、鎮圧部隊が都心部に向かっています。どうします？　このままでは反乱軍は鎮圧されます」

ペンタ知性体が念波を送ってきた。「脱走だと……」アリウスは巨人を停止させると、しば

し考え込んだ。

「間抜けな人間どもめ……」

「銃撃戦が激しくなっています。発砲された鎮圧軍も応戦して、都心部では本格的な市街戦に突入しつつあります」

「甲府《こうふ》の連隊はまだ到着していないのか?」

アリウスが尋ねると「朝までには」と知性体は言った。

「動員が遅れているようです。到着すれば形勢は反乱軍有利になるでしょう」

「横須賀の海兵旅団は? 5121小隊はどうした?」

アリウスは最も憎むべき敵の名を言った。東京西部を守る兵には特に、念入りに徹底抗戦の操作を仕掛けてある。

「思いがけぬ発砲を受けて戸惑っているようです。あの付近には学兵も多いですから」

学兵を中心に精神操作を施していた一体が楽しげに言った。自衛軍ならまだしも学兵に発砲する覚悟はなかなかできないだろう。

「僕も出るよ。都心部を火の海にしてやろう」

そう言うとアリウスは、あれこれと操作するうちに発見した武器収納部からジャイアントアサルトを取り出し、アクセルをぐんと踏み込んだ。

○十二月二十一日　午前二時十分　四谷見附《よつやみつけ》

第一師団工兵連隊第一大隊の荻野《おぎの》少佐は、四谷駅付近に陣地を築いている第三連隊の一部と交戦を繰り広げていた。迫撃砲がひっきりなしに降り注ぎ、見晴らしのよいビルに設けられた機銃座からは途切れなく機銃弾が浴びせられていた。

まさか発砲してくるとは思わなかった装甲兵員輸送車が数両、炎をあげて燃えている。内戦。これは内戦だ、都心部で内戦が起こっている、と少佐は唇《くちびる》を嚙《か》んだ。

歩兵戦闘車の二十五ミリ機関砲弾が、六階建のビルの最上階に設けられた機銃座に吸い込まれていった。何かに誘爆したのか、派手な爆発音をあげて機銃座は沈黙した。

「無駄な抵抗を……」

火力から察するに敵は一個中隊というところだろう。これに対し、工兵連隊は戦闘員だけで千名を数える。不利を察して投降、もしくは退却してくれればいいのだが、と荻野は思っていたが、路上にはウォードレスを着ていない学兵の遺体も十数名横たわっていた。投降を説得しようと近づいた軍使を射殺して、無謀にも抵抗を試みた。反射的に友軍も発砲し、学兵は一瞬のうちに全滅した。兵の誰もが横たわる遺体を見て、罪の意識に怯《おび》えた。

「もう一度、降伏勧告を……」

荻野が言いかけたとたん、後方で爆発が起こった。自走砲、自走迫撃砲が展開しているあたりだった。都内で発砲することはないと考え、威嚇用として動員していた。

「大変です！　人型戦車がこちらに向かって発砲しています……！　砲兵隊は不意を衝《つ》かれて蹂躙《じゅうりん》されています！」

副官の声が聞こえた。後方で次々と爆発が起こった。荻野は愕然として、一瞬、頭が空白になった。まさか……人型戦車と言えば首相直属になったはずだ。５１２１小隊の他に首都圏に展開している部隊はいないはずだ。なぜだ？　裏切ったのか？　しかしなぜ？　テレビであれほど主戦派を批判していたではないか？

「砲兵隊、沈黙！　こちらに迫ってきます！　応戦許可を」

新宿通りを一体の人型戦車が最高速度でぐんぐんと迫ってくる。気の利いた兵が至近距離から零式ミサイルを発射したが、巨人は信じられぬ身軽さで楽々と避けた。

「移動しろ、すぐに！」

操縦手がアクセルを踏み込んだとたん、衝撃。機関砲弾が歩兵戦闘車の砲塔を突き破って爆発した。驚愕の表情を浮かべたまま、荻野の意識は途切れた。


なんという破壊力だ。そしてスピード、身軽さ。まさに死神と言うにふさわしい。なるほど悪魔の兵器だ。アリウスは破壊への衝動を存分に満たし、機体と一体化して人間どもを狩った。ビル陰から殺気。即座に反応して機関砲弾をたたき込む。悲鳴が起こって、ぱぁっと血しぶきが舞った。アリウスの意識は殺気の所在を感知しては、次々と人間を葬《ほうむ》った。

大勢の人間の怯え、恐怖を感じた。人間どもはパニックに陥《おちい》って、我先にと逃げ出した。撤収する車両群に追い打ちをかけるように二〇ミリ機関砲弾をばらまく。

爆発。炎上。制御を失った車両は、ガードレールを突き破ってビルに激突する。数千を数える人間の恐怖を存分に感じてアリウスは知らず笑みを浮かべていた。

これからどうするか？　これだけでは面白くない。主戦派内閣のことはもうどうでもよいだろう。十分だ。要は破壊と混乱を首都にもたらし、内部分裂で軍に深手を負わせることだ。嵐が去った後に、人間どもは新たなる災禍《さいか》に打ちひしがれるはずだ。

僕の仕掛けは首都の混乱だけで済むほど甘いものではないことを、汚らわしいウィルスどもの心に刻みつけてやろう。

反乱軍の増援が到着し、その惨状に息を呑んでいる様子が見て取れる。アリウスは機体を跳躍させ、ビルの屋上に飛び移るとその場を後にした。

○十二月二十一日　午前二時十五分　徳川侯爵邸

「工兵連隊が大損害を受けた？」

携帯を手に取った箕田《みのだ》少尉は茫然《ぼうぜん》として言葉を失った。広間には箕田小隊二十名ほどの隊員と、来須、若宮、石津《いしづ》、そして首相と山川親子がいた。箕田小隊は脱出した首相と合流すべく、隠密裏に旧皇居内に潜入していたのだ。

本隊との連絡を終えた箕田は、来須、若宮に向き直った。

「……隊長からだ。人型戦車が鎮圧軍を攻撃したそうだ。不意を打たれて工兵連隊は散り散りになっちまった。どういうことだよ、ええ？」

話しているうちに怒りがわき上がってきたらしい。箕田の顔つきが険しくなった。来須と若宮は顔を見合わせた。

「まあ、そうとんがるな。確認すれば済むことだ」

若宮はなだめるように言うと、携帯を取り出した。ほどなく、安堵と懸念《けねん》がないまぜになったような表情で箕田を見た。

「５１２１のパイロットは全員揃っている。芝村本人に確認した」

「じゃあ、どういうことなんだよ？　他のパイロットがいるってのか？」

「そういうことになる」

来須が冷静に答えた。

「人型戦車のパイロット適正のある者は他にもいるからな。無名の、才能のあるパイロットが反乱軍の隠し球だったとしても驚かんよ」

若宮はそう言うと、仏頂面《ぶっちょうづら》をしている箕田に言った。

「それだけじゃねえんだ。朝霞《あさか》の捜索連隊が反乱軍についたようだ」

それまで静観を決め込んでいた朝霞の捜索連隊だったが、これまでの経緯から反乱軍につくことに決めたようだ。一般の兵に比べ、将校はこうした時に右往左往する。信念をもって、動かずと決めた将校は半数いればよい方だろう。時が経つにつれ、どちらにつくかが一生を左右する、と強迫観念に駆られる者が多いはずだ。しかも西郷、西、秋月といった重鎮《じゅうちん》の名を出されれば、反乱側に分があると判断する者もいるだろう。

山川中将は「馬鹿なことを……」とこともなげに言った。

「とにかく、これで反乱軍の戦力は充実したな。わたしはこれから名古屋に行き、第三師団を引っ張って来ようと思っている。今は補充の最中だがな。首相。非常時です。わたしを再び師団長に」

「計算は成り立つの？　本格的な内戦になるわよ」

大原首相はスーツ姿に着替え、山川中将の向かい側に座って、にこやかに尋ねた。中将の表情が覇気《はき》を取り戻したことを、よしと考えているようだ。山川は兵と同じく広間の床にじかに腰を下ろしていたが、父親の表情の変化を観察していた。

「すでに内戦状態ですよ。首相の身柄は善行大佐に任せるとして、やはり相手の頭を冷静にするだけの戦力が必要です」

「許可するわ。第三師団を掌握《しょうあく》して」

そう言うと首相は澄ました顔でティー・カップに口をつけた。そして隣に座っている顎髭《あごひげ》の老人に向き直った。

「侯爵様、紙とペンを貸してくださらない？　葵《あおい》の御紋《ごもん》が刻印されたレターセットだと助かりますわ。あとはこれを……」

首相はポケットから総理だけが持つ印を取り出した。「いつのまに……」思わずつぶやく中将に、「淑女《しゅくじょ》のたしなみね」と応じてみせた。

「さっそく用意させましょう。後は脱出の手はずだが、東御苑《ひがしぎょえん》内に浜離宮《はまりきゅう》まで続く地下道がある。ウチの船を使ってくれてけっこうです」

徳川老人はオットリした口調で言った。旧皇居内はいざという時のために多くの地下道が掘られていた。

「首相はこれからどうなさいます？　わたしは首相を奉じるつもりですが。正当政府であることを旗印に進撃します」

山川中将の言葉に、首相は微笑んだ。

「あなたは変な色気を出さずに、第三師団を掌握することだけを考えればいいの。じきに西郷長官は、わたしが行方不明であることを隠して、わたしの緊急入院と、それに伴う内閣総辞職、新内閣の誕生を宣言するでしょう。その直後が効果的ね。……来須大尉だったかしら？　相談があるんだけど、こちらへ」

首相から何事か小声でささやかれて、来須は一瞬、返答につまって若宮を見た。

「あー、来須大尉に代わってお答えします。大冒険もけっこうですが、善行大佐と合流してからでも遅くはないのでは？」

「ほほほ。わたくしもね、冒険家さんにあやかりたいのよ」

冒険家とは、芝村西部方面軍司令官が善行に付けたニックネームだった。八月。幻獣山口上陸の報に接すると、善行は予算委員会の仕事をほっぽり出して、現地に駆けつけ、わらしべ長者のごとく、自前で戦闘団を作り上げてしまった。ルール無用の冒険家というわけだ。このニックネームは首相も気に入ったらしく、ことあるごとに善行をそう呼んでいる。

首相はしぶい顔の若宮に向かって片目をつぶってみせた。

第七章　内戦

○十二月二十一日　午前三時　多摩川《たまがわ》　第一京浜・第二京浜間

それにしてもなんという戦闘だ——。

　舞《まい》はじりじりするような思いで、道路を封鎖《ふうさ》している反乱軍、学兵の集団を眺《なが》めていた。ここ、多摩川付近まで来ると、兵の人数も装備もたいしたことはない二線級の部隊だったが、すんなり通してくれると思ったのが甘かった。拡声器で降伏を呼びかける海兵に対して、自衛軍は環状八号線沿いに兵を展開し、猛然《もうぜん》と銃撃《じゅうげき》を加えてきた。

　本気なのか？　海兵たちは半ば茫然《ぼうぜん》とし、遮蔽物《しゃへいぶつ》に展開して反乱軍を眺めた。偵察の兵によれば、抵抗を続ける二百名あまりの半数はウォードレスも着ていない学兵だった。兵から小銃を貸し与えられ、散発的にぱらぱらと撃ってくる。

　その気になれば五分で排除できる相手だった。しかし、反乱軍とはいえ友軍と戦闘するのはさすがに抵抗があった。こちらの戦術は今のところ拡声器で呼びかけるだけ。善行《ぜんぎょう》からはなんの指示もなかった。

　それまでは——。準警戒《じゅんけいかい》態勢にあった海兵旅団の進撃は順調だった。反乱軍は手を広げ過ぎることを恐れたか、横浜・川崎はまったくの手つかずで、旅団は現地の憲兵《けんぺい》、警察の協力を得て五千名あまりに膨《ふく》らんだ兵・憲兵・警官を、京浜第一、京浜第二、そして通称・産業道路を使って県境を越えた。そこではじめて反乱軍の攻撃を受けた。

この、あまりに微弱な抵抗を強引に突破するか？　しかしそうなれば死傷者が出る恐れがある。善行は停止を命じ、海兵、憲兵、警察と交互に反乱兵に呼びかけを続けていた。人型戦車の足下の路上では、海兵の戦車隊が手持ち無沙汰《ぶさた》に待機していた。

「ねえ、舞。学兵だけでも取り押さえることはできるんじゃない？　彼ら、普通の学生だよ」厚志《あつし》が言った。人型戦車ならば小銃弾が当たっても跳ね返すことができる。それを見越して、投網《とあみ》で魚を絡《から》め取るように、人型戦車で学兵を絡め取ろうというのだ。

後方で待機している三番機の前にひとりの学兵が引き出された。都の教育委員会が定めた学兵の制服を着ている。ふたりの海兵に腕《うで》を摑《つか》まれ、憔悴《しょうすい》した様子である。

「芝村中佐、反乱軍から脱出してきた学兵です。芝村中佐に話があるそうです。念のためボディチェックは済ませてあります」

海兵のひとりが三番機を見上げて呼びかけた。

「ふむ……」舞は少し迷ったが、すぐに厚志に呼びかけた。

「降車する。一番機と二番機は引き続き警戒を頼む」壬生屋《みぶや》と滝川《たきがわ》に無線を送ると「了解しました」とすぐに壬生屋の声が返ってきた。

「それはいいんだけどよ。戦術画面に映っているのは、道路封鎖の自衛軍と学兵ばっかりだぜ。

俺、腹減った」

滝川がぼやくように言った。

「ほほほ。海兵さんが守ってくれるから降車しても心配はないと思うけど。近くにファミレスがあるでしょ？　わたしたち、そこの駐車場にいるのよ。ファミレスで簡単な食事ならできると思うけど？」

原《はら》の提案に舞は「うむ」とうなずいた。壬生屋の体力の心配もあった。

「左手に見えるファミレスで話を聞く。ファミレスを占拠《せんきょ》している兵に無線連絡を頼む。なんでもいいから食えるものを用意してくれ、とな」

学兵を拘束《こうそく》しているふたりはうなずくと、ファミレスの方角に向かった。それに続き、三機の人型戦車もファミレスに向かった。


「なんだと……？　クラスメートが急に発砲《はっぽう》した？」

学兵と向かい合ってビーフカレーを貪《むさぼ》り食いながら、舞は声をあげた。その学兵は賢《かしこ》そうな目を伏せて「そうなんです……」と言った。

「太田区内の学兵には動員令が下された、とか自衛軍の車が拡声器で流してまわっていて。僕たちは自分の学校に集まったんですけど、そうしたら小銃を渡され、トラックでここに運ばれて」

学兵は不満げにいっきにまくしたてた。様子から見るに、どこかの坊ちゃん学校か進学校の学生だろう。

「ほとんどのやつは意味がわかっていないんですけど、これ、反乱ですよね？　だから僕はクラスのやつらに言ってまわったんです。これは遊びじゃなくて戦争で、しかも僕たちは反乱軍の側に動員されているんだって。自衛軍の目を盗んで、皆で話し合って脱出しようとしたら……何人かが急に海兵……海兵旅団でしたっけ？　に発砲したんです。だから脱出できなくなって。あの自衛軍の人たちもまともじゃないですよ。言葉遣《づか》いは乱暴だし。学兵を殴《なぐ》るんですよ」

「わたくしも新宿でそんな兵を見ました」

壬生屋も同意するように言った。

「けど、そんな連中とつるんで、なんで急に発砲するんだよ？」

滝川は二杯目をお代わりして、口許《もと》をぬぐいながら尋《たず》ねた。

「それが……わからないんですよ。今、一緒にいる自衛軍は反乱軍だって言ったら、急に外に飛び出して銃を撃ちだしたんです。……神経症になったのかな？　けど、そんな病気、急になるもんでしょうか？」

食事を摂《と》って元気を取り戻したか、学兵はいっきに話し終えた。「ふむ」舞は気難しげに腕組みをし、厚志らは互いに顔を見合わせた。

「その……発砲した学兵は取り押さえられぬのか？」

「それも考えたけど、事故が起こったら取り返しつかないし。だから僕が止めました」

学兵は小さな声で済まなそうに言った。

「それでいいと思います。けれど、その人たち……」

「幻獣《げんじゅう》が一枚噛《か》んでいるわ」

王生屋が言い終わらぬうちに声がして、カーミラがパイロットたちの前に立った。そして、ぎょっとする学兵の目をのぞきこんで「あなたは大丈夫」とだけ言った。カーミラの背後にはハンスと緑《みどり》子《こ》が従っている。

彼女らが大原《おおはら》首相の無事を報《しら》せてくれたのだ。とはいえ、幻獣の王とともに行動していることがわかったら海兵旅団は反乱軍の格好の宣伝材料になる、と善行は考え、横須賀《よこすか》基地に留まるように要請《ようせい》したはずだった。

「そなた、どうしてここに？」

舞が苦々しげに尋ねると、カーミラは目深にかぶったキャップをはずし、豊かな金髪《きんぱつ》を露《あら》わにした。

「基地の通信担当に聞いたのよ。都心じゃ本格的な戦争になっているそうじゃない？　普通じゃないわよ、これ。遠慮しなくていいんだから。わたしも手伝うわよ」

「……遠慮などしておらん。そなたがここにいるとわかれば厄介《やっかい》なことがあってな」

舞は言いにくそうに横を向いた。これだけの好意を示されても応えることができないのがもどかしかった。

「好意だけではないの。大原政権でないとこの国は滅ぶわよ。狭い国土に過剰《かじょう》なマスコミ……

情報。しかも偏《かたよ》った、感情的な情報に踊らされやすい国民性。今回の事件はね、いろいろなことを考え直すよいクスリになる。とっても苦いクスリだけどね」

「そなた……」

また心を読んだな、と言おうとして止めた。そんなことはどうでもよかった。

「投降する仲間を撃つ、なんてことはあるかな？」

厚志が学兵に尋ねた。学兵は少し考えて「僕は撃たれませんでした」と言った。

「あの……さ。少し時間がかかるけど、僕たちで精神操作された学兵をかっさらおうよ。かっさらって多摩川に投げ込むんだ。あとはカーミラさんに頼めば？」

厚志の提案に、滝川と壬生屋は深々とため息をついた。

「おまえって、たまにめちゃくちゃなこと考えるのな。寒いぞ。それに事故が起こったらどうするんだよ？」

滝川が尋ねると、厚志は憂鬱《ゆううつ》に笑った。

「事故はもう起こってるじゃない？」

「賛成だな。あきれるほど直線的だけど、いつまでもお行儀《ぎょうぎ》よく見守っていてもしょうがない」

声がして瀬戸口《せとぐち》が食堂に入ってきた。

「まず、そこの学兵君。君の口から投降を呼びかける。投降しても罪には問われないことを強調してくれ。それから、残った連中を三機でかっさらう。彼らは海兵旅団が確保。カーミラがひとりひとり尋問し、精神操作の有無を確認・修正するというのはどうだ？　学兵は海兵旅団で保護して、うやむやにしちまおう」

瀬戸口はすらすらと作戦を述べた。前々から考えていたようだった。

「それでけっこう」カーミラは澄ました顔で言った。

「カーミラは善行さんの司令部へ。六郷《ろくごう》工科大学だ。そこで待機してくれ。学兵君はカレーを食った後、戦闘指揮車に。そこで仲間たちに呼びかけてくれ。三機はスタンバイだ。なあに、学兵はウォードレスも暗視スコープも支給されていないんだろう？　よりどりみどりにかっさらえるさ。作戦名は、はないちもんめ作戦ってのはどうだ？」

瀬戸口は薄笑いを浮かべ、畳《たた》みかけるように言った。

「は、はないちもんめ……ふざけ過ぎです！」壬生屋が顔を赤らめて抗議した。

「ハナイチモンメ？」カーミラと緑子は首を傾《かし》げ、顔を見合わせた。

「ははは。あの子が欲しいってやつさ。これから善行さんに具申《ぐしん》する。ＧＯサインが出たら漁《りょう》の解禁だ」

○十二月二十一日　午前三時四十五分　南蒲田《かまた》交差点コンビニ付近

にしても辛島《からしま》のやつ何を考えてるんだ？　都立洗足池《せんぞくいけ》高校二Ｂ小隊の池谷十翼長《いけたにじゅうよくちょう》は、無人のコンビニから失敬したスナック菓子《がし》を頬張《ほおば》りながら考えていた。せっかく志茂田《しもだ》がまともなこと言って皆で投降しようって言ってくれたのに——。

反乱軍にだまされて、心中じゃやりきれないな。その時、きゃあ、と女子の歓声が聞こえた。コンビニの中からだ。進学狙いで学兵に志願したのはいいんだけど、クラブ活動じゃないんだぜ、と内心でぼやきながら池谷は店内に入った。店内には2B小隊のほぼ全員が集まっていた。コンビニを中心に戦線を作れ、と自衛軍の人は言ったが、辛島他数名のクラスメートの狂った様子を見て、恐くなったか、今ではコンビニに集まっている。

「ねえねえ池谷君、ソフトクリームの機械、動いたよ！」

見れば女子は全員が能天気にソフトクリームをなめている。男子はと言えば、カップ麺《めん》を仇《かたき》のように食べている者もいれば、だらしなく床に寝そべっている者もいる。反乱自衛軍への非協力は、任務の正当性を質《ただ》した学兵が殴られてから暗黙《あんもく》の了解となっていた。

「あー、聞こえるか？　2Bのみんな。それと他のクラスのやつら。志茂田だ。十分後に海兵旅団が総攻撃をはじめる。すぐになんでもいいから多摩川の方角に走ってくれ。こんなことで死んだらつまらないぞ。今すぐ、武器を捨てて走れ——！」

しんとした闇の中に委員長の声がこだました。十分後に総攻撃？　冗談じゃない。相手は人型戦車も戦車も持っているホンモノの軍隊だ。池谷はスナック菓子を喉《のど》に流し込んだ。

「走るぞ。銃は重いから捨てて！　……馬鹿《ばか》女、ソフトクリーム、とっとと食っちまえ！」

そう叫ぶと池谷は外灯に照らされた街中へ走り出した。女子の足を考えてジョギング速度で後ろを振り返った。さすがに能天気な女どもも池谷の後を必死の形相でついてくる。かなたで足音が聞こえる。他のクラスの連中だろう。

銃声が聞こえた。反乱軍が脱走を怒っているのか？　そう考えて池谷は脇道へと逸《そ》れ、多摩川縁をめざした。とある辻に差し掛かったところでウォードレスを着た人影に遮《さえぎ》られた。

「海兵旅団だ。落伍《らくご》者は……？」

きびきびとした声で尋ねてきた。辻に2B小隊の面々がたたずんだ。池谷はクラスメートの名を思いついた順に呼んだ。

「井川《いがわ》さんがいないわ！　後ろで悲鳴が聞こえたんだけど」

女子のひとりが叫んだ。池谷は女子の前に立つと「助けなかったのか？」と言った。

「夢中だったから！　後ろからも撃ってきたし」

池谷が言葉を探している間に、海兵は仲間に合図を送った。ウォードレスに暗視スコープを付けた兵がふたり、闇の中に消えて行った。

「発砲した学兵だが、今、どこにいる？」

海兵に矢継《やつ》ぎ早に尋ねられ、全員が答えに窮《きゅう》した。

「コンビニを中心に戦線を作れと言われて。近くにいると思います。三人います」

しょうがないやつら。こんなんで進学が有利になるなんて、世の中まちがってるぜと思いながら池谷は海兵に言った。

「こちらウミネコ3。問題の学兵はH7からJ7の間に三人潜伏しているとのことです」

海兵は池谷の言葉を翻訳《ほんやく》すると、歩兵用無線で通信を送った。ほどなく地響きがして、ビルの谷間から巨大な頭部がぬっと姿を現した。人型戦車だ。テレビで見た通りレーダードームに赤い光が走っていた。

コンビニ付近で発砲。すぐに止んだ。

「あの……辛島たち。発砲したやつらなんですけど……」

池谷が尋ねると、海兵は「耳を澄ませ」とだけ言った。悲鳴が聞こえて、波しぶきの音。海兵は、はじめて口許を緩《ゆる》めた。

「頭を冷やせ、ということだな。命に別状はないよ」

川に投げ込まれた学兵は十八名。そのすべてが旅団司令部へと連行された。ほどなく総攻撃が開始された——。

○十二月二十一日　午前四時　新宿

新宿区から隣接する区の一帯で戦闘が激化しつつあった。

新宿御苑から新宿通りにかけて展開していた砲兵大隊が敵の人型戦車に容赦《ようしゃ》なく蹂躙《じゅうりん》され、そして工兵大隊長が戦死したことは、首相派の第一師団工兵連隊の将兵を激昂《げっこう》させた。一時は指揮系統が混乱した工兵だったが、外堀通り沿いのビルに展開して、反乱軍に猛烈な銃火を浴びせた。

砲兵の生き残りも立ち直って、目には目をと、反乱軍の検問所、機銃座に容赦なく榴弾《りゅうだん》を降らせた。友軍であったはずの工兵連隊の攻勢に危機感を抱いた秋月中将《あきづきちゅうじょう》は、神田川・外堀通りに沿っての防衛線の死守を命じた。

あと二時間ほどで政権は交代する。それまでの辛抱《しんぼう》だと中将は各隊の指揮官を激励《げきれい》した。それこそひとつのビルをめぐって、苛酷《かこく》な銃撃戦が行われた。

どちらも戦車、自走砲、迫撃砲を設置し、主要な通りでは榴弾がひっきりなしに爆発した。合間を縫って、互いに拡声器で投降を呼びかけ合う。しかし、呼びかけた拡声器の方角にはたちまち砲火が集中するという有様だった。

「まずいな、これは」

植村少佐《うえむらしょうさ》の戦闘団は東京ドームまで後退して、見晴らしのよい場所で浸透してくる敵……五十七連隊の兵を撃退しながら時間を稼いでいた。すでに箕田《みのだ》から首相救出の報告は受けている。さらに、テレビ新東京の制圧に向かったことも。矢吹《やぶき》の戦車大隊とも連絡がついていた。東関東自動車道を使って市川辺りまで進出しているようだったが、夜間走行ゆえその速度は遅かった。時折、狂信的な主戦派兵士の襲撃《しゅうげき》を受けることもあるらしく、その排除にも手間取っているという。

「反乱軍の攻撃が激しくなっている。意味のない戦いだ」

「友軍同士がなんでこんな……」

前園《まえぞの》少尉は植村の言葉を受けた。とんだ貧乏くじだった。公用と休暇《きゅうか》を兼ねて九州から来たふたりだったが、目の前でかつて見たことがない人間同士、自衛軍同士の戦いを目にすることになった。巧妙に設置された植村配下の二個中隊の機銃、迫撃砲が東京ドームに侵入してくる反乱兵をなぎ倒していた。

しかし、どちらも暗視モード下の戦闘であり、一度などは暗がりを伝って火線網をくぐり抜けてきた反乱兵を、植村自身がサブマシンガンを手に取って撃退していた。臨時に司令部を置いた球場管理事務所の外の廊下《ろうか》には転々とウォードレスを着た兵の遺体《いたい》が転がっていた。敵、味方とも負傷兵が設備のよい医務室に収容されていることが唯一の救いだった。同じ貧乏くじの島村《しまむら》は衛生兵に従って今は医務室に詰めていた。

「撤収はしないんですか？」

前園はドームに腰を落ち着けてしまった植村に尋ねた。無線通信はすべて符丁《ふちょう》にしている。どうやら反乱軍は、ここ東京ドームに相当数の鎮圧部隊が集結していると考えているようだ。繰り返し、執拗《しつよう》に浸透《しんとう》してくる。砲撃もしだいに激しくなってきた。

「ここを撤収したら、反乱軍が追いすがってきて住宅地が戦闘区域になる。新宿ではすでにかなりの民家がやられている。これ以上犠牲《ぎせい》は増やせない」

植村は感情を抑えるように事務室の窓からドームの天井を見上げた。天蓋型の屋根は、砲撃で穴だらけになっている。

「そうなったら誰が責任をとると思う？　俺だよ。民間人を守るはずの自衛軍同士の戦闘で被害を受けた人たちの。……反乱軍に罪をひっかぶせても国民は納得しないぞ」

「……そうですね」前園は少し考えた後にそう言った。

「朝になれば矢吹大隊が到着する。それまでは反乱軍に誤解させておくさ。部隊名は不明なれど、有力な鎮圧軍が集結中、とな。けどな……」

植村は言葉を切って真顔になった。

「朝になってすべてが見えるようになったら、敵も味方も後悔するだろうよ。どうしてこんなことしちまったんだって」

「……それにしても第一師団が人型戦車を持っているなんて知りませんでした。試験的に配備されていたんでしょうか？」

無線から無線へ、携帯から携帯へ、砲兵大隊を容赦なく攻撃した反乱軍の人型戦車のことは伝わっている。通り魔のような無制限な殺戮《さつりく》で死傷者は百名とも二百名とも言われている。警告も発せず襲うとは残忍《ざんにん》だ。そしてその残忍さが乗り移ったかのように、敵味方とも戦い続けている。

「結果がすべてさ。各所で鎮圧側に攻撃を加えては移動しているらしい。市街地での人型戦車がこれほど厄介《やっかい》なものとはな。高所から見下ろし、ビルからビルへすばやく移動する。パイロットはエース級だろう。退治には5121小隊の到着待ちという状態だ」

○十二月二十一日　午前四時　虎ノ門《とらのもん》・テレビ新東京

　テレビ局は外灯に照らされてひっそりと静まり返っていた。正門前には六二式歩兵戦闘車が二五ミリ機関砲を桜田通りに向けている。来須《くるす》は戦闘車をレーザーライフルの暗視スコープの照準に収めるとうなずいてみせた。

　箕田小隊は分隊ごとに担当を決め、動き出した。首相の護衛は箕田本人と若宮《わかみや》、そして中西《なかにし》軍曹の分隊の役目だった。

　箕田が合図すると、六二式戦闘車が火を噴《ふ》いた。乗員があわてて脱出するのを、来須がすばやく駆け寄って、サブマシンガンを突きつける。彼らは監視の手間を省くため、少し離れた門柱に手錠で拘束された。

　表玄関のロビーで足音とざわめき。ふたりの兵が玄関ドアの縁に張り付き、玄関ロビーに閃《せん》光手榴弾《こうしゅりゅうだん》を投げ込んだ。悲鳴と怒声が聞こえて、箕田小隊の隊員たちは慣れた動きで内部へと駆け込んだ。銃声が一発、二発……サブマシンガンの連射音。極め付きは若宮の十二・七ミリ機銃弾の連射だった。

「一個小隊。おや、第三連隊じゃねえか。ブランドもんだな」

　箕田はにやりと不敵に笑うと、敵の小隊長に銃を突きつけた。局内に残っている反乱軍の人数を質した後、箕田はロビーにうずくまっている反乱軍兵士をひとしきり眺《なが》め渡した。「ふん」箕田は鼻を鳴らすと、ひとりの先任軍曹《ぐんそう》に話しかけた。

「死傷者を出さずに局を制圧したい。協力してもらえねえか？」

まともな隊なら必ずいる三十代の古参の兵だった。局内の照明が極力抑えられているのは、先任の指示だろう。攻撃目標になりにくく、遠目からはなんの建物かわからない。軍曹は少し考えた後、来須を見て、若宮を見て、そして箕田小隊の面々を見渡した。箕田がすばやく値踏みしたように、軍曹も相手を値踏みしたのだ。

「……わかった」

軍曹が同意すると、第三連隊の兵は拘束された。軍曹の後ろには来須がうっそりと立った。その後ろをサブマシンガンを抱えた石津《いしづ》が従う。重ウォードレス可憐《かれん》を着込んだ若宮は首相の盾《たて》代わりに先に立って、箕田は首相と並んだ。

「まずマスターさんを探して。たぶんマスタールームにいると思うけど。局員を捕まえて道案内をしてもらわないと。どの局でもわかりにくい場所にあるのよ」

マスターさん……？　誰もが首相の話をかみ砕くのに苦労している。なんだそれ、という顔になった。

「マスタールームを占拠して、後は局の人間に任せればいいんすよ」

どこからか兵の声が聞こえた。箕田は首を傾げ、通信担当の兵を見つめた。

「鴫原《しぎはら》伍長《ごちょう》。おめー、話がわかるのか？」

「マスターというのはキー局が電波を発信する装置てえか出口のことです。反乱軍の連中は、こいつを封鎖しているんですよ。マスターさんってのはそれを管理する人間です」

鳴原伍長は得意げに語った。そうか、首相は元女優だもんな。箕田は納得して「適当に局員を拉致《らち》ってくるか」とつぶやいた。

報道局と標識が下がっている部屋に差し掛かると「待て」と先任軍曹が声をあげた。

「玉田《たまだ》上等兵、西山《にしやま》一等兵。小隊長は降伏した。それから……」

軍曹はささやくように続けた。

「憂国《ゆうこく》武士団のチンピラが三人交じっている。自棄《やけ》を起こして局員を人質に取るかもしれん」

「……そいつらは俺が処理する。若宮は首相から離れるな」

来須はぼそりと言って、報道局の扉に目をやった。扉が開かれ、兵がふたり姿を現した、後ろのひとりは青ざめた顔で小銃を構えている。

来須がその兵の腕を引っ張るのと、銃声が重なった。銃弾が壁をえぐった。来須の全身が躍《やく》動《どう》した。部屋に転がり込むと、タン、タタン、と短く引き金を引く音。「よし」声とともにフロアになだれ込んだ隊員たちは、絨毯《じゅうたん》に血の染みを作って倒れている兵ふたりと、引きつった表情で両腕を挙げている兵の姿を認めた。なんと兵は石津《いしづ》に銃を突きつけられていた。来須の銃撃に気を取られた兵は、すばやく机の下を移動した石津にあっさりと捕まっていた。人質にされかかった局員が腰を抜かして座り込んでいた。

馴染《なじ》みの顔をすぐに認めて、箕田は「へっへっへ」と声をあげて笑った。

「腰が抜けるのはしょーがねえけど、パンツ丸見えだぜぇ！　レイちゃん」

テレビ新東京の報道レポーター・桜沢《さくらざわ》レイは、憤然《ふんぜん》としてめくれたミニスカートを直して立ち上がった。

「な、なによっ……！　助けに来るのが遅いじゃない？　トラちゃんの馬鹿たれ！」

トラちゃん……？　ぷぷぷと隊員たちの間で笑いが広がった。箕田は忌々《いまいま》しげに傍《かたわ》らの中西を殴《なぐ》りつけると、

「馬鹿野郎！　おめーを助けに来たんじゃねえ。テレビ局を制圧しに来たんだ。マスタールーム、だっけ。案内できるか？　桜沢……レイちゃん」

「あら、頭が不自由な芸人にしては専門用語知ってるじゃない？　もちろん、できるわよ」

桜沢は馬鹿にしたような表情で箕田に向き直った。戦場経験がある分、立ち直りは早いようだ、と箕田は思った。

「戦闘が激しくなってきている。この分だと五時には放送がはじまる」

来須の言葉に大原は天井を見上げて考え込んだ。

「つまり……自衛軍同士が本気で殺し合っている、ということね？」

答える代わりに来須は沈黙を守った。箕田隊の隊員も心なしか肩を落としている。こつん、と音がして桜沢は自らかぶったミドリ十字のヘルメットをたたいて気合を入れた。手には小型高性能のビデオカメラを抱えている。

「そっか……大原首相だったんですね。この騒ぎが収まったらご褒美《ほうび》に独占インタビューを。題して大原首相の一番長い日、なんちゃって。えへ」

箕田が忌々しげに桜沢のヘルメットをたたいた。

「仲間同士の殺し合いがはじまっているんだぜ。なーにが、えへ、だっ……！」

桜沢は一瞬、うつむいた。しかし、すぐに顔を上げると挑戦的に箕田を見上げた。

「そんなこと知ってるわよ！　それだけならいいけど、この分じゃ民間人の被害も相当なものだってことも知ってる！　だからお通夜《つや》みたいな顔しろってわけ？　わたしはそんなの嫌よ。こんなことはじめたやつらに絶対責任とらせてやるっ！」

「よく言ったわ」

首相はにっこりと笑ってうなずいた。

「ふたりの兵隊さんなんですけど……。わたしを、女性たちをあいつらから守ってくれたんです。国家反逆罪……なんとかなりませんか？」

桜沢がさらに言うと、首相は「大丈夫」と請け合った。

「責任は反乱を計画し、行った者にあるわ。もちろん民間人への暴力は憲兵隊《けんぺいたい》が厳しく調査するけどね。そこのふたりは武装解除した後、わたしに協力するのよ。さあ、行きましょう」

廊下を右に折れ、左に折れ、マスタールームの付近は迷路のようになっていた。マスタールームの扉陰から軍曹が呼びかけた。

「畠山《はたけやま》だ。小隊は降伏した。これ以上、味方同士殺し合ってもしょうがないぞ」

すぐに扉が開けられ、ふたりの兵が現れ、首相の姿を認めてぎょっとした。部屋に入ると、マスタールームの職員はやつれた顔を一斉に上げた。

「マスターさん、合図があったら通信を回復して」

桜沢が進み出て、中年のラフな格好をした男にささやきかけた。首相の姿を見て納得したらしく、男は「任せておけ」と言った。

「しかし、他の局はどうするんだ？　日本公共放送のウラ番組やろうってんだろ？　テレビ新東京だけじゃ弱いぞ」

マスターさんの言葉に、桜沢は「うーん」と考え込んだ。

「六本木に中央テレビ、赤坂に新日本テレビがあるんだけど。どちらも一キロ圏内ね。マスタールームを占拠できればいいんだけど、トラちゃん、なんとかならない？」

今度は箕田が考え込む番だった。どちらの地域も兵であふれ、鎮圧軍と戦闘状態にある。こちらの兵力は一個小隊プラスアルファ。

「……ひとつはなんとかしよう」

来須が若宮を見て、石津の肩に手を置いた。

「俺も手伝おう」畠山軍曹が口を開いた。降伏した四人の兵が驚きの表情を浮かべた。

「もうこんな戦いはごめんだ」

先任軍曹の言葉に、兵たちはうなずいた。

●十二月二十一日　午前五時　首相官邸《かんてい》・地下

秋月中将は東京一円を表示している地図に見入っていた。第一師団の司令部には一五五ミリ榴弾がひっきりなしに降り注いでいた。予想外の事態に師団司令部は丸ごと移動していた。東は隅田川《すみだがわ》西岸から千代田区、新宿区の一部、港区にかけて主要な部隊が展開している。現在、中央高速を四十九連隊が南下しつつある。四十九連隊が到着すれば、こちら側の防御体勢は万全のものとなるだろう。

それにしても工兵連隊の凶暴さはなんなのだ？　本気で戦闘を仕掛けてきている。そのため、検問所に分散していた兵力をまとめ、外堀通り沿いに防衛ラインを敷かなければならなくなった。それと東京ドームに集結しつつある敵は何者か？　十四師団の一部か？　となると集結する前にたたかないと厄介《やっかい》なことになる。また、学兵を吸収しつつ品川まで進出しているという海兵旅団の動向も不気味だった。四十九連隊をこれに当てて戦線を維持《いじ》しなければ——。少なくとも新政権の発足まで。

西郷《さいごう》長官、西《にし》中将は現在、渋谷《しぶや》区神南《じんなん》の日本公共放送で待機している。首相府守備隊の野津《のづ》少佐が二個中隊を率いて護衛にあたっているから大丈夫だとは思うが、防衛ラインの外だ。民放でもと秋月は勧めたが、「公共放送でなければ」と西郷が譲《ゆず》らなかったのだ。新内閣発表の放送予定時刻は一時間繰り上げて五時となった。

そろそろだ——。秋月は幕僚《ばくりょう》、そして泉野《いずみの》らとともに静止したテレビ画面に見入った。公共放送でお馴染《なじ》みのアナウンサーが憔悴《しょうすい》した顔で映った。

「これより西郷官房長官より重大な発表があります」

それだけ言うと画面は切り替わり、西郷官房長官の血色のよい顔が映し出された。

「本日、午前五時をもって、大原首相は病気療養《りょうよう》のため辞意を表明。大原内閣《ないかく》は総辞職いたしました。大原首相の要請により、暫定的《ざんていてき》な措置としてわたくしが首相として新内閣を組閣《そかく》することになりました。新閣僚は以下の通りであります」

財務大臣、通信産業大臣と名前入りのテロップが流されていく。西中将は、救国評議会議長兼防衛省長官として紹介された。テロップのところどころに誤字が目立つのは局員のせめてもの抵抗か。秋月は何気《なにげ》なく民放にチャンネルを切り替えた。すべての局が公共放送の電波が流れるようにセッティングされているはずだったが——。

「まさか……」秋月の顔が青ざめた。

　そこには大原首相のにこやかな顔が映っていた。憔悴しているだろうにおくびにも見せず、すべての準備を終え、自信にあふれた役者の顔になっている。

「おはようございます、国民の皆さん。たった今、反乱軍の正体が判明いたしました。西郷官房長官、西中将、そして第一師団長の秋月中将です。彼らは不法にも軍を動かし首相官邸《かんてい》を襲《おそ》ってわたくしを監禁《かんきん》し、内閣総辞職を迫ったのです。ただ今の日本公共放送の新内閣発足は法的に無効です。大原内閣は今なお存続しており、わたくしは内閣総辞職を受諾《じゅだく》した覚えはありませんし、病気でもありません。国民の皆さんは、銃を突きつけ、権力を握ろうとしたこの恥ずべき行為を永遠に胸に刻んでくださるようお願いいたします。暴力で人を従わせることは最も恥ずべき行為なのです。そして自衛軍の皆さん。自衛軍最高司令官としてわたくしは命令します。その一。自衛軍は全軍をあげてただちに反乱軍を鎮圧すること。その二。心ならずも命令によって反乱軍に従っている将兵は、ただちに戦闘を中止し、鎮圧軍もしくは最寄りの憲兵隊、警察署に投降してください。今なら間に合います。わたくしはあなたがたを重罪には問いません。国家反逆罪に問われるべきは以下の者たちです」

同じようにテロップが流された。秋月は茫然《ぼうぜん》として、画面の右から左へと流れていく自分の氏名を見守った。

幕僚の誰もが凍り付いたように立ち尽くしている。冷え冷えとした空気が地下室に流れていた。「どこの局だっ……！」参謀《さんぼう》がチャンネルをあわただしくまわした。

「テレビ新東京、中央テレビ、新日本テレビ。閣下、首相はいずれかにいますっ……」

その参謀は絞り出すように言った。屈辱《くつじょく》に満面を朱に染めている。

「まだです。まだ、挽回《ばんかい》できます！」

泉野大佐の声だった。悔しげに顔をゆがめてはいるが、まだ落ち着きは失っていない。秋月はすぐに泉野の思考をたどってみた。要は大原首相が不慮の事故に遭《あ》えばよいだけだ。現に首相府付近にも榴弾、迫撃砲弾はひっきりなしに降り注いでいる。

「テレビ局への空爆《くうばく》を要請《ようせい》してみよう。さもなくば戦闘ヘリの支援なら……」

秋月が口を開くと、「時間との勝負です！」と泉野は叫んだ。

「すぐに、十分、いや五分後に、各局に兵を向かわせましょう！　三つの局が敵に奪い返されたのです。半端な兵力では挽回できません」

○十二月二十一日　午前五時三十分　テレビ新東京

　スタジオでの撮影が終わると、大原首相はため息をついて椅子《いす》にもたれた。

「どなたか、コーヒーをご馳走《ちそう》してくださらない？」

　首相の言葉に跳ね上がるようにしてADが自販機へと走った。しかし箕田は気難しげに考え込んでいる。桜沢は不安げにそんな箕田を見ている。

「すごい顔している。トラちゃん」

　桜沢に声をかけられて、箕田は我に返ったように「逃げるか、戦うか」とつぶやいた。反乱軍は首相の居場所をほぼ特定した。ここから一キロほど、元来た道を戻るか？　行きの桜田通りは戦闘地域ではなかったため、平然と突っ切ることができた。しかし帰りは……？　じきに白々と夜が明ける。反乱軍に発見される率は高いだろう。

　アフロのオッサンは東京ドームに籠《こ》もって、敵の攻撃を一手に引き受けている。合流は論外だ。となれば海兵旅団は？　5121小隊は？

「中西ィ、首相のそばを死んでも離れるな……！」言い捨てると、箕田は首相に向き直り、敬礼をしてから部下を引き連れ階下へと下りていった。

「歩兵戦闘車のエンジン音が聞こえる。来るぞ」

降伏した少尉が声をかけてきた。テレビ局に向かった先任軍曹に隊員をかっさらわれたのか、少尉は五、六名ほどの部下とともに残っていた。こちら側につくことに決めたようだ。

玄関を出て、機銃座に潜り込む。戦闘車両がこちらに向かってくる。きゅるきゅるとキャタピラ音が聞こえて、箕田は歯を噛み締めた。まず敵は一個中隊ほど、戦車を一両伴っている。玄関口前の駐車場には箕田隊の得意技である地雷が仕掛けてある。一瞬、敵に警告しようと思ったが、思い直して、

「機銃座は放棄《ほうき》。ビルに籠《こ》もるぞ」

と機銃手に命じた。言い終わらぬうちに機銃手と給弾手は小隊機銃を担いで「どこへ？」と尋ねてきた。

「一階フロアを見渡せる場所にとりあえず。戦車は零式《ゼロしき》で始末する」

「本当に撃っていいんですね？」機銃手の質問に箕田は「ああ」とうなずき、残っていた少尉以下を急き立て、一階フロアをともに駆け登った。

「トラップ、準備できてるか？」

誰にともなく叫ぶと「バッチリです」と、どこからか頼もしい声が返ってきた。首相を護衛する分隊の他はほぼ全員が隠蔽《いんぺい》している。

「聞け！　敵は中隊を繰り出してきやがった！　俺たちはここでフロアになだれ込んできた敵を迎え撃つ。不利になったら上へ上へと退く。エレベータ停止。おめーら、階段位置はすべて把握《はあく》しているな？　中西ィ、首相と報道局の連中を守って安全な場所に誘導してくれっ！　久《く》

萬《ま》、今朝のノルマは戦車一両。自由に動いてよし！」

「了解しました」

「楽勝じゃけぇ」

立て続けに声が返ってきて、箕田は二度三度深呼吸をした。後は、じきに来須と若宮が戻ってくるだろう。さらに言えば善行大佐も芝村の姉ちゃんも首相の危機を悟っているはずだ。人型戦車は絶対に救援に来る――。確信はあった。


「すみません。せわしなくて」

中西軍曹の背に背負われることを拒否して、大原首相は桜沢に付き添われるようにして階段を上がっていた。

「それはいいけど、勝てるの？」

大原首相は疲労している中にもにこやかな表情を崩さず、尋ねた。中西の童顔《どうがん》がにんまりとほころんだ。

「こういう建物内での戦いは箕田少尉の得意技ですよ。時間ならいくらでも稼ぎます。じきに増援が来ますから絶対に勝てます」

「そう。だったら安心ね」首相はこともなげにうなずいた。

「最上階近くで一番わかりにくい部屋はどこですか？」

中西の質問が自分に向けられていることを悟って、桜沢は即座に答えていた。

「社長室。遠坂《とおさか》社長のお父様が共生派に恨まれていてね、何度か狙われたもので迷路のようになってるわ」

「ああ、あの先代ね」首相の声に微《かす》かに嫌悪感が交じった。桜沢にも気持ちはわかった。あの先代の頃は大手他局の隙間《すきま》番組狙いで、低予算のバラエティのラインナップがズラリだった。局員もやる気をなくしていた。

自分が変わることができたのは、今の社長のお陰だ。社長は今は北九州で、炭坑《たんこう》の復興と人口石油工場建設の陣頭指揮をしている。

スタジオがある二階から社長専用スペースの十一階までやっとのことで上りきった。まるまる一階分のスペースが社長のために使われていた。ダミーの部屋もいくつかあり、今は資材置き場に使われている。報道局員はそれぞれの部屋に散った。

「……わ、若いっていいわねえ」大原社長はため息交じりに言った。

「こちらです」

桜沢が社長室のドアを開くと、大原首相はソファにもたれてぐったりとなった。桜沢はあわてて冷蔵庫からミネラルウォータを取り出した。

微かに銃声が聞こえた。中西君……じゃなかった軍曹の表情が引き締まった。護衛の兵は中西を含めて三人。

「人手が足りないんでしょ？　首相のお世話はわたしに任せて。隠し扉もあるから」

そう言うと桜沢は本棚から本を抜き出して、スイッチを押した。本棚が斜め前にずれて三坪ほどのスペースが現れた。「すげぇ……」中西は目を丸くしてつぶやいた。

「トラちゃん、中西君もとい中西軍曹のこと、褒《ほ》めていたわよ。馬鹿でアイドル写真集しか読書しないスケベだけど頼りになるやつだって」

桜沢が言うと中西はウンザリ顔になった。

「ちぇっ、箕田少尉だって似たようなもんすよ。桜沢さん、少尉のどこがいいんすか？」

「馬鹿でアホでスケベなところ、かな――」

桜沢が平然と言うと「へへっ」と中西は声に出して笑った。

「しっかりね、五分刈り君。それからふたりも」

首相が励ますと、三人は真顔になって敬礼した。「いっちょ揉《も》んでやります」そう言い残すと中西は部屋を出ていった。桜沢は音量を絞ってテレビをつけた。公共放送は静止画モードに戻っていたが、民放三局は繰り返し大原首相の映像を流していた。

「テレビ局を敵にはできないわね」

業界の人間には最大の賛辞だ。「はいっ！」首相の言葉に桜沢は張りのある声で応えた。


奇襲のつもりか、予想に反して七四式戦車が玄関を突き崩してホールに侵入してきた。と同時に零式ミサイルが一直線に戦車のエンジン部に突き刺さった。轟音《ごうおん》と同時に爆発が起こって、数人の歩兵を巻き込んだ。数秒の間、フロア内は誘爆する戦車砲弾の爆発で無人地帯となった。吹き抜けになった三階に箕田小隊の面々は移動していた。

後悔はなかった、とは言えない。後でけっこう後悔するかも、と思いながら箕田はフロア内に反乱兵が侵入する瞬間を待った。「戦車がやられた。気をつけろ」階下で声がして、ウォードレスを着た兵が一個小隊二十名ほど教科書通りの警戒体勢を保ちながら侵入してきた。箕田が合図をすると、パイナップル状の物体がふたつ、階下に落下していった。閃光弾《せんこうだん》。悲鳴と怒声がこだまして、小隊機銃が火を噴いた。

一瞬のうちに二十体の遺体がフロアに横たわった。ちっくしょう……。先ほどの声の主もその中に含まれているだろう。箕田は唇を噛みしめた。これで相当に時間が稼げるはずだ。不用意な侵入は犠牲者を増やすだけだ。敵は戦車を呼んで遠巻きにビルを砲撃するか、さもなくば絡め手……裏口からの侵入をはかるはずだ。

遠くでトラップが爆発する音。続いてサブマシンガンの銃撃音。敵の別働隊はわずか数分で相当な損害を受けた。しんとした沈黙。増援を呼んでいる。熊本戦で散々共生派と戦ってきた箕田には敵の動きが手にとるようにわかった。

しかしこの抵抗で、ここに首相がいることはわかったはずだ。後はなりをひそめて、敵が来たら反撃を繰り返すしかないだろう。

こわいのは……とここまで考えて箕田はぞっとした。ビルごと破壊されたら。反乱軍が開き直って首相を拘束するのではなく、亡き者にしようと考えたなら？　それもありだな、と思った瞬間、箕田の耳は不気味な飛来音を聴いていた。

○十二月二十一日　午前五時四十分　日本公共放送付近

すでに敵は撤収した後だった。三機の人型戦車とともに代々木公園に進出した善行は、曲射砲、ミサイルが虎ノ門《とらのもん》周辺に集中しているのを目にしていた。

すでに敵はなりふり構わず、大原首相をビルの瓦礫《がれき》の中に葬《ほうむ》ろうとしている。急ぎ偵察隊を各所に出して砲兵陣地の位置を探っていた。

「四十九連隊の先遣隊を新青梅《おうめ》・青梅・五日市街道で発見したそうだ。現在、杉並辺りまで進出してきている」

第二大隊の大塚《おおつか》中佐から無線が入った。第二大隊には四十九連隊阻止の役目を引き受けてもらっている。

「道路を封鎖。主力部隊の阻止をお願いします。手段はお任せします」

善行の言葉に無線機の向こうから珍しく笑い声が聞こえてきた。

「まったく……君はわたしに恨《うら》みでもあるのかね？　気難しい任務ばかりを押しつける」

「……すみません」

かつての士官学校時代の教官に皮肉られ、善行も苦笑を浮かべて謝った。

「難しいのではない。気難しいのだ。この種の戦争は互いの思惑と思惑のぶつかり合いだからな。にらみ合いということでかまわんかね？」

大塚の口調は楽しげでさえあった。教官にはかなわないな、と善行は思いながらも神妙な口調で応答した。

「それが最善です。すでに市街戦で民間人に多くの犠牲者が出ています」

「了解した。まあ、あの今野《こんの》少佐ではすぐに喧嘩《けんか》をはじめるだろうからな」

「はっはっは。もうはじめていますよ、大塚中佐。砲兵陣地を特定。現在、赤坂の第一連隊本部の砲兵群を攻撃中。どうだ？　砲撃が収まってきたろう。あとは築地《つきじ》から晴海《はるみ》にかけての一帯からしきりに撃って来ているな。こいつは厄介《やっかい》だ」

すかさず今野少佐の声が割り込んできた。

築地は戦線のはるか後方にある。善行は一瞬考えた後、

「5121小隊三番機は築地方面の砲兵陣地を蹂躙。一番機、二番機はテレビ新東京に。首相救出を援護してください。救出後は神宮外苑《じんぐうがいえん》に。我々も前進します」

「わかった」舞は静かに請け合った。

「わかりました」「了解っす」壬生屋、滝川も返事をよこした。

心なしか返事に安堵の色が交じっている。

そのはずだ。5121小隊は太田、世田谷方面にびっしり張り付いた学兵の排除と、凶暴に抵抗する憂国《ゆうこく》武士団と思われる兵に散々苦労した。まるで人間のバリケードのようなもので、それこそしらみつぶしに精神操作されたとおぼしき数百の学兵をカーミラに引き渡していた。

現在、カーミラは多摩川の辺りにあって、善行が一個小隊を割き、多摩川の河川敷に作った自

称・PTSD治療所すなわち一種の収容所で、学兵の精神操作を解除している。

憂国武士団の方は厄介だった。人数は二個中隊ほどだったが、ふんだんに携行用火器を与えられ、建物、遮蔽物に隠れてあらゆるところから射撃を加えてきた。中には民家を盾……人質として抵抗を続ける敵もあった。

善行は非情に徹して、こうした兵をひとりずつ排除していった。海兵たちは九州戦役を経て見違えるように強くなっていたが、目の前で多くの民間人が傷つき、死ぬさまを目撃していた。ビル、民家、そして路上で凄惨《せいさん》な市街戦が行われた。

「矢吹《やぶき》大隊はどうなっている？」

舞から通信が入った。そう、矢吹中佐が山だ。

「三十分ほど前に東京ドームの植村戦闘団との合流に成功しました。旺盛な火力を得て、現在、多くの敵を引き付けています。反乱軍から傍受《ぼうじゅ》した無線では、どうやら宇都宮の十四師団が参戦したと勘違いしているようですね」

「ははは。敵さんが目の色を変えるわけだ。それにしても敵さんは情報収集が弱いな」

瀬戸口が楽しげに笑った。善行は瀬戸口と情報を共有し、分析している。植村がドームに部隊を展開したのは正しかった、と善行は思った。付近に民家はなく、存分に敵を迎え撃つことができる。

「ああ、あと妙な一団が江戸川を越えました。警察、憲兵、それから館山《たてやま》士官学校の学生の混成で総数千人を超えるそうです」

善行は憲兵隊のネットワークから得た情報を知らせた。現在、東京憲兵隊は、本部付近で反乱軍とにらみ合いを続けているが、各地に散っている憲兵からの情報は逐次《ちくじ》特別な暗号で本部に送られていた。善行にも情報は流され、反乱軍の不正確な盗聴、無線傍受《ぼうじゅ》に比べ、戦況の把《は》握《あく》を容易なものにしていた。

「金髪ザルめ、懲《こ》りないやつだ」舞は苦々しげに吐き捨てた。

「まあ、非戦闘地域にいる東東京の学兵や戦闘に嫌気がさして離脱した反乱軍の兵をスポンジのように吸収してくれるだろう。事故が起きる可能性は低くなるというわけさ」

瀬戸口はなだめるように言った。

「やっと本来の仕事に戻れるね」

厚志の言葉に、舞は忌々しげに操縦席のシートを蹴った。

「内戦が本来の仕事か？　この大たわけ！　海兵たちはビルや民家の被害を最小限にしようと、敢《あ》えて白兵戦を繰り返したのだぞ」

抵抗を続ける敵に対して、戦車、砲兵は使わなかったということだ。

誤って民家の塀を壊した戦車兵が住人にぺこぺこ頭を下げる光景を舞は目撃していた。しかし、歩兵は神経にこたえる掃討《そうとう》作戦を余儀《よぎ》なくされた。

敵の抵抗拠点に対してはオトリが射撃を続ける一方で、背後にまわった奇襲部隊が、時にカトラスをかざして凄惨な戦闘を行った。敵は九州戦を経験した海兵に比べると拍子抜けするほど弱く、すぐにワナにはまってくれたが、それでも民間人を巻き込んだ事故は防げなかった。

人型戦車も海兵に協力して、何度となく敵の首根っこを捕まえるような戦闘を行った。機銃座ごと敵兵をわし摑《づか》みにして路上に放り投げる。路上にうずくまって茫然とする敵に海兵が群がって銃を突きつけるといった案配《あんばい》だった。

……認めたくはなかったが、舞も少々神経がまいっていた。

「それでは行くぞ。ふむ、海岸通りを使えばすぐだな」

軽いGを感じた。士魂号《しこんごう》の頃はのけぞるようなGを感じたものだが、と思いながら三番機は305号線を東へと向かった。

「わあ、東京タワーだ！　近くに見えるよ」

厚志の緊張感のない声に、舞は内心でため息をついた。どうやらスピードを出すことが嬉しくてたまらぬようだ。ほどなく海岸通りに出ると、路上は無人だった。反乱軍は大きく下がって戦線を縮小したようだ。

「竹芝辺りに光点。……一個中隊ほどだな。太田区で戦った連中とは違うぞ」

「わかってるって」

浜崎橋インターチェンジ付近のドライブインに二両の一五五ミリ自走榴弾砲が盛んに砲撃を行っていた。傍《かたわ》らには指揮所と思われるテントが設けられ、兵があんぐりと口を開けてこちらを指さした時には、一両目の自走砲を横倒しにしていた。わっと悲鳴が上がって、砲兵が中から這《は》い出してくる。そして茫然と二両目に取りかかっている人型戦車を見つめた。

「五秒やる。安全なところへ避難せよ」

砲兵たちは先を争って逃げ出した。少尉の階級章を付けたウォードレス姿が、両脇を抱えられるようにして連れ去られていった。三番機の二〇ミリ機関砲が短くうなった。爆発。そしてもう一度爆発。砲弾の誘爆を避けながら、三番機は通り魔のようにその場を駆け抜けた。

どこからか戦車砲弾と思われる飛来音がしたが、七十キロ超のスピードに敵の迎撃は振り切られた。

「ああ、いるいる。牽引《けんいん》砲だね。榴弾砲、迫撃砲、よりどりみどりだ。どうする？　警告するかい？」

高架道路の眼下、広大な汐留《しおどめ》貨物駅跡地に大小の砲、三十門が展開していた。厚志に尋ねられ「必要ない」と舞は即座に答えていた。テント、車両から兵が出てきて、しきりにこちらを指さしている。「ふむ」舞は満足げに声をあげた。

「砲ごと踏みつぶしてから警告しよう。わたしは自走車両を逃がさぬようジャイアントアサルトでフリーズさせる」

「ジャーンプだ……！」

機銃弾の音が聞こえたが、三番機は着地すると、まず百五十五ミリ榴弾砲を足で蹴り飛ばした。次いで同じ百五十五ミリ砲の砲身を掴むと、これも放り投げた。この間、砲手の舞は「自走砲の乗員は避難せよ！」と拡声器で叫びながら、最も軽快な八一ミリ自走迫撃砲のキャタピラ部分に二〇ミリ機関砲弾をたたき込んだ。

十両ほどの車列が停止し、初めて経験する恐怖に、クルーたちは蜘蛛《くも》の子を散らすように逃げ散った。舞は容赦《ようしゃ》なく引き金を引き続け、自走砲を次々と爆発させていった。露出した砲は文字通り三番機の足で蹂躙された。

「次に指揮所を徹底的に破壊する」

拡声器で警告しながら、舞はテント群にジャイアントアサルトを向けた。テントから将校たちが走り出て、逃げ出した。「よし」舞がシートを蹴ると、厚志は心得たようにテントを踏み潰し、通信機器を破壊した。

「厚志よ、えらそうなのを」

舞に言われて、三番機はひとりの中佐を掌《てのひら》で摑んだ。恐怖、怯え、そしてなすすべもなく巨人に蹂躙されたことに中佐の顔は青ざめていた。

「どうすればテレビ新東京を砲撃している連中を止められる？　我らはこれでも人命が第一だ。敵でも味方でも、な」

拡声器の音量に耳を押さえながらも中佐は頑《かたく》なに沈黙を守った。

「落とすぞ」拡声器のスイッチを切ってから、舞はつぶやいた。

こういう時は厚志がソフトに脅すのがよいのだ。「厚志、兵に呼びかけてくれ」舞が言うと、厚志の肩が微かに震えた。

「あー、お忙しいところを邪魔して申し訳ないです。僕たちは５１２１小隊。テレビ新東京に向けられた砲撃をすぐに中止する方法を知っている人いませんかー？　さもないとこの中佐殿、落としちゃいますよ――?」

三番機は中佐の姿を高々と掲げた。「十秒だけあげます。イチ、ニ、サン……」厚志の陽気な声は兵にさらなる恐怖を与えた。

突如として白いハンカチが掲《かか》げられ、物陰からひとりの大尉が前に進み出てきた。

「わかった! わかったから中佐殿を下ろしてくれ!」

「どうすればいいんですか?」

厚志は間髪を入れず、尋ねた。大尉は大きく深呼吸すると、肉声を振り絞って叫んだ。

「首相はとっくに逃走に成功。民間人の被害を最小にするには……夢の島公園に潜伏中との情報を流せばよいだろう」

「じゃあ、流してくださいよ。自分で壊しておいてなんなんですけど、無線機、一台くらいは残ってないですか?」

ほどなく無線機が見つかり、三番機は大尉が偽情報を流すのを監視した。しばらくして江東区の湾岸、辰巳《たつみ》、新木場方面に砲弾が落ちはじめた。

舞がちらと人質の中佐を見ると、中佐は泡を吹いて悶絶《もんぜつ》していた。

○十二月二十一日　午前六時十五分　テレビ新東京

砲撃がまばらになり、やがて止んだ。箕田が十一階のフロアに上っておそるおそる双眼鏡で見ると、新木場方面に黒煙が上がった。高速湾岸線は若気の至りというやつで、よくパトカーと鬼ごっこをしたものだ。まあ、あの辺りなら民家も少ないかと考えた。

「じきに一番機と二番機が救援に来る」

声がかけられ来須がむっつりした顔でたたずんでいた。傍らには若宮と石津がたたずんでいる。たった三人。三人でテレビ局をひとつ制圧するとはなんてやつらだ、と箕田は苦笑してかぶりを振った。

「首相はご無事か？」若宮が尋ねてきた。にしても納得だ。重ウォードレス可憐の二丁の一二・七ミリ機銃を構えられれば、よほど根性のある兵でない限り心が萎《な》えてしまうだろう。

「ああ、無事だ。どうやらこのフロアだけ造りが頑丈なようでな」

社長室の壁をたたいてみたら、石膏《せっこう》ボードの安っぽい音ではなく、金属音がした。社長ってのも大変だな、と思ったものだ。

「首相と局員を連れてすぐに脱出。海兵旅団と合流する。負傷者を途中、回収しつつ階下へ」

来須の言葉に箕田はうなずいた。重たげな足音が空にこだました。桜田通りを二機の人型戦車が進んでくる。どこかのビルから機銃音が聞こえてきたが、漆黒《しっこく》の重装甲の超硬度大太刀が一閃《いっせん》し、銃声は止んだ。

「十分だけ……手分けして……負傷者を」

石津が初めて口を開いた。すべての局員を社長室があるフロアに収容できたわけではない。

あの猛烈な砲撃に怯え、隠れている局員もいるはずだ。負傷者も少なくはないだろう。

「三人ひと組で探せ！　急げよ」

箕田の命令に、フロアにいた隊員は階段を駆け下りていった。

……結局のところ局員を回収するのに二十分かかった。重軽傷者の数は思いの外多く、遺体となって発見された局員も二十一名を数えた。

未だに黒煙をくすぶらせている一階のロビーフロアに全員を集めると、箕田は、はたと途方に暮れた。局員は負傷者も含めて二百名以上を数える。が、ほどなくエンジン音がして白旗と赤十字の旗を掲げたトラックが続々と到着した。

「へへへ、乗り心地が悪いかもしれないけど」

拡声器から滝川の声が響き、二番機の掌《てのひら》がそっと首相の前に置かれた。首相は首を傾げて「えっ、どういうこと……？」と困惑した表情を浮かべた。

「二番機にお乗せするのが一番安全と小官も考えます」

若宮が口添えして、にやりと笑った。来須の掌を踏み台にして首相は二番機の掌におっかなびっくり腰を下ろした。ぐんと腕が上げられ、首相は悲鳴にならない悲鳴をあげた。

「逃げる時はつらかったっす。これからは何があっても首相を守りますから」

そう言うと二番機は首相をそっと握りしめ、全速力で走り去った。一番機が護衛役として追随する。敵の前線を突っ切って泉岳寺《せんがくじ》の辺りまで出れば海兵の偵察中隊が待機しているとのことだ。

来須、若宮、そして箕田小隊はそれぞれのトラックに分乗して、人型戦車の後を追った。

「これでひと安心ね。社長賞もらったら、またご馳走《ちそう》してあげるから」

桜沢はちゃっかり箕田と一緒のトラックに乗っていた。箕田はオープンにした荷台から目を光らせて周辺の様子をうかがっている。

声をかけられて箕田の表情が険しくなった。

「るせえ！ そんな能天気なこと言ってる状況かよ？ おまえんとこの局員が二十一人も死んだんだぞ。腕や足を吹き飛ばされたやつもいる。どの荷台も血のにおいでいっぱいだ。ちっくしょう、あんな無茶しやがって……！」

箕田の目を見て、桜沢は「ヒッ」と声をあげて後ずさった。凶暴な怒りを宿した目だった。

箕田は悔しくて悔しくてたまらなかった。自衛軍が、本来守るべきはずの人々を殺した。しかもこの騒ぎになんの関係もない無抵抗の民間人をだ。罪の追及は憲兵隊と警察の仕事だろうが、できることなら攻撃を指示したやつら、なんの疑問もなく命令に従ったやつらをこの手で殺したかった。

「ごめん……」桜沢の悄然《しょうぜん》とした声に、怒りはわずかに和らいだ。

「おめーのせいじゃねえよ。幻獣相手の戦争のがまだましだ。……くそ、こんな都会のど真ん中でドンパチやりやがって！ おめーも一緒に怒れ」

そう言って桜沢を見ると、桜沢の目の色も変わっていた。事態の深刻さがようやく実感としてわいてきたようだ。

「……誰ひとりとして逃がさない。命令に従っただけだなんて言わせないから。冗談じゃないわよ……自分の頭で考えなかった報いを受けるがいいんだ」

普段のトーンの高い声が、低く、絞り出すような声になっている。

「ああ、存分に暴れて……」

箕田は言いかけた時、かなたでビルが崩落する音が聞こえた。「迂回して海岸通りに出る」来須の声がすぐ後ろの車両から聞こえた。

○十二月二十一日　午前七時十分　麻布十番付近

ビル陰から突如として現れた栄光号《えいこうごう》に滝川は目を見張った。交差点に立ってジャイアントアサルトを構えている。くそ！　二番機は横っ飛びに飛んで、郵便局のビル陰に降り立った。直後、ジャイアントアサルト特有の高速ガトリング機構が回転する音とともに機関砲弾が吐き出された。郵便局ビルに機関砲弾が突き刺さる音。なんなんだ、これ？　反乱軍にも人型戦車があったのか？　それでも掌は固定したように首相をやさしく摑んでいた。

あ……俺、冷静。そんなことを思った瞬間、

「滝川さん！　わたくしに任せて逃げてくださいっ……！」

壬生屋の切迫した声が無線から飛び込んできた。そうだった！　壬生屋ならそこらのへなち

よこパイロットなんて秒速で料理できる。二番機は体勢を立て直すと、桜田通りを全速力で駆けた。時速七十……八十。二分ほどで路上に海兵旅団の装甲偵察車が見えた。都職員住宅と図書館の陰からも六二式歩兵戦闘車と装甲偵察車が、徐行しながら姿を現した。警官隊、機動隊も五十名ほど滝川のゴールを見守っている。

とっさに思いついて「敵にも人型戦車がいる！」と拡声器で叫んだ。と、数発の機関砲弾が二番機の胴体に突き刺さった。「わあっ……！」拡声器をオンにしたまま、二番機はとっさに職員住宅の敷地に倒れ込んだ。

「首相を……！　すぐにっ！」

掌を地面につけ、ゆっくりと開くと、失神した首相が横たわっていた。機動隊員が駆け寄るより先、偵察隊の兵が首相を抱え、偵察車に運び込んだ。

「すぐに逃げろっ！　敵は首相を狙っている！」

偵察車はその叫びに感応したかのように器用にUターンすると、路上の警察車両はあわてて路肩へ寄った。そしてそのまま全速で走り去った。これに仲間の偵察隊も続く。警官たちは自らバリケードになるつもりらしく、パトカー、鎮圧用車両を連ねて道路を封鎖した。滝川はジャイアントアサルトを取り出すと、図書館側に移動し、敵を待った。「大丈夫だ。住民は最寄りの地下鉄駅に避難させた」パトカーの拡声器から声がかけられた。

ほどなくまだ塗装も済ませていない出荷前の栄光号が駆けてきた。色気のねえ薄茶だな。にしても壬生屋はどうしたんだ？　と思いながら滝川は引き金を引いた。距離百。ガトリング機構が回転し、機関砲弾を吐き出す。と、着弾を見計らったかのように栄光号はジャンプした。マジ……かよ？　滝川は目を見開き、再び撃った。と同時に衝撃。二番機は蹴り飛ばされ、路上を十メートルほどすべった。

こいつ、強え……！　驚愕の表情を浮かべたまま、滝川は無線をオンにした。

「今、敵の人型と戦っている。強え！」

起き上がりざま、再びキックを見舞われ、団地らしき建物に機体はめり込んだ。くそくそくそ……！　体勢を立て直そうとしたところにジャイアントアサルトの銃口が鼻先に突きつけられた。マジかよ？　俺、死ぬのかよ？　冗談じゃねえっ……！　こんなチャバネ野郎に殺《や》られてたまるか！　二番機がとっさに敵の銃身をはたこうとした瞬間――。殺気だった風音がして、敵の姿が消えた。

「不覚！　百倍返しにしてやりますわ！」

壬生屋の声が無線から聞こえ、同時に二番機は団地内に潜り込み、内部を破壊しながら建物内を進んだ。拳で穴を開ける。チャバネ野郎に斬りかかる一番機の後ろ姿が見えた。豪剣一閃《ごうけんいっせん》、と思った瞬間、剣は空しく空を切り、敵は右手にジャンプしていた。よし！　滝川はジャイアントアサルトを突き出し、引き金を引いた。距離三十。コックピットを直撃だっ……！　ふっと敵の姿が消えた。避けられた？　二番機の頭上で射撃音。壬生屋機はとっさに横っ飛びして避けた。化け物……？　ふと恐怖を覚え、滝川は三番機を呼び出していた。

「敵はめちゃくちゃ強え――！　距離三十でもかわすんだぜ？　これって新型？」

弱気な言葉がつい口をついて出た。

「冷静になれ。そなたはそなたらしく粘っていろ。すぐに行く」

舞のそれこそ冷静な声が聞こえた。そなたらしく、か。滝川の表情に不敵な笑みが戻った。俺らしくってのはなんでもありってことだ。泥臭く戦ってやる。にしてもゴキブリ並みのすばやさだぜ、チャバネ君。滝川は目を凝らし、耳を澄まして敵の位置を探った。


麻布十番交差点で敵に斬りかかったとたん、立て続けの斬撃《ざんげき》が空を切った。再び剣を構え直す間もなく敵のキックの直撃を受け、一番機は旧オーストラリア大使館の建物にたたきつけられていた。一瞬、壬生屋は気を失っていたらしい。とどめの一撃はなく、敵は姿を消していた。一両の七四式戦車が好機とばかり砲身をこちらに向け、撃ってきた。

間一髪で避け、飛びかかってエンジン部に剣を突き刺した。背後で戦車の爆発する音を聞きながら桜田通りを駆けた。滝川君が危ない！　首相が危ないっ！　案の定、敵はいた。紙一重の差で間に合った。それにしても、あの動きは……？　壬生屋は団地屋上からこちらを見下ろしている敵と瞬間、にらみ合った。

剣の腕が鈍っているのか？　壬生屋の脳裏にふとそんな思いがよぎった。

これまで敵としてきたミノタウロス、デーモン、オウルベア、個々の幻獣は動きが鈍い。ただ、その数の多さが厄介だっただけだ。

実家の道場で、死んだ祖母や兄、そして父親と立ち会った時の感触を思い出そうとした。三人とも自分より動きが速かった。木刀で打たれると死ぬほど痛い。だから壬生屋は必死に相手の動きについていった。

敵のジャイアントアサルトがゆっくりと持ち上がる。一番機は跳躍して機関砲弾を避け、敵の隣に立った。斬撃は動きが大きい。突きだ……！　一番機は転回しようとする敵に必殺の突きを放った。短く銃声。肩の装甲が吹き飛ばされた。敵の栄光号は剣の切っ先をぎりぎりでかわして後退していた。

まさか……。これでだめなの？　どん、と衝撃があって超硬度大太刀を握ったままの左手が宙を舞った。とっさに着地して敵の死角に隠れる。誰だ？　誰が乗っているんだ？　まるでわたくしの動きを読んだように。

読んだように。読んだように……？　壬生屋は、はっとした。速いのではない。敵はわたくしの動きを読んでいるんだ！

「滝川さん、わかりました。敵はわたくしたちの動きが読めるんです！」

壬生屋が口を開くと、すぐに応答が返ってきた。

「ちぇっ、そんなのありかよ？　超能力者じゃねえんだから。待てよ……まさかカーミラが乗っているわけじゃねえよな？」

カーミラ、という名を聞いて壬生屋は一瞬、表情を曇らせた。カーミラさんとは最後まで話すことがなかった。壬生屋が無意識のうちに避けていた。人の心を読むなんて卑怯《ひきょう》だと思ったこともある。

建物が崩壊する音。滝川機が姿を現して、敵にジャイアントアサルトを放った。敵は横っ飛びに移動すると、反撃。二番機はあわてて瓦礫《がれき》の中に姿を隠した。

「だめだ。このまんまじゃ……」

滝川の悔しげな声が聞こえてきた。

そう。二機とも撃破される。なんとか策を考えないと！　今や防戦一方となった壬生屋は必死にヒントを探した。

楽な戦闘かと思ったがそうでもないようだ。残弾を計算してアリウスは、にやりと笑った。パイロットたちの心は読める。動きも読める。しかし、これが巨人の限界か、動きが自分の意識より一瞬遅れる。これがために狩りに手こずっている。

そして、これも計算外だったが、巨人の意識と同調した自分の意識は精神操作を行うことができない。ただ、読めるだけだ。

黄色い機体は恐怖を押し隠して、なんとかこちらのウラをかこうと狙っている。黒の機体は、初め攻撃が通じぬことに茫然とし、今は必死に打開策を考えている。まず黒からか？　黒のパイロットの心が透明な殺気を帯びはじめた。差し違えてでも勝負をつける気だ。よろしい。ならば乗ってやろう。しかし……アリウスは唇をゆがめた。この美しい殺気が、恐怖と驚愕とに変わるさまを感じてみたいものだ。

背後に殺気。一直線に突っ込んでくる。アリウスは機体をすばやく転回すると、引き金に指をかけた。漆黒の、きれいな、殺気。しかしかわしてみせる。かわしざま機関砲弾をたたき込んでジ・エンドだ。アリウスは跳躍の構えに入った。
と――、轟音がして足下が揺れた。屋上に巨大な穴が空いて、粉塵《ふんじん》がわき起こった。アリウスが跳躍したと同時に、建物は崩壊し、92ミリライフルを構えた黄色の機体が地面に這いつくばっていた。

「壬生屋、だめだ！　芝村たちが来るまで粘ろうぜ……！」

滝川の声と同時に爆発、粉塵が濛々《もうもう》と立ち込めて一番機は敵機とすれ違うように反対側に跳んだ。滝川の声で我に返った。差し違えても、だなんて――。闘牛士と闘牛。敵はとっくに見通しで、こちらの粘りがなくなった分、悠々と攻撃を避けるだろう。

「三機で連携する。壬生屋、滝川、ここでは建物の被害が大きい。芝浦埠頭《しばうらふとう》まで逃げろ。滝川は敵をジャイアントアサルトで敵を牽制しつつ、誘い出してくれ。我らもともに誘い出す。壬生屋は埠頭まで一直線に。集中力を高めてくれ」

舞の冷静な声がコックピット内に響き渡った。遠方から92ミリライフル弾がなお別棟の屋上にたたずんでいる敵機をめざして直進していく。敵の姿がふっとかき消えた。つまらない意地を張っている場合じゃない、芝村さんには作戦があるんだ――。

一番機は芝浦埠頭に向かって駆けた。二番機もジャイアントアサルトに持ち替え、団地群を離脱する。滝川さん、大丈夫かしら？　一瞬、不安がよぎったが、すぐに消えた。芝村さんと速水さんならどんな奇跡だって起こせるんだ。

「気をつけて、芝村さん！　敵はわたくしたちの心が読めるみたいです！」

「わかった」すぐに舞から応答があった。

三番機の姿がビル群の谷間に見え隠れしはじめた。二番機も遮蔽物を利用して、暫時《ざんじ》、敵に射撃を行っている。

今、わたくしにできることは——。そう、強く念じること。敵がどうだとか、そんな雑念は振り払って、ただこの強敵と戦いたい。それだけだ！　埠頭へ向かいながら、壬生屋の心はしんとした闘争心に満たされた。


「心が読める、だってさ。こわいよね」

言葉とは裏腹に厚志の口調は楽しげですらあった。コックピットが静かな、透明な殺気で満たされつつあった。舞は操縦席のシートを軽く蹴った。

厚志は心得たもので、二番機と百メートルほど間隔をとって、今は芝浦産業大学の校舎陰に制止し、二番機とともに狙撃を行っていた。二番機は榛山第三ビルのビル陰から火線を交差させるようにして、敵を挑発している。

敵の姿が近づいてきた。電子の女王と謳《うた》われる舞の狙撃すらやすやすと避けながら、ジグザグに走って接近してくる。

「動物を狩る話は好かぬが……」

埠頭へ向かって後退しながら、舞は静かに口を開いた。

「マタギの熊《くま》狩りの話はなかなかに興味深かった」

「マタギ？　なにそれ……？」厚志が意外な、といったように尋ねた。

「山中を自在に行き来する猟師のことだ。熊《くま》を追い詰める役……勢子《せこ》は里の村人に頼んで、自らはここと決めたポイントで待機し、銃を構える」

以前、何かの本で読んで、まさかなと首を傾げたものだ。

「待ち伏せだね」

「ふむ。しかし、山中のことだ。熊を視界に収める時には十メートルに迫っている。引き金を引くタイミングは一瞬だけだ。しかも確実に仕留めなければこちらが殺られる。知らぬだろうが、熊の瞬発力は一流の短距離選手など問題にもならぬほどだ。マタギはこれを冷静に、確実に仕留めることができる」

舞は淡々と語った。そんな情景が目に浮かんで眠れなかったことがある。

「普通にできるんだね？」

「ああ、マタギは熊を単なる獲物ではなく、山の神の贈り物と考えているからな。そういう狩りをすることもある。一瞬だ、一瞬。普通に、その一瞬に命をかけることができる」

「うん」厚志は静かに応じた。

コックピット内の殺気が増した。芝浦埠頭の倉庫群が見えてきた。漆黒の一番機が失った左腕からたんぱく燃料を滴《したた》らせながら待機している。

「壬生屋が散々な目に遭った敵だ。小細工など通じぬ」

そう言うと舞は操縦席のシートを蹴った。

「わかってるさ」厚志は拍子抜けするほど淡々とした口調で請け合った。


誘っている。アリウスはそう確信すると、にやりと笑った。相手はこちらを狩るつもりだろうが、狩るのはこちらの方だ。この巨人が本来持っている憎悪、怨念、破壊への渇望《かつぼう》と相性がよい分、この機体は恐るべき生体兵器になっている。何よりも嬉しいのは、翼を失って以来、身動きもままならなかったこの身が再び足を得たことだ。

黒い機体から殺気が放たれている。なるほど開けた場所でいっきに勝敗を決する気か？　黄色の方は不安と闘争心がないまぜになって恐るるに足りぬ。そして不思議なことに灰色の巨人は心がまったく読めぬ。ただ、黒と同じ種類の殺気を放っているだけだ。

灰色のやつが面白そうだな——。

倉庫群を跳び越えると、アリウス機は埠頭に降り立った。そして、悠然とたたずんでいる灰色の機体と向かい合った。

「くくく、そう来るか……」

アリウスはひとりごちた。目の前で灰色の機体はジャイアントアサルトを捨てた。距離は三十メートル。アリウスも反射的にジャイアントアサルトを捨てていた。どちらからともなく二機の機体は組み合った。灰色のパンチを身をひねって避ける。と、反対側から殺気。はじめのパンチはフェイントだ。アリウス機は機体を倒れるままに任せて、相手に足払いを食わせていた。パンチが空を切った。灰色の機体がゆっくりと倒れていく。衝撃。アリウス機はすぐに立ち上がると起きあがりざまの灰色の機体にキックをたたき込んだ。

足に手応えが伝わって、灰色は倉庫にたたきつけられた。この間、他の二機はぼんやりと成り行きを見守っている。そのはずだ。今の格闘はまばたきする間のことだった。倉庫にたたきつけられ後方への逃げ場を断たれた灰色にとどめのキックを与えるべくアリウス機は跳躍した。灰色もやはり遅い……！　身を起こそうとやっと動きはじめた。勝利を確信して、アリウス機は渾身《こんしん》のキックを放った。

「なんだと……？」

アリウスは驚愕に目を見張った。

へえ、ほんの少しだけど、僕より速いな。厚志は素直に感心した。フェイント付きのパンチなど、避けて当然、と割り切った。それほどの強敵だった。足払いを素直に受けて、さらにキックの衝撃に耐えた。まだ。まだだ……。

はじめから逃げるつもりなどなかった。スピードと洗練された身ごなしを誇る敵には、最もシンプルで泥臭い方法でしか対抗できない。舞がシートを、とんと蹴った。

「うん」

厚志は、敵のキックの軌道を読んでその脚を摑んだ。敵機は地響きをあげて転倒し、三番機はその上に覆い被さった。敵機のレーダードームと目が合った。三番機はレーダードームを上げると、思い切り敵のレーダードームにぶつけた。

なりふり構わぬ三番機の頭突きに、敵機は一瞬、茫然としたように動きを封じられた。

よし……！　厚志は両腕でしっかりと敵を掴んだ。

「壬生屋、我らに構わず敵を突け！　ブラックボックスの位置はわかっているな？」

舞が叫んだ。

「わかりました」

わずかな逡巡《しゅんじゅん》もなく、一番機は猛然とダッシュすると、敵機の上に折り重なった三番機の右足を蹴った。わずかな隙間。超硬度大太刀がその隙間から敵機の脚を深くえぐった。すばやく引き抜くと、今度は左足。そして腕――。

「たわけ！　なぜ、命令を聞かぬ？」

「ふふふ。まず動きを封じてからです。ブラックボックスは最後にとっておきます」

壬生屋の声には自分たちと同じ透明な狂気、透明な殺気があった。あは。厚志は笑い声を洩らすとすばやく敵機から三番機を放した。まるで磔刑《たっけい》にされたように四肢の動きを封じられた敵機は必死に転がって壬生屋機の刃から逃れようとした。

「とどめですっ……！」

壬生屋の声がコックピット内に響き渡って、厚志の目に、敵機のブラックボックスを串刺しにした漆黒の機体が映った。それは冷酷な、しかし白兵戦の名手である壬生屋らしい美しい処刑法だった。厚志は一瞬、一番機の姿に見とれた。

不意におびただしい飛来音が聞こえてきた。

「やべえぞ！　反乱軍のやつら、ロケット砲を撃ってきやがった！」

滝川の声が聞こえた。まだこんな兵器を持っていたのか？　舞はシートを蹴ると「撤収」と命じた。一番機は敵機からたんぱく燃料を滴らせている超硬度大太刀を引き抜くと、パイロットにとどめを差すべく再び剣を振りかぶった。

「時間がない。すぐにっ……！」

三番機を走らせながら舞が叫ぶと、一番機はためらったあげく後に続いた。二番機が合図を送ってきた。あらかじめ探してあった倉庫群の陰に逃げ込むと、埠頭は爆発音と爆煙に包まれた。ロケット、そして榴弾の嵐は十分の間、続いた。これは手もなくひねられた敵砲兵の意趣返しなのだろう。位置を特定して、すぐに潰さねば――。

レーダードームを埠頭の方角にめぐらすと、栄光号は無残に破壊されていた。巨大な頭部が転がっている。レーダードームはすでに光を失っている。

「パイロットは死んだのかな……？」

厚志が声をかけてきた。舞は少し考えて、ゆっくりと首を横に振った。ふと目の前を風に流され通過していったものがある。

「羽根……か？」

純白の羽根が風に煽《あお》られ、空中を浮遊していた。舞はぼんやりとその行方《ゆくえ》を見守った。

「あー、こちら瀬戸口だ。ただ今の反乱軍の砲撃は上野公園からのものと判明。友軍に合流したくてもできなかった部隊が噴水広場に展開していた。すぐに植村・矢吹の戦闘団が掃討した。これで反乱軍はすべての砲兵戦力を失った」

瀬戸口から通信が入った。

「ふむ。歩兵の援護もなしに展開していたのか？」

「余裕がなかったんだろうな。あるいは砲兵は単なる威嚇と考えていたか？　完全にこちらの不意を打った決起であったため、クーデターはごく短時間で成功、これほどの戦闘になるとは予想しなかった、というのが俺の考えさ」

瀬戸口は淡々とした口調で言った。確かに。連中は自らが市街地に砲撃を加えることなど予想すらしなかったろう、と舞は思った。

「僕も同じ考えさ。隅田川を渡ろうとしたら、急に近くで砲撃がはじまるんだもんな。驚いたよ」

散々聞き慣れた声が無線に割り込んできた。

「……渡るな。渡らんでもよい。そなたは現地点に待機せよ」

金髪の悪魔め。どうしてこうしゃしゃり出てくるのだ？

「くそ、そんなこと言っていいのか？　僕は持てる限りの戦力で最大限の戦果を挙げてきたんだぞ！　今の僕は警察・憲兵八百人、学兵千五百人を率いる身分だ」

茜《あかね》は憤然《ふんぜん》として叫んだ。どうやら進撃するうちに様々な勢力を吸収して膨れあがったようだ。

舞は茜の抗議を黙殺して「近くに警察か、憲兵はいるか？」と尋ねた。

「こちら木更津《きさらづ》署の星野《ほしの》警部。あなたが芝村中佐ですな？」

すぐに無線の声が変わった。ふむ、警察か。舞は首を傾げた。

「5121小隊司令・芝村だ。こちらに行軍するのは構わぬが、警察にはやることが山積みしているであろう。まず東東京から千葉にかけての治安の維持・回復。敗残兵がそちらに向かう可能性もある。実は我々は自棄《やけ》を起こした兵が市民を人質にとった現場に居合わせた。民間人の死傷者もかなりの数に上る。詳しくは警察・憲兵の責任者と相談してくれ」

「了解しました。まず橋の封鎖、検問ですな」

星野警部はきびきびと応答してきた。

「……ゆえに金髪ザルは拘束してくれ。東京ドーム付近では未だに激戦が続いている。口先だけの金髪ザルなぞが、のこのこと足を踏み入れる場ではないのだ」

「くそ！　僕は反乱軍の一個大隊を壊滅させた功労者だぞ！　見せてくれ！　クーデターが失敗する様子を目に焼き付けておきたいんだ！　わっ、何を……」

茜の悲鳴と同時に、無線はぷつりと切れた。星野警部とやらは、これからの仕事の大変さにあらためて気づいたらしい。

「あは、茜ったらやっぱり出てきたね」

厚志が笑った。

「続報だ。反乱軍砲兵の壊滅により、矢吹・植村戦闘団が攻勢に転じた。五十七連隊はなだれを打って壊走《かいそう》中とのことだ」

瀬戸口の報告に、舞は内心で安堵の息をついた。壊走しても逃げ場所などない。じきに連隊は組織的な抵抗力を失い、降伏するだろう。

「なあ、俺たち、勝ったのか？」

滝川が素朴な疑問をぶつけてきた。その通りだ……。舞は一瞬の安堵を後悔した。

「……負け、だ。我々の勝ち、とはクーデターを未然に防ぐことであった。戦闘には勝ったが、今回の事件はボディ・ブローのように効いてくるであろう」

第八章　瓦解

●十二月二十一日　午前十一時三十分　首相官邸《かんてい》地下・第一師団司令部

「五十七連隊は壊滅《かいめつ》。四十九連隊は練馬《ねりま》付近に留まったまま、海兵とにらみ合いを続けています。進撃再開を命じましたが、以後、通信途絶」

第一師団の参謀長《さんぼうちょう》は、沈鬱《ちんうつ》な面持ちで卓上に置かれた地図に目を落とした。参謀の誰もが肩《かた》を落として地図に見入っている。

「……第一、第三連隊はどうだ？」

秋月《あきづき》中将《ちゅうじょう》は血走った目で参謀長を見た。しかし参謀長は、黙って首を横に振った。

「完全編制の海兵旅団と激突し、さらに人型戦車が敵側に加わったことでほぼ戦力は半減。投降者が続出しています。……工兵どもが狂ったようです。同じ師団の投降者を射殺するところを目撃したという兵の報告が届いています。ならば海兵に投降を、ということでしょう」

「泉野《いずみの》大佐《たいさ》、意見はあるかね？」

秋月は、副官とともに前線視察から戻ってきたばかりの泉野大佐に意見を求めた。泉野の顔にも焦燥《しょうそう》が色濃く表れている。

「西郷《さいごう》長官を連れ、五百メートル先にあるアメリカ大使館に保護を求めましょう。この国はもうダメです。幻獣《げんじゅう》共生派内閣《ないかく》に乗っ取られた。そう訴《うった》えれば……亡命政権を作ることができます！」

秋月の顔に微《かす》かに希望の色が宿った。しかし、泉野の副官は「ふん」と鼻で笑った。

「何がおかしい？　末次大尉《すえつぐたいい》」

泉野はいぶかしげに末次を見た。

「まだそんな世迷い言を。このクーデターを血で染めたのはどちらの側か、もはや明白ではありませんか？　都民を人質に取ったのは我々の側ですよ。しかも誰ひとりとして国民がいない亡命政府などお笑いぐさです」

末次は開き直ったように言った。なんなのだ、この態度は？　泉野は茫然《ぼうぜん》として、勝負を投げた男を見た。

「君に……案はあるのか？」今さら秋月中将を動揺させてどうする？

「わたしだったら北海道へ逃げますね。北海道を守る第七師団は、自衛軍でも実態がほとんど知られていない謎《なぞ》の多い部隊です。彼らは未だに幻獣と小競《こぜ》り合いを続けています。我らの主張を受け入れるかもしれません」

末次の案を吟味《ぎんみ》して、泉野はせせら笑った。

「北海道までどうやって逃げるのだ？　我々は包囲下にあるのだぞ」

「ああ、それは——。その気がある者だけで。わたしは一兵卒に化けて逃げますよ。あなたがたは自決でもなんでも、どうぞお好きに……」

　自分だけが生き残ればよいのか？　銃声がこだました。泉野はとっさに抜いた拳銃《けんじゅう》で末次の額《ひたい》を撃ち抜いていた。末次は壁にもたれるようにして崩れ落ちた。

「……敗北主義者を処刑しただけです」

　泉野は自らに言い聞かせるように言うと、拳銃をホルスターに収めた。

「なんだ？　何が起こったのだ？」

　声がして、西郷官房長官が秘書とともに地下室へと入ってきた。むっとする血のにおいに顔をしかめ、恐怖を面に表した。

「長官。これよりアメリカに亡命します」

　秋月中将が重々しく言った。西郷長官の……政治家の看板がなければ、と考えたのだろう。しかし西郷は「アメリカ？」と目を瞬《また》いた。

「わしはアメリカなんぞには用はないぞ。新内閣は発足したばかりではないか？　大原《おおはら》のばあさんは死んだのだろう？」

　何も知らないのか？　泉野は驚いて第一秘書の小川《おがわ》を見た。

「長官はご自分の現実に閉じ籠《こ》もってしまわれました。もはや政治家としても人間としても彼《ひ》岸《がん》の世界へ行っております」

　小川の言葉を聞いて、秋月と泉野は顔を見合わせた。わずか数時間で、人間がこれほど変わるものだろうか？

「……人型戦車が我が方にいると聞いたが」

それでも秋月はあきらめきれないようだった。

「芝浦埠頭《しばうらふとう》に残骸《ざんがい》が転がっております。時間がありません。友軍は時間を稼ぐため、最後の抵抗を続けております」

泉野の言葉に、秋月は、ふっと笑った。師団の参謀たちは肩を落としてうつむいた。

「なんのための時間稼ぎか？　……これまでだ」

銃声、砲声が近づいてきている。不意に階上で一発の銃声がこだました。

「西中将、自決されました！」側近の将校が絞り出すような声で叫んだ。

「アメリカ……」泉野は誰に言うともなくつぶやいた。そうだ、アメリカに亡命するのだ。泉野はきびすを返すと、敗北に打ちのめされた司令部を出た。

官邸の庭に出ると、ピタリと銃声は止んで、三体の巨人がこちらを見下ろしていた。兵たちは銃を捨て、続々と投降している。嫌だ……。こんな結末は見たくない。泉野はハッチが開いたままの兵員輸送車に飛び乗ると、急発進した。

銃撃はなかった。アクセルを全開にして、六本木通りを突っ切り、アメリカ大使館を視野に収めた。と、目前に横倒しになった車両が広がった。炎をあげて燃えている。あわててハンドルを切って、これも黒煙《こくえん》を上げている七四式戦車に激突した。

すでに銃撃戦は止んで、敵も味方も驚いて運転席に突っ伏している泉野を見た。

まだだ。まだ巻き返せる……。口の中に血の鉄錆《てつさび》た味が広がった。身動きして激痛に顔をしかめた。ハンドルに胸を強打し、肋骨《ろっこつ》が折れているらしい。痛みを堪えながら、アメリカ大使館の門前に立った。同じことを考えた者もいるらしい。尉官、佐官クラスの将校が群れをなして口々に叫んでいる。

「わたしは泉野大佐。貴国の一等書記官・アダムス氏の知己である。アメリカへの亡命を希望するっ……！」

泉野も英語で声を限りに叫んだ。しかし巨大な鉄門はビクリとも動かなかった。「大使館宿舎で亡命者を受け入れているらしいぞ」誰かが口を開くと、敗残の将校たちは、わっと数百メートル先の宿舎へと走った。どちらも一歩、足を踏み入れればアメリカの管轄《かんかつ》下だ。泉野はしかし踏みとどまって鉄扉《てっぴ》を拳でたたき続けた。

「我々は救国政府だ！　幻獣共生派に乗っ取られた政権を打倒すべく決起したのだ！　門を開けて我々を受け入れてくれっ……！」

しかし内部からはなんの反応もなかった。人の気配すらない。そこだけが異空間のように静まりかえっている。

「無駄ですよ。アメリカ政府は局外中立を宣言しました」

声がして、東京憲兵隊の記章を付けた憲兵《けんぺい》大尉が歩兵戦闘車の砲塔上から、苦笑を浮かべ、見下ろしていた。泉野は拳銃に手をかけた。

「東京憲兵隊の副島《そえじま》です。しばらく見物させてもらいました。集まってくるものですなあ。まるで火中に飛び込む虫のようだ」

ウォードレスで武装した憲兵が一団を取り囲んだ。反乱軍の将校たちは武器を捨て、高々と両手を挙げた。しかし、まだだ……。泉野は拳銃をホルスターごと投げ捨て、路上に腰を下ろすと、久しぶりの煙草《たばこ》を口にくわえた。痛みに耐えながら紫煙《しえん》を深々と胸に吸い込んで、これからの法廷闘争のことだけを考えることにした。

○十二月二十一日　午前十一時四十五分　首相官邸地下・第一師団司令部

一個分隊ほどの衛兵に監視された反乱軍司令部に植村《うえむら》が足を踏み入れたとたん、銃声が聞こえた。背広姿の中年の男が自分の行為に驚いて拳銃を取り落とした。後頭部を撃ち抜かれた男がうつ伏せに倒れていた。血がぬるりと床に広がっていく。

「……西郷官房長官か？」

植村が尋《たず》ねると、黒縁の眼鏡《めがね》をかけた男は黙ってうなずいた。

「先生は狂われました。いえ……クーデターを支持した時点ですでに狂われていたのかもしれません。わたしは第一秘書の小川と申します」

小川は震えながらも、淡々とした口調で言った。植村は身震いを覚えて、

「衛兵、なぜ、止めなかった……？」叱責《しっせき》の言葉を飛ばした。

「しばらくの猶予《ゆうよ》をと」

よく見ると衛兵は東京憲兵隊の記章が入ったウォードレスを着ていた。猶予と言われて植村は苦虫を噛《か》み潰《つぶ》したような顔になった。猶予とは自決するための猶予のことだ。そのために司令部は東京憲兵隊が監視している。

見ればひとりの大尉が壁にもたれて絶命していた。師団司令部のスタッフたちは武装解除もされず、広大なフロア内をある者はぼんやりと椅子《いす》にもたれ、ある者は所在なげにウロウロとしている。

「植村大尉……でしたね。ここは危険です」

分隊長の憲兵軍曹《ぐんそう》が植村を押しとどめるように声をかけてきた。手にはサブマシンガンを構えている。憲兵隊にとっては、とっくに自分の面など割れているのだろう。自分たち、が包囲されていた東京憲兵隊司令部を解放したことも知っているはずだ。

「首相のご命令か？」

「いえっ。憲兵総監のご命令であります！」

軍曹は強い口調で否定すると、植村と並んで司令部内を見渡した。小川秘書が銃を拾って自らのこめかみに当てると、すばやい動きで拳銃を取り上げた。

「あなたには後日、証言台に立ってもらいます。他の方はどうぞご自由に」

そう言うと、小川の痩身《そうしん》を部下に引き渡した。銃声が立て続けに響き渡って、ふたりの高級参謀が息絶えた。憲兵の最も陰惨《いんさん》な部分を見て、植村はきびすを返した。

「植村大尉。二十一旅団だったな」

声をかけられて振り向くと、秋月中将が自分をにらみつけていた。秋月は拳銃を投げ捨てると、背筋をピンと伸ばして植村の前に立った。軍曹がさりげなく植村をかばった。

「わたしは自決せんよ。世間に訴えたいことがある。首相への口添えを頼まれてくれんか？」

秋月のただでさえ鋭い目は、凄絶《そうぜつ》とさえ表現できる光を帯びていた。植村は沈鬱《ちんうつ》な表情でその視線を受け止めた。

「……閣下にその資格がおありでしょうか？　この反乱のために自衛軍のみならず民間人にも多くの犠牲者《ぎせいしゃ》が出ました」

話すうちに植村の目に強い憤り《いきどお》が宿った。今さら、何を——。

「責任を敗者のみに転嫁するのか？　わたしは今さら命など惜しくはない。ただ、わたしは後世に向け、警告を発した後、処刑台に立ちたいのだ。頼む。十日でも、否、一週間でもよい。わたしに執筆《しっぴつ》の時間を与えてくれ。武士の情け、とは古い言葉だが、なんとか首相に取りなしてくれんか？」

「……伝えましょう」

思わず応えていた。自衛軍同士が、人間同士がこの東京で醜《みにく》く争った。本来なら勝者も敗者も等しく裁かれるべきなのかもしれない。それだけ言うと、植村は背を向け、敗北者の巣窟《そうくつ》を去った。

●十二月二十一日　午後七時三十分　日の出桟橋

倉庫群は夜の帳《とばり》に包まれていた。時折、思い出したように降っていた淡雪《あわゆき》が、本格的な粉雪に変わっていた。海から吹く強風が粉雪を散らし、寒々とした風音を残して吹き抜けていった。アリウスは半ば焼けただれた襤褸《ぼろ》を身にまとい、空のジュート袋を体に巻き付け、無人の倉庫に身を潜《ひそ》めてエネルギーの消費を抑えていた。

寒さなど感じる体ではなかったが、ただでさえ不自由であった片足を吹き飛ばされ、体内に蓄えられた「命」は残り少なくなっていた。彼に従ってくれたペンタ知性体たちはアリウスを桟橋《さんばし》に下ろすと命が尽きた。もう身動きもままならなかった。

「ウィルスどもめ……」

アリウスのルビー色の目は憎悪に輝いていた。なぜ、どうして、より高等な存在である僕が、こんなところで人間どもから隠れていなければならないのか？　人間への憎悪だけが今のアリウスの心の支えとなっていた。

ウィルスどもをこの世界から根絶しないうちは死ぬわけにはいかないと思った。アリウスは自らの命を賭《か》けて、強烈な念波を発していた。この念波を感じ取る何者かがいれば、この災禍《さいか》と受難《じゅなん》の島から脱出できるだろう。アリウスは意識を集中した。

不意に頭から何かを浴びせられた。金属をこする音がして、みるまに炎に包まれる自分の体にアリウスは驚愕《きょうがく》した。「ぎゃあああ……！」ルビー色の目を見開き、獣《けもの》のように怒りの咆哮《ほうこう》をあげながらアリウスの体は本能的に海をめざし、転がっていった。

炎に包まれた浮浪者《ふろうしゃ》が海中に没する様子を、元憂国《ゆうこく》武士団の三人はにやにやと笑いながら見守っていた。浮浪者の死など、なんとも思わない連中だった。「良い思いをさせてやる」から と軍刑務所から出されて、この二日間、暴虐《ぼうぎゃく》の限りを尽くした。決起軍が勝てばそんなのちゃらになるはずだったが、「良い思い」ができたのはたった二日で、本能的に身の危険を悟《さと》った三人はなんとかして生き延びようと考えていた。

船のひとつでもかっぱらって、東京からおさらばしようと考えていたところ、いかにもみじめったらしい浮浪者を見つけて悪戯《いたずら》心を起こしたわけだった。

「……にしてもあの浮浪者はよく燃えたな」

三人のうちのひとりが浮浪者の転がっていった後を見て、感心したように言った。

「馬鹿《ばか》野郎！　なけなしのガソリンをせっかく見つけたのに」

三人の中では一番「穏やかな」リーダー格が吐き捨てた。

「けどよ、この中で船を動かせるやつっているのか？　俺は手こぎのボートぐらいしか動かせねえぞ」

最後のひとりが思い出したように言った。

「自分で動かすことはねえんだ。まず、どこかの釣り船屋に押し込む。銃を突きつけてジャックすれば問題はねぇ」

「あ、なるほど。さすが元上等兵」

最後のひとりが感心したように、ポンと手をたたいてリーダー格を褒《ほ》めた。

突如としてエンジン音が響いて、小銃を構える三人にサーチライトの光が浴びせられた。三人は一個小隊の憲兵に銃を向けられていた。「例の三人組です」無機質な声ががらんとした倉庫内に響き渡った。

「待ってくれ！　降参……」

リーダー格が銃を捨てたとたん、サブマシンガンの音が響き渡った。血だるまになって横たわる三人の顔を兵がマグライトで照らし出した。

「死んでいます」

「時間が惜《お》しい。次、行くぞ」少尉の階級章を付けた憲兵が初めて口を開いた。

「し、しかし、死体をこのままに……」

ためらう兵を、少尉はイラだった声で叱責《しっせき》した。

「ぐずぐずしていると、けだものどもが野に放たれる。その前に処理しないと大変なことになる。我々は警察とは流儀《りゅうぎ》が違うのだ」

「はっ」兵はマグライトの光を消すと、乗車をはじめた仲間のところへ駆け寄った。

……こうして、クーデターの終結とともに、憲兵による戦争犯罪人の追及は過酷《かこく》を極めることになる。その過酷さは、後に自衛軍を戦慄《せんりつ》させた。

○十二月二十一日　午後八時　多摩川河川敷付近

「さて、これで終わり。あなたの心はきれいなものだわ。けどね、小さな嫉妬《しっと》の炎はふとしたきっかけでどう燃え上がるかわからない。告白するなら応援するわよ。頑張れ、女の子」

「あの……ありがとうございました」

顔を真っ赤にした女子学兵が河川敷近くのファミレスから出て行った。礼を言われてカーミラは深々とため息をつくと、ソファにもたれた。

「このわたしがお礼を言われるなんてね」

ハンスがテーブルにコーヒーを置いた。

「それだけのことを、お嬢様《じょうさま》はなさいました。お嬢様、今の娘で終わりです。精神操作《そうさ》を受けた可能性がある学兵二百六十七名がこれで救われました。そのうち三十五名の精神操作を解除。今は無警戒に反乱軍に従った罰《ばつ》として、河川敷《かせんじき》で震えていますがね」

「あはは。これが頭を冷やすということ？」

カーミラは満足げに笑ってコーヒーを口に含んだ。それにしてもわたしが鈴原《すずはら》と同じことをするなんてね。心と体の違いはあるけれど、鈴原が危険を冒しても戦場で医師として働いた理由がよくわかる。爆弾より楽しいかも――。

「ねえ、この近くに温泉はないのかしら？」

「残念ながら……。状況が落ち着いたらホテルでシャワーを浴びることができますよ。緑子《みどりこ》さんも助手役、ご苦労様でした」

ハンスは傍《かたわ》らでコーヒーに目一杯砂糖を入れている緑子に声をかけた。緑子はよく働いた。首相官邸の偵察《ていさつ》もさることながら、初めに5121小隊に駆け込んできた志茂田《しもだ》と一緒に学校ごと、クラスごとに学兵をまとめてくれた。

「あの……学兵の人たち、これからどうなるんですか？」

緑子は心から学兵に同情していた。自分のクラスメートより少し年上だけれど、同じだ。寒さのあまり泣きだす女子もいて、緑子はしかたなく焚《た》き火の焚き方を教えてやった。海兵の監視の下、学兵たちは寒風吹きすさぶ河川敷で寒さに震えている。

「わたしが首相に電話した時点で解散。家に戻ることができるわ。けどねえ、みんなの心を診察しているうちに別れたくなくなっちゃった。どーしよっかな」

カーミラは悪戯《いたずら》っぽく笑った。ハンスと緑子は不安げに顔を見合わせた。

「あー、その、お嬢様、彼らに別れの歌を送られては。この世界ではじきにクリスマスというイベントがあるそうですよ。クリスマスソングが盛んらしいです」

カーミラの瞳《ひとみ》がぱっと輝いた。コンサート……！　けど、楽譜《がくふ》は？　伴奏は、ハンス君、バイオリンできるからいいけど。

「緑子、楽譜とCD、バイオリンの手配、お願いね」

こともなげに言われて緑子は目をぱちくりさせた。けれど……すぐに立ち直ると、上級生の志茂田さんに相談しようと考えた。

「な、なんとかしますから……。コンサート終わったら……学兵の人たち、解放してあげてくださいね」

ウィとカーミラは機嫌よく返事をした。緑子はファミレスのドアを開けると、志茂田のところにダッシュした。

○十二月二十九日　午前十時五十分　品川水族館前

緑子は品川水族館の門柱のそばで、人待ち顔でたたずんでいた。新素材を使った薄手のキルティングジャケットにジーンズ、お気に入りのロケットスターを履《は》いて、小振りのディパックを背負っている。手首に巻いたダイバーウォッチだけがやけに大きくごつく見える。時計をちらちらと見ては、少し早く来過ぎたかな、と辺りを見回していた。

「木村《きむら》、お待たせ！」

声がして、今村《いまむら》が駆け寄ってきた。後ろには副委員長が従っている。ふたりとも自分と似たような格好だったので、緑子は少し安心した。

今村は跳《は》ねるように身軽に緑子の前に立つと、しげしげと顔をのぞき込んできた。

「な、なんですか？　わたし、変ですか……？」

サンタクロース級のまちがいでもしているのかな、と緑子は顔を赤らめ、自分の格好を再点検した。今村はそんな緑子に、にっと笑いかけた。

「あの後、大変だったんだよ？　緑子が謎の二人組に連れられていった後、担任の先生はオロオロするし。……どういう知り合いなの？」

ええと。緑子はあらかじめ考えていた答えを口にした。

「ええと……わたしの従姉《いとこ》は医者なんです。アリスさん、前にちょっとした事故に遭《あ》って、その時に治療《ちりょう》したのが従姉だったんです。ああ見えてもアリスさん、こわがり屋で、あの後、わたし、ホテルニュータニモトまで付き添ったんですよ」

なんだか棒読みになってるな、と思いながら緑子はますます顔を赤らめた。

「ふうん」今村は気の抜けた相づちを打った。

信じてないし……。緑子は今村の追及をかわそうと、言葉を探した。そんな緑子を見て、今村は豪快《ごうかい》に笑った。

「ま、そういうことにしてあげる。木村が火星人でも超能力者でも別にいいよ。今、ここにいる木村はわたしの友達だからね」

今村さん、オトナだな……。緑子は顔を赤らめたまま、副委員長に視線を移した。

「僕も同じさ。木村はその……」

あれ、副委員長、なんで赤くなってるの？

「可愛さ度ナンバー1の僕の友達だよ。サンタクロース、君のところに来た？」

「知りません！」

緑子がすねたように言うと、ふたりは声をあげて笑った。わ、わたしだって少しは反撃できるんだから。

「あの、どうして今村さんと副委員長、一緒なんですか？　も、もしかして、ふたりとも、ら、ラブラブだったりするんですか？」

言ってやった言ってやった。意外な反撃に今村と副委員長は顔を見合わせて赤くなった。え、本当なの？

「ま、まあ、小学校の頃から一緒だったから。その……」今村はしどろもどろになった。

「腐《くさ》れ縁《えん》というか幼なじみってやつかな」

副委員長は照れたように頭を掻《か》いた。今村の顔が突然、不機嫌モードになった。

「腐れ縁はないっしょ？　高橋《たかはし》君、時々無神経」

「わ、悪ィ……」

そんなふたりを見て緑子はくすくすと笑った。

「そなた……」

不意に聞き慣れた声がして、緑子は笑いを凍り付かせた。おそるおそる振り返ると、不機嫌な顔をしたポニーテールの少女がたたずんでいた。足を男の子のように踏ん張って、腕組みして三人を見ている。隣《となり》にはやさしげな顔をした少年が立っている。

芝村《しばむら》さん、速水《はやみ》さん、階級章付けてるし。副委員長は目聡《めざと》く、ふたりのダッフルコートの肩

章に目をやっている。困った——。

「あの……もしかして芝村中佐と速水大尉じゃないですか？　僕、テレビで見ました！」

高橋は憧《あこが》れるような目でふたりを見つめた。「む」舞は不機嫌にうなずいた。厚志は何も言わずににこにこと笑っている。

「こ、これから友達とオットセイのショーを見に行くんです」

緑子が口にすると、舞の表情がほころんで満足げにうなずいた。

「ふむ。そなたもオットセイに目覚めたか？　あの愛らしさを知らぬ者は人生を無駄《むだ》に過ごしているようなものだからな。あと三十分ではじまるぞ。急げ」

「し、知り合いなの、木村……？」

今村に尋ねられ、緑子はどうやって言い抜けしようか考え込んだ。その時、わっと歓声が聞こえて、他のクラスメートが駆け寄ってきた。ど、どうしよう……。ふたりと知り合いだなんて知られたら変わり者扱いされる。

そんな緑子の心配をよそに、舞は中学生一同を見渡すと、

「わたしは芝村である。これよりそなたらにオットセイ鑑賞《かんしょう》の傾向と対策を教える……！」

副委員長が、「はいっ」と畏《かしこ》まると敬礼した。ああ、冬休み明けがこわいな、と緑子はにこにこ顔の厚志を見た。厚志は肩をすくめただけだった。

……後に「東京動乱」と名付けられたクーデターは終わりを告げた。街は平穏を取り戻して

いた。五百七十六名の自衛軍死傷者《ししょうしゃ》、そして二千名以上の民間人が戦闘に巻き込まれ、犠牲になったにも拘《かか》わらず、東京は表面上、平静を保っていた。それが首都・東京に住む人間の意地だと言わんばかりに。街を行き交う人々は生々しい戦禍《せんか》の跡に顔をしかめながら、二度とこのような事件が起こらぬよう、祈った。

そして、翌年一月三日。幻獣軍青森上陸。それはこの国に住む人々を絶望の淵にたたき込んだ――。

〈ガンパレード・マーチ　逆襲の刻　津軽強襲へつづく〉

GAME DATA

高機動幻想
ガンパレード・マーチ

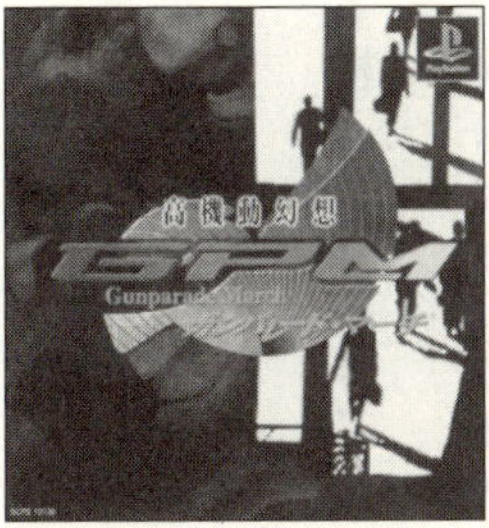

機種●	プレイステーション用ソフト
メーカー●	ソニー・コンピュータエンタテインメント
ジャンル●	GAME
定価●	6,090円(税込)
発売日●	2000年9月28日発売

アクション、アドベンチャー、シミュレーション……。ジャンル表記がままならないほど、ゲームのあらゆる面白さを、すべて盛りこんでしまった作品。舞台となるのは異世界から来た幻獣との戦いが激化する日本。プレイヤーは少年兵として軍の訓練校に入学し、パイロットとして腕を磨いていく。ゲームの進行はリアルタイム。学園生活で恋愛するもよし、必死で勉強するもよし、戦闘に明け暮れるもよし。自由度の高いシステムの中で、自分なりの楽しみ方を見つけよう！

◉榊　涼介著作リスト

「偽書信長伝　秋葉原の野望　巻の上・下」（角川スニーカー文庫）
「偽書幕末伝　秋葉原竜馬がゆく㈠～㈢」（電撃文庫）
「アウロスの傭兵　少女レトの戦い」（同）
「疾風の剣　セント・クレイモア」全3巻（同）
「忍者　風切り一平太」全4巻（同）

「鄭問之三國誌〈一〉～〈三〉」（メディアワークス刊）
「神来―カムライ―」（電撃ゲーム文庫）
「7BLADES　地獄極楽丸と鉄砲お百合」（同）
「ガンパレード・マーチ　5121小隊の日常I」（同）
「ガンパレード・マーチ　5121小隊　決戦前夜」（同）
「ガンパレード・マーチ　5121小隊　熊本城決戦」（同）
「ガンパレード・マーチ　episode ONE」（同）
「ガンパレード・マーチ　episode TWO」（同）
「ガンパレード・マーチ　あんたがたどこさ♪」（同）
「ガンパレード・マーチ　5121小隊　九州撤退戦〈上〉〈下〉」（同）
「ガンパレード・マーチ　もうひとつの撤退戦」（同）
「ガンパレード・マーチ　5121小隊の日常II」（同）
「ガンパレード・オーケストラ　白の章」（同）
「ガンパレード・オーケストラ　緑の章」（同）
「ガンパレード・オーケストラ　青の章」（同）
「ガンパレード・マーチ　山口防衛戦1、2、3、4」（同）
「ガンパレード・マーチ　九州奪還1、2、3、4、5」（同）
「ガンパレード・マーチ　九州奪還0　萩幽霊戦線」（同）

本書に対するご意見、ご感想をお寄せください。

■

あて先

〒160-8326 東京都新宿区西新宿 4 -34- 7
アスキー・メディアワークス 電撃ゲーム文庫編集部
「榊 涼介先生」係
「きむらじゅんこ先生」係

■

電撃文庫

ガンパレード・マーチ 逆襲《ぎゃくしゅう》の刻《とき》
東京動乱《とうきょうクーデター》

榊《さかき》 涼介《りょうすけ》

発行 二〇〇九年十二月十日 初版発行

発行者 髙野 潔
発行所 株式会社アスキー・メディアワークス
〒一六〇-八三二六 東京都新宿区西新宿四-三十四-七
電話〇三-六八六六-七五〇七(編集)
発売元 株式会社角川グループパブリッシング
〒一〇二-八一七七 東京都千代田区富士見二-十三-三
電話〇三-三二三八-八六〇五(営業)
装丁者 荻窪裕司(META＋MANIERA)
印刷・製本 株式会社暁印刷

ISBN978-4-04-868025-7 C0193

電撃文庫創刊に際して

文庫は、我が国にとどまらず、世界の書籍の流れのなかで〝小さな巨人〟としての地位を築いてきた。古今東西の名著を、廉価で手に入りやすい形で提供してきたからこそ、人は文庫を自分の師として、また青春の想い出として、語りついできたのである。

その源を、文化的にはドイツのレクラム文庫に求めるにせよ、規模の上でイギリスのペンギンブックスに求めるにせよ、いま文庫は知識人の層の多様化に従って、ますますその意義を大きくしていると言ってよい。

文庫出版の意味するものは、激動の現代のみならず将来にわたって、大きくなることはあっても、小さくなることはないだろう。

「電撃文庫」は、そのように多様化した対象に応え、歴史に耐えうる作品を収録するのはもちろん、新しい世紀を迎えるにあたって、既成の枠をこえる新鮮で強烈なアイ・オープナーたりたい。

その特異さ故に、この存在は、かつて文庫がはじめて出版世界に登場したときと、同じ戸惑いを読書人に与えるかもしれない。

しかし、〈Changing Time, Changing Publishing〉時代は変わって、出版も変わる。時を重ねるなかで、精神の糧として、心の一隅を占めるものとして、次なる文化の担い手の若者たちに確かな評価を得られると信じて、ここに「電撃文庫」を出版する。

1993年6月10日
角川歴彦